# DIÁLOGOS
*Suspeitos e Apócrifos*

# VII

ALCIBÍADES
CLITOFON
SEGUNDO ALCIBÍADES
HIPARCO
AMANTES RIVAIS
TEAGES
MINOS
DEFINIÇÕES
DA JUSTIÇA
DA VIRTUDE
DEMÓDOCO
SÍSIFO
HÁLCION
ERIXIAS
AXÍOCO

*O livro é a porta que se abre para a realização do homem.*

Jair Lot Vieira

# PLATÃO

# DIÁLOGOS
*Suspeitos e Apócrifos*

# VII

ALCIBÍADES
CLITOFON
SEGUNDO ALCIBÍADES
HIPARCO
AMANTES RIVAIS
TEAGES
MINOS
DEFINIÇÕES
DA JUSTIÇA
DA VIRTUDE
DEMÓDOCO
SÍSIFO
HÁLCION
ERIXIAS
AXÍOCO

TRADUÇÃO, TEXTOS ADICIONAIS E NOTAS
**EDSON BINI**
Estudou filosofia na Faculdade de Filosofia,
Letras e Ciências Humanas da USP.
É tradutor há mais de 40 anos.

edipro

Copyright da tradução e desta edição © 2011 by Edipro Edições Profissionais Ltda.

Todos os direitos reservados. Nenhuma parte deste livro poderá ser reproduzida ou transmitida de qualquer forma ou por quaisquer meios, eletrônicos ou mecânicos, incluindo fotocópia, gravação ou qualquer sistema de armazenamento e recuperação de informações, sem permissão por escrito do editor.

Grafia conforme o novo Acordo Ortográfico da Língua Portuguesa.

1ª edição, 2ª reimpressão 2022.

**Editores:** Jair Lot Vieira e Maíra Lot Vieira Micales
**Coordenação editorial:** Fernanda Godoy Tarcinalli
**Editoração:** Alexandre Rudyard Benevides
**Revisão:** Ana Lúcia Sant'Anna Lopes
**Revisão do grego:** Lilian Sais
**Arte:** Karine Moreto Massoca

Dados Internacionais de Catalogação na Publicação (CIP)
(Câmara Brasileira do Livro, SP, Brasil)

---

Platão (427?-347? a.C. )

Diálogos VII (suspeitos e apócrifos) : Alcibíades, Clitofon, Segundo Alcibíades, Hiparco, Amantes rivais, Teages, Minos, Definições, Da justiça, Da virtude, Demódoco, Sísifo, Hálcion, Erixias, Axíoco / Platão; tradução, textos adicionais e notas Edson Bini. – São Paulo : Edipro, 2011. (Clássicos Edipro).

Títulos originais: ΑΛΚΙΒΙΑΔΕΣ (Η ΠΕΡΙ ΑΝΘΡΩΠΟΥ ΦΨΣΕΩΣ); ΚΛΕΙΤΟΦΩΝ (Η ΠΡΟΤΡΕΠΙΚΟΣ); ΑΛΚΙΒΙΑΔΕΣ ΔΕΥΤΕΡΟΣ (ΗΠΕΡΙ ΠΡΟΣΕΨΧΗΣ); ΙΠΠΑΡΧΟΣ (Η ΦΙΛΟΚΕΡΔΗΣ); ΑΝΤΕΡΑΣΤΑΙ (Η ΠΕΡΙ ΦΙΛΟΣΟΦΙΑΣ); ΘΕΑΓΗΣ (Η ΠΕΡΙ ΣΟΦΙΑΣ); ΜΙΝΩΣ (Η ΠΕΡΙ ΝΟΜΟΥ); ΟΡΟΙ; ΠΕΡΙ ΔΙΚΑΙΟΥ; ΠΕΡΙ ΑΡΕΤΗΣ; ΔΗΜΟΛΟΚΟΣ (Η ΠΕΡΙ ΤΟΨ ΣΥΜΒΟΥΛΕΨΕΣΘΑΙ); ΣΙΣΥΦΟΣ (Υ ΠΕΡΙ ΤΟΨ ΒΟΨΛΑΥΕΣΘΑΙ); ΑΛΚΥΩΝ; ΕΡΥΞΙΑΣ (Η ΠΕΡΙ ΠΛΟΨΤΟΥ); ΑΞΙΟΧΟΣ (Η ΠΕΡΙ ΘΑΝΑΤΟΥ)

ISBN 978-85-7283-702-6

1. Filosofia antiga – I. Bini, Edson – II. Título – III. Título: Alcibíades – IV. Título: Clitofon – V. Título: Segundo Alcibíades –VI. Título: Hiparco – VII. Título: Amantes rivais – VIII. Título: Teages – IX. Título: Minos – X. Título: Definições – XI. Título: Da justiça – XII. Título: Da virtude – XIII. Título: Demódoco – XIV. Título: Sísifo – XV. Título: Hálcion – XVI. Título: Erixias – XVII. Título: Axíoco – XVIII. Série

10-13170 CDD-184

---

Índices para catálogo sistemático:
1. Filosofia platônica : 184
2. Platão : Filosofia : 184

**edipro**

São Paulo: (11) 3107-7050 • Bauru: (14) 3234-4121
www.edipro.com.br • edipro@edipro.com.br
@editoraedipro  @editoraedipro

# Sumário

Nota do tradutor .......................................................... 7
Apresentação .............................................................. 9
Dados biográficos ....................................................... 13
Platão: sua obra ......................................................... 15
Cronologia ................................................................. 33

Alcibíades (ou Da Natureza Humana) ..................... 37
Clitofon (ou Exortativo) ............................................ 99
Segundo Alcibíades (ou Da Oração) ..................... 107
Hiparco (ou O Ávido) ............................................. 127
Amantes Rivais (ou Da Filosofia) .......................... 139
Teages (ou Da Sabedoria) ...................................... 153
Minos (ou Da Lei) ................................................... 171
Definições ............................................................... 189
Da Justiça ................................................................ 203
Da Virtude .............................................................. 211
Demódoco (ou Do Aconselhamento) ................... 219
Sísifo (ou Da Deliberação) ..................................... 231

Hálcion .................................................................. 239
Erixias (ou Da Riqueza) ................................. 245
Axíoco (ou Da Morte) ..................................... 269

# Nota do tradutor

As traduções deste volume foram realizadas com base nos seguintes textos estabelecidos:
- *Alcibíades (ou Da Natureza Humana)* (1)
- *Clitofon (ou Exortativo)* (2)
- *Segundo Alcibíades (ou Da Oração)* (2)
- *Hiparco (ou O Ávido)* (2)
- *Amantes Rivais (ou Da Filosofia)* (2)
- *Teages (ou Da Sabedoria)* (2)
- *Minos (ou Da Lei)* (2)
- *Definições* (2)
- *Da Justiça* (2)
- *Da Virtude* (2)
- *Demódoco (ou Do Aconselhamento)* (2)
- *Sísifo (ou Da Deliberação)* (2)
- *Hálcion* (3)
- *Erixias (ou Da Riqueza)* (2)
- *Axíoco (ou Da Morte)* (2)

Textos de outros helenistas, contudo, foram também empregados ocasionalmente.

---

1. Edição revisada de Schanz.
2. Joseph Souilhé.
3. M. D. MacLeod.

A possível ocorrência de palavras entre colchetes visa à tentativa de completamento de ideias onde o texto padece de algum hiato que compromete a compreensão.

Com o fito de facilitar e agilizar a consulta motivada pela leitura de outras obras, fizemos constar à margem esquerda da página a numeração da edição referencial de 1578 de Henri Estienne (*Stephanus*). As notas de rodapé têm caráter meramente informativo ou elucidativo, e esporadicamente crítico, coadunando-se com o cunho didático da edição; contemplam aspectos filosóficos básicos, bem como aspectos históricos, mitológicos e linguísticos.

Dadas as diferenças estruturais entre o grego antigo (idioma declinado) e o português contemporâneo (língua não declinada), a tradução inevitavelmente se ressente de prejuízos do ponto de vista da forma: a beleza e a elegância do estilo literário de Platão são drasticamente minimizadas, mesmo porque, em um discurso filosófico, a preocupação maior do tradutor é preservar o espírito do texto e manter-se, ao menos relativamente, fiel ao teor veiculado.

Procuramos, como sempre, traduzir *a meio caminho* entre a literalidade e a paráfrase, ambas em princípio não recomendáveis, a nosso ver, em matéria de textos filosóficos. Entretanto, tendemos a concordar com Heidegger em que toda tradução é necessariamente hermenêutica; ou seja, ao tradutor é praticamente impossível (embora pugne por ser leal e isento servidor do autor) impedir que um certo subjetivismo e algum grau de interpretação invadam seu trabalho.

De antemão, solicitamos tanto a indulgência do leitor, para nossas falhas e limitações, quanto suas valiosas sugestões e críticas, para o aprimoramento de edições vindouras. Aqui só nos resta curvarmo-nos à opinião socrática de que, a rigor, *nunca passamos de aprendizes...*

# APRESENTAÇÃO

**Escritos suspeitos e apócrifos**

A questão dos diálogos suspeitos e apócrifos de Platão é particularmente complexa e intricada, típica matéria de eruditos, que não nos compete abordar nesta oportunidade dado o cunho didático-formativo desta edição.

Assim, nos limitaremos a tecer considerações apenas sumárias no intuito de ajudar o leitor e estudante a se munir de uma noção do assunto.

Em seu sentido genérico, as palavras *suspeito* e *apócrifo*, embora não sejam propriamente sinônimas, são muitas vezes empregadas intercambiavelmente e guardam um ponto em comum: qualificam coisas e, no nosso caso, escritos, de autenticidade duvidosa. Eu mesmo as utilizei nesse sentido genérico em *Platão: sua obra* neste volume e em tantos outros.

Entretanto, no que se refere particularmente a escritos filosóficos, religiosos, literários etc., devemos contemplar aqui um sentido mais restrito: *suspeito* é o texto cuja autenticidade não é patente, ainda que possa ser até muito provável, ou seja, sua autoria está sob suspeição. Essa autoria – quando submetida ao crivo de diversos elementos comprobatórios objetivos de identificação autoral – se mostra duvidosa. A dúvida, inclusive, possui caráter quantitativo, isto é, o grau de dúvida ou suspeição é variável: no que toca a um determinado texto, pode-se duvidar de sua autenticidade ligeiramente, pouquíssimo, pouco, medianamente, muito, muitíssimo.

No caso específico de Platão, a autenticidade, ou seja, a autoria aceita incondicional e universalmente por sábios, estudiosos, eruditos, filólogos, helenistas de todos os tempos e lugares diz respeito a rigor a apenas nove diálogos e a Apologia de Sócrates. As demais trinta e três obras (mais as Cartas e os Epigramas) mergulham num oceano de controvérsia dos estudiosos em geral precisamente na esfera dos suspeitos e apócrifos. Os nove diálogos insuspeitos são *Fedro, Protágoras, O Banquete, Górgias, A República, Timeu, Teeteto, Fédon, As Leis*. No que toca às múltiplas divergências, não envolvem somente o grau de suspeição deste ou daquele Diálogo, Carta ou Epigrama, mas igualmente sobre qual peça recai a suspeição, e se é suspeita, apócrifa ou autêntica.

O *apócrifo*, a contemplar, analogamente a suspeito, o sentido mais restrito da palavra, é o texto em relação ao qual a autenticidade está praticamente fora de cogitação. Em função de vários aspectos da obra estabelece-se a probabilidade ou certeza virtual de que o texto não é genuíno, é espúrio, ou seja, a autoria muito provavelmente ou certamente não é de Platão. Comparativamente, portanto, a questão dos apócrifos é menos espinhosa do que aquela dos suspeitos. Fundamentalmente não se lida com o quantitativo e o relativo quando se trata dos apócrifos. Há, no mínimo, uma grande probabilidade a favor da autoria não ser de Platão.

Embora não entremos aqui no mérito da questão, naturalmente nos vemos na obrigação de adotar um posicionamento em relação aos suspeitos e apócrifos de Platão, o que significa nos filiarmos a uma corrente já estabelecida ou contribuirmos pessoalmente com uma nova avaliação do problema.

O caráter formativo desta edição nos exime aqui da segunda missão. Conjugando de maneira balanceada as orientações de três eminentes helenistas, chegamos às conclusões a seguir.

Sobre o *Sofista, Parmênides, Crátilo, Filebo, Críton, Crítias, Eutífron, Político, Cármides, Laques, Lísis, Eutidemo, Mênon, Hípias Menor, Ion* e *Menexeno* pairam dúvidas (categoria *suspeitos*) da parte de *alguns* helenistas, o que nos autorizaria talvez a afirmar que esses dezesseis diálogos são *pouco* suspeitos, acenando até para uma probabilidade a favor de seu caráter autêntico. Aliás, apesar da controvérsia, observa-se que é muito difícil mediante exame – com a possível exceção do Ion e do Menexeno – negar o marcante talento literário, o vigor argumentativo filosófico e mesmo o estilo de Platão nesses diálogos.

Os diálogos *Alcibíades, Hípias Maior* e *Clitofon* já fazem aumentar o grau de suspeição, a ponto de poderem ser mesmo classificados como apócrifos.

Neste volume reunimos apenas dois dos suspeitos de maior grau de suspeição (*Alcibíades* e *Clitofon*), com exceção do *Hípias Maior*, já presente em Diálogos II devido à sua associação estreita e direta com o *Hípias Menor* e a presença da sofística. Todos os demais suspeitos, que classificamos como *pouco* suspeitos, estão distribuídos em volumes anteriores destas Obras Completas, no que prevaleceu o propósito didático e instrucional.

O presente volume é, assim, encabeçado pelos suspeitos *Alcibíades* e *Clitofon*. Todos os demais textos (*Segundo Alcibíades, Hiparco, Amantes Rivais, Teages, Minos, Definições, Da Justiça, Da Virtude, Demódoco, Sísifo, Hálcion, Erixias* e *Axíoco*), em número de treze e geralmente de pouca extensão, são classificados por nós como apócrifos. O *Epinomis*, embora apócrifo, foi publicado anexo à *As Leis*, por sua vinculação direta a este extenso diálogo, na nossa costumeira preocupação maior com o aspecto educativo.

As obras atribuídas a Platão deste volume possuem valor literário variável e em geral escasso valor filosófico, principalmente os apócrifos, que são na sua maioria imitações (geralmente habilmente elaboradas) dos escritos genuínos de Platão realizadas por platônicos e, inclusive, por sofistas; se abstrairmos a intenção imitativa, diálogos como *Hiparco, Amantes Rivais* e *Teages* são bem redigidos e de valor literário considerável no seu teor e forma; por vezes, uma pretensa imitação de Platão dissimula a pena sutil de um sofista.

Entretanto, o grande valor desses textos é o *histórico*, seguramente a maior das razões para os publicarmos, além daquela da pura e simples conexão com Platão. Na verdade, paradoxalmente, a despeito da prática regular dos forjadores e imitadores de Platão que atuaram largamente da antiguidade tardia a meados da Idade Média na Europa, incentivados seja pelos professores das escolas de retórica que impunham exercícios de imitação dos mestres gregos aos discípulos, seja pelas grandes bibliotecas (por exemplo, de Pérgamo e de Alexandria) que pagavam, sem critério seletivo de autenticidade, belas somas por manuscritos raros a fim de enriquecer seus acervos, o importantíssimo movimento filosófico que convencionamos chamar de platonismo formou-se no mesmo bojo, ou ao menos, paralelamente a essa histórica e longa dúbia prática cultural. Se supormos que boa parte desses escritos surgiram nos primeiros séculos da Era cristã, teremos, inclusive, que admitir que fomos beneficiados por um manuseio ou estudo da obra platônica (que resultou nos suspeitos e apócrifos) já detentor de alguma perspectiva histórica.

Para as breves sinopses de cada um dos textos aqui reunidos solicitamos ao leitor que consulte *Platão: sua obra* neste mesmo volume.

# DADOS BIOGRÁFICOS

Em rigor, pouco se sabe de absolutamente certo sobre a vida de *Platão*. Platão de Atenas (seu verdadeiro nome era Aristocles) viveu aproximadamente entre 427 e 347 a.C. De linhagem ilustre e membro de uma rica família da Messênia (descendente de Codro e de Sólon), usufruiu da educação e das facilidades que o dinheiro e o prestígio de uma respeitada família aristocrática propiciavam.

Seu interesse pela filosofia se manifestou cedo, e tudo indica que foi motivado particularmente por *Heráclito de Éfeso*, chamado *O Obscuro*, que floresceu pelo fim do século VI a.C.

É bastante provável que, durante toda a juventude e até os 42 anos, tenha se enfronhado profundamente no pensamento pré-socrático – sendo discípulo de Heráclito, Crátilo, Euclides de Megara (por meio de quem conheceu as ideias de Parmênides de Eleia) – e, muito especialmente, na filosofia da Escola itálica: as doutrinas pitagóricas [mormente a teoria do número (ἀριθμός [*arithmós*]) e a doutrina da transmigração da alma (μετεμψύχωσις [*metempsýkhosis*]) exercerão marcante influência no desenvolvimento de seu próprio pensamento, influência essa visível mesmo na estruturação mais madura e tardia do platonismo original, como se pode depreender dos últimos diálogos, inclusive *As Leis*.

Entretanto, é inegável que o encontro com Sócrates, sua antítese socioeconômica (Sócrates de Atenas pertencia a uma família modesta de artesãos), na efervescência cultural de então, representou o clímax de seu aprendizado, adicionando o ingrediente definitivo ao cadinho do qual emergiria o corpo de pensamento independente e original de um filósofo que, ao lado de Aristóteles, jamais deixou de iluminar a humanidade ao longo de quase 24 séculos.

Em 385 a.c., Platão, apoiado (inclusive financeiramente) pelos amigos, estabeleceu sua própria Escola no horto de *Academos* (Ἀκαδήμεια), para onde começaram a afluir os intelectos mais brilhantes e promissores da Grécia, entre eles Aristóteles de Estagira, que chegou a Atenas em 367 com 18 anos.

É provável que, logo após a autoexecução de seu mestre (399), Platão, cujos sentimentos naqueles instantes cruciais não nos é possível perscrutar, tenha se ausentado de Atenas, e mesmo da Grécia, por um período que não podemos precisar. Teria visitado o Egito e a Sicília; de fato ele demonstra em alguns de seus diálogos, mais conspicuamente em *As Leis*, que conhecia costumes e leis vigentes no Egito na sua época.

Não é provável, contudo, que demorasse no estrangeiro dada a importância que atribuía à Academia, à atividade que ali desempenhava e que exigia sua presença. Ademais, suas viagens ao exterior seguramente não visavam exatamente ao lazer: Platão buscava o conhecimento, e se algum dia classificou os egípcios como *bárbaros*, por certo o fez com muitas reservas.

Diferentemente de seu velho mestre, Platão, que devia portar-se como um cidadão exemplar apesar de sua oposição inarredável à democracia ateniense, jamais se indispôs com os membros proeminentes do Estado ateniense; nesse sentido, sua prudência e postura de não envolvimento são proverbiais, o que se causa certo espanto por partir de um dos primeiros teóricos do Estado comunista governado por *reis-filósofos* (como constatamos em *A República*) e do Estado socialista (*As Leis*), que ainda retém características de centralização do poder no Estado, parecerá bastante compreensível em um pensador que, à medida que amadurecia sua reflexão política, mais se revelava um conservador, declaradamente não afeito a transformações políticas; para Platão, nada é mais suspeito e imprevisível do que as consequências de uma insurreição ou revolução. Outrossim, não devemos esquecer que Platão pertencia, ele próprio, à classe abastada e aristocrática de Atenas, posição que aparentemente não o incomodava em absoluto e até se preocupava em preservar.

Platão morreu aos 80 ou 81 anos, provavelmente em 347 a.C. – *dizem* – serenamente, quase que em continuidade a um sono tranquilo... Θάνατος (*Thánatos*), na mitologia, é irmão de Ὕπνος (*Hýpnos*).

# PLATÃO: SUA OBRA

Em contraste com a escassez de dados biográficos, foi-nos legada de Platão – ao menos são esses os indícios – a totalidade de suas obras, e *mais* – muito provavelmente quase todas completas, fato incomum no que toca aos trabalhos dos pensadores antigos helênicos, dos quais muito se perdeu. As exceções são representadas pelo último e mais extenso Diálogo de autoria inquestionada de Platão, *As Leis*, e o Diálogo *Crítias*.

Essa preciosa preservação se deve, em grande parte, ao empenho do astrólogo e filósofo platônico do início do século I da Era Cristã, Trasilo de Alexandria, que organizou e editou pela primeira vez o corpo total das obras de Platão, inclusive os apócrifos e os textos "platônicos", cuja autoria é atribuída aos seguidores diretos e indiretos do mestre da Academia. Todos os manuscritos medievais da obra de Platão procedem dessa edição de Trasilo.

Diferentemente de outros filósofos antigos, filósofos medievais e modernos, Platão não é precisamente um *filósofo de sistema* à maneira de Aristóteles, Plotino, Espinosa, Kant ou Hegel, que expressam sua visão de mundo por meio de uma rigorosa exposição constituída por partes interdependentes e coerentes que, como os órgãos de um sistema, atuam em função de um todo e colimam uma verdade total ou geral. Todavia, Platão também não é um pensador *assistemático* nos moldes dos pré-socráticos (cujo pensamento precisamos assimilar com base nos fragmentos que deles ficaram) e de expoentes como Nietzsche, que exprimem sua visão do universo por máximas e aforismos, os quais pretendem, na sua suposta independência relativa, dar conta da explicação ou interpretação do mundo.

Inspirado pela concepção socrática da ἀλήθεια [*alétheia*] – segundo a qual esta não é produto externo da comunicação de um outro indivíduo (na prática, o mestre) ou da percepção sensorial ou empírica da realidade que nos cerca, mas está sim já presente e latente em cada um de nós, competindo ao mestre apenas provocar mediante indagações apropriadas, precisas e incisivas o nascer (o *dar à luz* – μαιεύω [*maieýo*], voz média: μαιεύομαι [*maieýomai*]) da ἀλήθεια (*alétheia*) no discípulo –, Platão foi conduzido ao *diálogo*, exposição *não solitária* das ideias, na qual, por exigência do método socrático (maiêutica – a *parturição das ideias*), são necessárias, no mínimo, *duas* pessoas representadas pela voz principal (o mestre, que aplica a maiêutica) e um interlocutor (o discípulo, que dará à luz a verdade [ἀλήθεια]).

Na maioria dos diálogos platônicos, essa voz principal é a do próprio Sócrates, ou seja, o mestre de Platão, de modo que nos diálogos, que provavelmente pertencem à primeira fase de Platão, sob forte influência de Sócrates, é difícil estabelecer uma fronteira entre o pensamento socrático e o platônico. A partir do momento em que despontam as ideias originais de Platão {a teoria das *Formas*, a teoria da alma (ψυχή [*psykhé*]), a teoria do Estado (πόλις [*pólis*]) etc.}, Sócrates assume o papel menor de porta-voz e veiculador das doutrinas de Platão.

O fato é que Platão desenvolveu e aprimorou a *maiêutica* de maneira tão profunda e extensiva que chegou a um novo método, a *dialética*, que nada mais é – ao menos essencialmente – do que a arte (τέχνη [*tékhne*]) do diálogo na busca do conhecimento (γνῶσις [*gnôsis*]).

Do ponto de vista do estudante e do historiador da filosofia, essa forma e esse método *sui generis* de filosofar apresentam méritos e deméritos. Platão não se manifesta apenas como um filósofo, embora primordialmente o seja. No estilo e na forma, é também um escritor e, na expressão, um poeta.

Ora, isso torna sua leitura notavelmente agradável, fluente e descontraída, em contraste com a leitura de densos e abstrusos tratados sistemáticos de outros filósofos. Por outro lado, colocando-nos na pele dos interlocutores de Sócrates, é como se, tal como eles, fizéssemos gerar em nós mesmos a verdade.

Como contestar, porém, que o brilhante discurso literário do diálogo não dificulta e mesmo empana a compreensão e assimilação do pensamento do mestre da Academia?

É provavelmente o que ocorre, embora com isso nos arrisquemos a receber a pecha de racionalistas.

Essa situação é agravada pelo uso regular que Platão faz do mito (μῦθος [*mýthos*]).

O mestre Platão, de qualquer modo, sente-se muito à vontade e convicto de que seu método concorreria precisamente para o contrário, ou seja, a compreensão de seu pensamento.

Não há dúvida de que isso se aplicava aos seus contemporâneos. Imaginaria Platão que sua obra resistiria a tantos séculos, desafiando a pósteros tão tardios como nós?

Paradoxalmente, o saldo se mostrou mais positivo que negativo. É possível que, em virtude *exatamente* de sua atraente e estimulante exposição filosófica sob a forma literária do diálogo, Platão tenha se tornado um dos mais lidos, estudados, publicados e pesquisados de todos os pensadores, o que é atestado pela gigantesca bibliografia a ele devotada.

Voltando ao eixo de nossas considerações, é necessário que digamos que dentre tantos diálogos há um *monólogo*, a *Apologia de Sócrates*, que, naturalmente, como um discurso pessoal de defesa, não admite a participação contínua de um interlocutor.

Há, também, as treze *Epístolas*, ou *Cartas*, de teor político, dirigidas a Dion, Dionísio de Siracusa, e a outros governantes e políticos da época, e os dezoito *Epigramas*.

Na sequência, juntamos despretensiosas sinopses dos diálogos (e da *Apologia*), no que tencionamos fornecer àquele que se interessa pelo estudo do platonismo somente uma orientação básica, em meio aos meandros do complexo *corpus* de doutrina exibido pelos diálogos.

Os diálogos (mais a *Apologia*), cuja autoria de Platão é aceita unanimemente por sábios, estudiosos, eruditos, escoliastas, filólogos e helenistas de todos os tempos, em número de *nove*, são (em ordem não cronológica, pois qualquer estabelecimento de uma cronologia que se pretenda, objetiva e rigorosa, é dúbio) os seguintes:

*FEDRO:* Trata de dois assuntos aparentemente desconexos, mas vinculados por Platão, ou seja, a natureza e os limites da retórica (crítica aos sofistas) e o caráter e o valor do amor sensual (ἔρος [*éros*]). Esse diálogo está assim aparentado tanto ao *Banquete* (acerca das expressões de ἔρος) quanto ao *Górgias* (acerca da figura do verdadeiro filósofo em contraste com o sofista). Escrito antes da morte de Sócrates, é um dos mais atraentes e expressivos diálogos. Seu nome é de um grande admirador da oratória.

*PROTÁGORAS:* O assunto é específico (embora envolva os fundamentos gerais das posições antagônicas de Platão e dos sofistas), a saber, o conceito e a natureza da ἀρετή [*areté*]. É a virtude ensinável ou não? A mais veemente crítica de Platão aos mais destacados sofistas: Protágoras, Hípias e Pródico.

*O BANQUETE:* O assunto é a origem, diferentes manifestações e significado de ἔρος (*éros*). O título desse diálogo (συμπόσιον [*Sympósion*]) indica a própria ambientação e cenário do mesmo, isto é, uma festiva reunião masculina regada a vinho. Anterior à morte de Sócrates.

*GÓRGIAS*: É sobre o verdadeiro filósofo, o qual se distingue e se opõe ao sofista. Platão prossegue criticando os sofistas, embora Górgias, segundo o qual nomeou o diálogo, fosse um prestigioso professor de oratória que proferia discursos públicos, mas "não ensinava a virtude em aulas particulares remuneradas". Um dos mais complexos diálogos, que parece ter sido escrito pouco antes da morte de Sócrates.

*A REPÚBLICA:* O segundo mais longo dos diálogos (o mais longo é *As Leis*). Apresenta vários temas, mas todos determinados pela questão inicial, fundamental e central, e a ela subordinados: o que é a justiça (δίκη [*díke*])?... Ou melhor, *qual é a sua natureza, do que é ela constituída?* Nesse diálogo, Platão expõe sua concepção de um Estado (comunista) no qual a ideia de justiça seria aplicável e a própria δίκη realizável e realizada. O título *A República* (amplamente empregado com seus correspondentes nas outras línguas modernas) não traduz fielmente Πολιτεία [*Politeía*], que seria preferível traduzirmos por "A Constituição" (entendida como *forma de governo de um Estado soberano* e não a Lei Maior de um Estado). Há quem acene, a propósito, para o antigo subtítulo, que é *Da Justiça*. *A República* é a obra de Platão mais traduzida, mais difundida, mais estudada e mais influente, tendo se consagrado como um dos mais expressivos textos de filosofia de todos os tempos.

*TIMEU:* Sócrates, como de ordinário, instaura o diálogo dessa vez retomando a discussão sobre o Estado ideal (assunto de *A República*), mas graças a Timeu o diálogo enverada para a busca da origem, da geração do universo (κοσμογονία [*kosmogonía*]). Nesse diálogo, Platão apresenta sua concepção da Divindade, o δημιουργός [*demioyrgós*]. Embora Timeu (que empresta o seu nome ao diálogo) pareça oriundo do sul da Itália, há quem o considere um personagem fictício. De qualquer modo, ele representa a contribuição da geometria à teoria cosmogônica de Platão. A maioria dos helenistas situa o *Timeu* no período final e de maior maturidade filosófica de Platão (e, portanto, depois da morte de Sócrates, embora – como ocorre em vários outros diálogos – Sócrates continue como figura principal do diálogo); a minoria o julga produção do *período médio*, seguindo de perto *A República*.

*TEETETO:* Aborda específica e amplamente a teoria do conhecimento (epistemologia) a partir da indagação: "O que é o conhecimento?". Há fortes indícios de que Platão contava aproximadamente 60 anos quando escreveu esse diálogo (bem depois da morte de Sócrates) em homenagem ao seu homônimo, Teeteto, conceituado matemático que morrera recentemente (369 a.C.) prestando serviço militar. Teeteto frequentara a Academia por muitos anos.

*FÉDON:* Conhecido pelos antigos igualmente por *Da Alma*, está entre os mais belos e comoventes diálogos, pois relata as últimas horas de Sócrates e sua morte pela cicuta. O narrador é Fédon, que esteve com Sócrates em seus momentos derradeiros. De modo escorreito e fluente, como que determinado pelas palavras do condenado e seu comportamento ante a morte iminente, o diálogo aborda a morte e converge para a questão da imortalidade da alma, a qual é resolvida pela doutrina de sua transmigração ao longo de existências em diferentes corpos. A presença do pensamento pitagórico é flagrante, e Platão alterna sua teoria psicológica (ou seja, da alma) com a doutrina da metempsicose exposta sob a forma do mito no final do diálogo.

*AS LEIS:* Diálogo inacabado. Sócrates não está presente neste, que é o mais extenso e mais abrangente (do ponto de vista da temática) dos diálogos. Seu personagem central não possui sequer um nome, sendo chamado simplesmente de O Ateniense; seus interlocutores (Clínias de Creta e Megilo de Lacedemônia) são com grande probabilidade figuras fictícias, o que se coaduna, a propósito, com a inexpressiva contribuição filosófica que emprestam ao diálogo, atuando – salvo raras ocasiões, nas quais, inclusive, contestam as afirmações do Ateniense – somente como anteparo dialético para ricochete das opiniões do Ateniense. *As Leis* (Νόμοι [*Nómoi*]) cobrem, semelhantemente à *A República*, uma ampla gama de temas, que revisitam *A República* e apresentam uma nova concepção do Estado, tendo dessa vez como fecho um elenco de admoestações ou advertências para a conduta dos cidadãos e, principalmente, a extensa promulgação de leis a serem aplicadas no seio da πόλις [*pólis*]. Como o conceito Νόμοι é bem mais lato do que nosso conceito de leis, e mesmo do que o conceito *lex* romano, a discussão desencadeada pelo Ateniense, como demonstra a variedade de itens correlacionados do diálogo, adentra as áreas da psicologia, da gnosiologia, da ética, da política, da ontologia e até das disciplinas tidas por nós como não filosóficas, como a astronomia e as matemáticas, não se restringindo ao domínio daquilo que entendemos como legal e jurídico (lei e direito). Destituído da beleza e elegância de tantos outros diálogos, *As Leis* (o último diálogo de autoria indiscutível de Platão) se impõe pelo seu vigor filosófico e por ser a expressão cumulativa e acabada do pensamento maximamente amadurecido do velho Platão.

*APOLOGIA:* É o único monólogo de Platão, exceto pelas respostas sumárias de Meleto; retrata o discurso de defesa de Sócrates na corte de Atenas perante um júri de 501 atenienses no ano de 399 a.C., quando ele contava com 70 anos. Sócrates fora acusado e indiciado (ação pública) pelos crimes de sedução da juventude e de impiedade, o mais grave de todos, pois consistia na descrença nos deuses do Estado. A *Apologia* é uma peça magna em matéria de estilo e teor, e certamente um dos escritos mais profundos e significativos já produzidos em toda a história da humanidade. Sócrates não retira uma única vírgula de suas concepções filosóficas que norteavam sua conduta como ser humano e cidadão de Atenas. Leva a coragem de expor e impor as próprias ideias às raias da plena coerência, pouco se importando com o que pensam os detentores do poder – mesmo porque já sabe que seu destino está selado. Sereno e equilibrado, respeita a corte, o Estado e aqueles que o condenam. Deixa claro que, longe de desrespeitar os deuses (a começar por Zeus e Apolo), sempre orientou seus passos pelo oráculo de Delfos e segundo a inspiração de seu δαίμων [*daímon*]. Seu discurso é prenhe de persuasão e capaz de enternecer até corações graníticos e impressionar cérebros geniais, mas não profere uma única sílaba a seu favor para escapar à morte, embora mencione o exílio, opção que descarta, e sugira o recurso de pagar uma multa, a ser paga majoritariamente por alguns de seus discípulos ricos, especialmente Platão. Para ele, nenhum cidadão está acima da lei, e esta tem de ser cumprida, mesmo que seja injusta. É impróprio, na verdade, entendermos sua defesa no sentido corrente da palavra, a acepção sofista e advocatícia: *ele não defende sua pessoa, sua integridade física, defende sim seu ideário*, que em rigor era seu único patrimônio, pois nada possuía em ouro e prata. Não teme o sofrimento, o exílio ou a morte – o que o repugna e lhe é incogitável é a abdicação do seu pensar e dos atos que consubstanciaram sua vida. Não alimenta a menor dúvida de que mais vale morrer com honra do que viver na desonra. Para ele, sua morte era a solução irreversível e natural de sua obra e dos fatos de sua vida. Se algum dia um homem soube com precisão como viver e quando morrer, esse homem foi Sócrates de Atenas!

Os 16 diálogos que se seguem são considerados por *alguns* helenistas e historiadores da filosofia como de autoria duvidosa ou apócrifos.

*SOFISTA:* Fazendo jus ao título, Sócrates principia a temática do diálogo indagando acerca dos conceitos de sofista, homem político e filósofo. Participam, entre outros, o geômetra Teodoro, Teeteto e um filósofo proveniente de Eleia, cidade natal de Parmênides e seu discípulo Zenão. A investigação inicial conduz os interlocutores à questão do *não-ser*, circunscrevendo o diálogo a essa questão ontológica fundamental, que constitui precisamente o objeto essencial da filosofia do pré-socrático *Parmênides*. O *Sofista* surge como uma continuação do *Teeteto*, mas pelo seu teor está vinculado mais intimamente ao *Parmênides*.

*PARMÊNIDES:* Curiosamente, nesse diálogo, Platão coloca como figura central o filósofo Parmênides e não Sócrates, embora o encontro seja provavelmente fictício e se trate de um diálogo narrado por Céfalo. Como seria de esperar, o objeto capital é de caráter ontológico, girando em torno das questões da natureza da realidade: se esta é múltipla ou una etc. A *teoria das Formas* é aqui introduzida, a saber, a realidade consiste em Formas (Ideias) que não são nem materiais, nem perceptíveis, das quais as coisas materiais e perceptíveis participam. O *Parmênides* se liga pela sua temática mais estreitamente ao *Filebo*, ao *Político* e ao *Sofista*.

*CRÁTILO:* O assunto aqui ventilado é o princípio sobre o qual está fundada a correção do nome (ὄνομα [*ónoma*], por extensão signo que abriga o conceito). O que legitima o nome? Segundo Hermógenes, os nomes nada têm a ver, no que concerne à origem, com as coisas nomeadas que representam: são estabelecidos por convenção. Crátilo, ao contrário, afirma que o nome é por natureza, isto é, a etimologia de um nome pode nos conduzir a uma descrição disfarçada que revela corretamente a natureza daquilo que é nomeado, sendo este o princípio da nomenclatura. Sócrates contesta ambas as teorias, realizando a crítica da linguagem mesma, propondo que busquemos por trás das palavras a natureza imutável e permanente das coisas como são em si mesmas, o que vale dizer que as palavras não nos capacitam a ter acesso ao mundo inteligível das Formas puras e, muito menos, revelam-no a nós.

*FILEBO:* O objeto de discussão é bastante explícito, ou seja, o que é o *bem* e como pode o ser humano viver a melhor (mais excelente, mais virtuosa) vida possível. Filebo, que identifica o bem com o prazer, apresenta-se como um belo jovem (não há registro histórico algum dessa pessoa, o que nos leva a crer que se trata de um personagem fictício de Platão). Analítica e etimologicamente, o nome significa *amigo* ou *amante da juventude*, o que nos conduz inevitavelmente à predileção de Sócrates por homens jovens e atraentes no seu círculo. Os helenistas, em geral, concordam que o *Filebo* foi produzido depois do *Fédon*, do *Fedro*, de *A República*, do *Parmênides* e do *Teeteto*, na última fase da vida de Platão e, portanto, em data muito posterior à morte de Sócrates. O *Filebo* é, sem sombra de dúvidas, um dos mais significativos e importantes diálogos de Platão, pela sua maturidade filosófica, clareza e porque o conceito nevrálgico da ética (o bem) é focalizado com insistência em conexão com a metafísica. O encaminhamento da discussão, especialmente no que tange à metafísica, aproxima o *Filebo* do *Sofista* e do *Político*.

*CRÍTON:* O objeto de discussão desse diálogo envolve o julgamento e a morte de Sócrates e situa-se no período de um mês (trinta dias) entre esses dois eventos, quando Críton (poderoso e influente cidadão ateniense, além de amigo pessoal de Sócrates) o visita na prisão e tenta, pela última vez (em vão), convencê-lo a assentir com um plano urdido por seus amigos (incluindo o suborno dos carcereiros) para sua fuga e seu deslocamento a um lugar em que ficasse a salvo do alcance da lei de Atenas. O diálogo assume agilmente o calor de um debate ético em torno da justiça (δίκη), insinuando-nos nas entrelinhas, um problema crônico da sociedade que agita e intriga os juristas até os nossos dias: está claro que a aplicação da lei colima a justiça, mas, na prática, com que frequência consegue atingi-la? Pensando em seu próprio caso, Sócrates, que insistia que até a lei injusta devia ser respeitada (o que era exatamente o que fazia naqueles instantes ao opor-se ao plano de fuga e ao suborno), faz-nos ponderar que a lei pode ser mesmo um instrumento de morte em nome da busca da justiça, mas onde está a sabedoria dos homens para utilizá-la? Até que ponto será a lei na prática (e absurdamente) um instrumento da injustiça? Por outro lado, a contínua reprovação que Sócrates votava aos sofistas, nesse caudal de raciocínio, não era gratuita. Para ele, esses habilíssimos retóricos defendiam à revelia da verdade e da justiça homens indiciados que podiam pagar por isso. Contribuíam o dinheiro e o poder para que a lei atingisse sua meta, a justiça? Ou seria o contrário? Haveria nisso, inclusive, uma crítica tácita ao próprio Críton. E afinal, o que é a justiça? Se a lei era para os atenienses um instrumento real e concreto, que permitia a aplicação via de regra sumária da justiça, esta não passava de um conceito discutível, embora fosse uma das virtudes capitais, aliás só superada pela sabedoria (φρόνησις [*phrónesis*], σοφία [*sophía*]).

*CRÍTIAS:* Diálogo inacabado no qual Platão, tendo Sócrates como o usual veiculador de suas ideias, põe, contudo, na boca de Crítias, a narração do mito de origem egípcia da Atlântida, civilização que teria existido em uma ilha do Atlântico, próxima à entrada do mar Mediterrâneo, há nove milênios da Atenas atual. Segundo Crítias, a Atenas de então guerreara contra esse povo de conquistadores, que acabara por perecer, pois um terremoto (maremoto?) fizera com que toda a ilha fosse tragada pelo oceano, causando, também, a morte de todos os guerreiros gregos daquela era. Ora, essa Atenas remota possuiria uma forma de governo que correspondia ao modelo de Estado apresentado em *A República*.

*EUTÍFRON:* O "tempo" desse breve diálogo é o curto período no qual Sócrates se prepara para defender-se, na corte de Atenas, das acusações de que fora alvo. O jovem Eutífron acabara de depor contra seu pai pela morte de um servo. O assassinato (mesmo de um servo) era um delito grave (como, aliás, Platão enfatiza em *As Leis*) que resultava em uma *mácula* (mãos sujas de sangue) que tinha de ser eliminada mediante ritos purificatórios. Tratava-se de um crime religioso, pois os maculados não purificados desagradavam aos deuses. Entretanto, a denúncia de um pai feita por um filho, embora justificável e permitida pelas leis democráticas de Atenas, era tida como "um ato pouco piedoso". Não é de surpreender, portanto, que esse diálogo verse sobre os conceitos de piedade (σέβας [*sébas*]) e impiedade (ἀσέβεια [*asébeia*], ἀσέβημα [*asébema*]), e que, por seu tema candente e visceral, aproxime-se da *Apologia*, do *Críton* e do *Fédon*.

*POLÍTICO:* Continuação do *Sofista*, esse diálogo procura traçar o perfil do homem político e indicar o conhecimento que tal indivíduo deveria possuir para exercer o bom e justo governo da πόλις [*pólis*], no interesse dos cidadãos. Essa descrição do perfil do estadista é mais negativa do que positiva, e Platão finda por retornar à figura do sofista.

*CÁRMIDES:* Um dos mais "éticos" diálogos de Platão, provavelmente pertencente à sua fase inicial, sob intensa influência do mestre Sócrates. É efetivamente um dos diálogos socráticos de Platão no qual as ideias do mestre se fundem às suas. O assunto é a σωφροσύνη [*sophrosýne*] (temperança, autocontrole, moderação). Cármides, tio materno de Platão, aqui aparece em sua adolescência (432 a.C.), antes de se tornar um dos 30 tiranos.

*LAQUES:* Também pertencente ao período inicial da investigação e vivência filosóficas sob Sócrates, no qual o corpo integral das ideias platônicas ainda não se consolidara e cristalizara, o *Laques* (nome de um jovem e destacado general ateniense que lutara na guerra do Peloponeso) é mais um diálogo ético que se ocupa de um tema específico: ἀνδρεία [*andreía*], coragem.

*LÍSIS:* Do mesmo período de *Cármides* e *Laques*, *Lísis* (nome de um atraente adolescente de ilustre família de Atenas) é outro diálogo "ético socrático", no qual se discute o conceito φιλία [*philía*] (amizade, amor). Parte da teoria da amizade desenvolvida por Aristóteles, na *Ética a Eudemo* e *Ética a Nicômaco*, baseia-se nas luzes e conclusões surgidas no Lísis.

*EUTIDEMO:* Outro diálogo "socrático". A matéria abordada, sem clara especificidade, retoma a crítica aos sofistas. Eutidemo (figura de existência historicamente comprovada) e seu irmão, Dionisodoro, abandonam o aprendizado da oratória sofística e os estudos marciais para empreenderem a erística (ἔρις [*éris*]: disputa, combate, controvérsia). O cerne da discussão é a oratória ou retórica (ῥητορεία [*retoreía*]), porém, é realizado um esforço para distingui-la da erística. Aristóteles, no *Órganon*, preocupar-se-á com essa distinção (retórica/erística) ao investigar profundamente a estrutura do silogismo e do juízo, indicando os tipos do primeiro do ponto de vista da verdade ou falsidade lógicas: um desses tipos é o *sofisma*, um silogismo capciosamente falso.

*MÊNON:* Provavelmente produzido no período mediano da vida de Platão, o *Mênon* não é propriamente um diálogo "socrático", já revelando uma independência e substancialidade do pensamento platônico. Mênon é integrante de uma das mais influentes famílias aristocráticas da Tessália. O diálogo, inicialmente, não visa a elucidar um conceito ou o melhor conceito (empenho típico dos diálogos "socráticos"), mas sim a responder a uma questão particular formulada por Mênon como primeira frase do diálogo: "Podes dizer-me, Sócrates, se é possível ensinar a virtude?". E ele prossegue: "Ou não é ensinável, e sim resultado da prática, ou nem uma coisa nem outra, o ser humano a possuindo por natureza ou de alguma outra forma?". Contudo, reincorporando uma característica do diálogo socrático, a segunda parte do Mênon reinstaura a busca do conceito da ἀρετή [*areté*]. Para os sofistas, a ἀρετή é fruto de uma convenção (νόμος [*nómos*]) e, portanto, verbalmente comunicável e passível de ser ensinada.

*HÍPIAS MENOR:* Hípias é o grande sofista que, ao lado de Protágoras, Pródico e Isócrates, atuou como um dos pugnazes adversários de Sócrates e Platão no fecundo e excitante cenário intelectual de Atenas. Esse curtíssimo diálogo teria sido motivado por um inflamado discurso proferido por Hípias, tendo a obra do poeta Homero como objeto. Sócrates solicita a Hípias que explicite sua visão sobre Aquiles e Odisseu, segundo a qual o primeiro é "o mais nobre e o mais corajoso", enquanto o segundo é "astuto e mentiroso". O problema aqui introduzido, estritamente ético, concerne ao cometimento consciente e voluntário da ação incorreta por parte do indivíduo justo e o cometimento inconsciente (insciente) e involuntário da ação incorreta por parte do indivíduo injusto. Em *A República* e *As Leis,* a questão do erro voluntário com ciência e o erro involuntário por ignorância também é enfocada. Ocioso dizer que se esbarra, implicitamente, na posição maniqueísta: é Aquiles absoluta, necessária e perenemente corajoso, probo e verdadeiro e Odisseu absoluta, necessária e perenemente velhaco e mentiroso?

*ION:* Este é um talentoso rapsodo profissional especializado nos poemas de Homero (não se sabe se figura real ou fictícia engendrada por Platão). O problema que Sócrates apresenta para Ion é: a poesia (ποίησις [*poíesis*]) é produto do conhecimento ou da inspiração dos deuses? Sócrates sugere que a arte do rapsodo, e mesmo a do poeta, é exclusivamente produto da inspiração divina, para elas não concorrendo nenhuma inteligência e conhecimento humanos. Platão também toca nesse tópico em *A República* e no *Fedro*.

*MENEXENO:* No menos filosófico dos diálogos, Sócrates se limita a executar um elogio à morte em campo de batalha, brindando Menexeno (nome de um insinuante membro do círculo socrático) com uma oração fúnebre que ele (Sócrates) diz ser da autoria de Aspásia, a amante de Péricles. É certo esse atípico diálogo ter sido escrito antes da morte de Sócrates, bem como o *Lísis*, do qual o personagem Menexeno também participa. Salvo pelas considerações preliminares de Sócrates acerca do "estupendo destino" daquele que tomba em batalha, o *Menexeno* carece de profundidade e envergadura filosóficas – foi com bastante propriedade que Aristóteles o chamou simplesmente de *Oração Fúnebre*.

Os três diálogos subsequentes são tidos como apócrifos pela grande maioria dos helenistas e historiadores da filosofia.

*ALCIBÍADES:* O mais "socrático" dos diálogos aborda o fundamento da doutrina socrática do autoconhecimento e provê uma resposta ao problema gnosiológico, resposta que é: nenhum conhecimento é possível sem o conhecimento de si mesmo, e o conhecimento do eu possibilita e instaura o conhecimento do não-eu, o mundo. Por isso, no diálogo, o conhecimento do eu é a meta perseguida pela maiêutica para fazer vir à luz o conhecimento do mundo sensível. É improvável que Platão tenha sido o autor desse diálogo, mas se o foi, escreveu-o (paradoxal e intempestivamente) muito depois da morte de seu mestre, por rememoração, e bem próximo de sua própria morte. Por seu estilo direto e "menos literariamente colorido", suspeita-se, com maior probabilidade, que tenha sido escrito pouco depois da morte do mestre da Academia, por um de seus discípulos mais capazes, talvez o próprio Aristóteles, mesmo porque a visão gnosiológica de cunho "subjetivista" e "antropológico" de Sócrates, que emerge do *Alcibíades* (nome de um belo e ambicioso jovem do círculo socrático), guarda semelhança com as ideias do jovem Aristóteles.

*HÍPIAS MAIOR:* Confronto entre Sócrates e Hípias, o sofista, no qual o primeiro, sempre em busca da compreensão dos conceitos, interroga o segundo, nesse ensejo não a respeito de uma virtude, mas sim sobre o que é καλός [*kalós*], termo, como tantos outros, intraduzível para as línguas modernas, um tanto aproximativo do inglês *fine* (em oposição a *foul*). Em português, é linguisticamente impossível traduzi-lo, mesmo precariamente, por uma única palavra. Se conseguirmos abstrair uma fusão harmoniosa dos significados de belo, bom, nobre, admirável e toda a gama de adjetivos qualificativos correlatos que indicam excelência estética e ética, poderemos fazer uma pálida ideia do que seja καλός. Desnecessário comentar que, como de ordinário, um mergulho profundo nas águas da cultura dos gregos antigos aliado ao acurado estudo da língua constitui o único caminho seguro para o desvelamento de conceitos como καλός.

*CLITOFON:* Esse brevíssimo apócrifo apresenta uma peculiaridade desconcertante no âmbito dos escritos platônicos. Nele, na busca da compreensão de em que consiste a ἀρετή [*areté*], virtude, particularmente a δίκη [*díke*], justiça, Sócrates não é o protagonista nem o costumeiro e seguro articulador das indagações que norteiam a discussão e conduzem, por meio da maiêutica associada à dialética, o interlocutor (ou interlocutores) à verdade latente que este(s) traz(em) à luz. Nesse curtíssimo e contundente diálogo, é Clitofon (simpatizante de Trasímaco, o pensador radical que aparece em *A República*) que "dá o tom da música", encaminha a discussão e enuncia a palavra final.

Finalmente, a maioria dos estudiosos, helenistas e historiadores da filosofia tende a concordar que as seguintes 14 obras não são decididamente da lavra de Platão, mas sim, via de regra, de seus discípulos diretos ou indiretos, constituindo o movimento filosófico que nos seria lícito chamar de *platonismo nascente,* pois, se tais trabalhos não foram escritos por Platão, é certo que as ideias neles contidas e debatidas não saem da esfera do pensamento platônico. Dos discípulos conhecidos de Platão, somente o estagirita Aristóteles foi capaz de criar um corpo íntegro e sólido de teorias originais.

*SEGUNDO ALCIBÍADES:* A questão da γνῶσις [*gnôsis*], conhecimento, volta à baila, mas nessa oportunidade Sócrates especializa a discussão, detendo-se no objeto, no valor e nas formas do conhecimento. Uma questão paralela e coadjuvante também é tratada ( já largamente abordada e desenvolvida em *As Leis,* em que o mesmo ponto de vista fora formulado): como nos dirigir aos deuses? Como no problema do conhecimento (em relação ao qual o único conhecimento efetivamente valioso, além do conhecimento do eu, é o conhecimento do bem), Sócrates se mostra restritivo: não convém agradar aos deuses com dádivas e sacrifícios dispendiosos, visto que os deuses têm em maior apreço as virtudes da alma, não devendo ser adulados e subornados. Nossas súplicas não devem visar a vantagens e a coisas particulares, mas simplesmente ao nosso bem, pois é possível que nos enganemos quanto aos bens particulares que julgamos proveitosos para nós, o que os deuses, entretanto, não ignoram.

*HIPARCO:* Diálogo breve, com um só interlocutor anônimo, no qual se busca o melhor conceito de cobiça ou avidez. O nome Hiparco é tomado de um governante de Atenas do final do século VI a.C., alvo da admiração de Sócrates.

*AMANTES RIVAIS:* A meta desse brevíssimo diálogo, com um título que dificilmente teria agradado a Platão, é estabelecer a distinção entre o conhecimento geral e a filosofia, envolvendo também a questão da autoridade. O título é compreensível, pois o diálogo encerra realmente a história da rivalidade de dois amantes.

*TEAGES:* Nome de um dos jovens do círculo de Sócrates, que, devido a sua saúde precária, teria morrido antes do próprio Sócrates. O diálogo começa com o pai do rapaz, Demódoco, pedindo orientação a Sócrates a respeito do desejo e ambição do filho: tornar-se sábio para concretizar sonhos de vida política. Esse pequeno diálogo realça, sobremaneira, aquilo que Sócrates (segundo Platão) chamaria na *Apologia* de "voz de seu *daímon* (δαίμων)" e o fascínio que Sócrates exercia sobre seus discípulos jovens.

*MINOS:* Provavelmente escrito pelo mesmo discípulo autor de *Hiparco*, *Minos* (nome de grande rei, legislador de Creta e um dos juízes dos mortos no Hades) busca o conceito mais excelente para νόμος (lei). É muito provável que esse diálogo tenha sido elaborado após a morte de Platão e, portanto, após *As Leis* (última obra do próprio Platão); todavia, em uma visível tentativa de integrar esse pequeno diálogo ao pensamento vivo do mestre, exposto definitiva e cristalizadamente em *As Leis*, o fiel discípulo de Platão compôs *Minos* como uma espécie de proêmio ao longo diálogo *As Leis*. Sócrates, mais uma vez, é apresentado às voltas com um único interlocutor anônimo, que é chamado de *discípulo*.

*EPINOMIS:* Como o título indica explicitamente (ἐπινομίς), é um apêndice ao infindo *As Leis*, de presumível autoria de Filipe de Oponto (que teria igualmente transcrito o texto de *As Leis,* possivelmente a partir de tabletes de cera, nos quais Platão o deixara ao morrer).

*DEFINIÇÕES:* Trata-se de um glossário filosófico com 184 termos, apresentando definições sumárias que cobrem os quatro ramos filosóficos reconhecidos oficialmente pela Academia platônica e a escola estoica, a saber, a *física* (filosofia da natureza), a *ética*, a *epistemologia* e a *linguística*. É possível que esse modestíssimo dicionário não passe de uma drástica seleção da totalidade das expressões e definições formuladas e ventiladas na Academia, em meados do século IV a.C. Com certeza, uma grande quantidade de expressões, mesmo nos circunscrevendo à terminologia platônica, não consta aqui, especialmente nas áreas extraoficiais pertencentes a disciplinas como a *ontologia* (ou *metafísica*), a *psicologia*, a *estética* e a *política*. Embora alguns sábios antigos atribuam *Definições* a Espeusipo, discípulo, sobrinho e sucessor de Platão na direção da Academia, tudo indica que temos diante de nós um trabalho conjunto dos membros da Academia.

*DA JUSTIÇA:* Brevíssimo diálogo em que Sócrates discute, com um interlocutor anônimo, questões esparsas sobre a δίκη [*díke*], justiça.

*DA VIRTUDE:* Análogo nas dimensões e no estilo ao *Da Justiça*, esse pequeno texto retoma o tema do *Mênon* (pode a virtude ser ensinada?) sem, contudo, trazer nenhuma contribuição substancial ao *Mênon*, do qual faz evidentes transcrições, além de fazê-las também de outros diálogos de Platão.

*DEMÓDOCO:* É outro produto do platonismo nascente. *Demódoco* (nome de um homem ilustre, pai de Teages) é constituído por um monólogo e três pequenos diálogos que tratam respectivamente da deliberação coletiva (refutada por Sócrates) e de alguns elementos do senso comum.

*SÍSIFO:* O tema, na mesma trilha daquele de *Demódoco*, gira em torno da tomada de decisão na atividade política. A tese de Sócrates é que "se a investigação pressupõe ignorância, a deliberação pressupõe saber".

*HÁLCION:* Para ilustrar a inconcebível superioridade do poder divino (cujos limites desconhecemos) sobre o poder humano, Sócrates narra ao seu amigo Querefonte a lenda de Hálcion, figura feminina que foi metamorfoseada em ave marinha para facilitar a procura do seu amado marido. Certamente o menor, porém, o mais bem elaborado dos diálogos do segundo advento do platonismo (provavelmente escrito entre 150 a.C. e 50 d.C., embora muitos estudiosos prefiram situá-lo no século II d.C. atribuindo sua autoria ao prolífico autor e orador Luciano de Samosata. Aliás, a prática editorial moderna e contemporânea generalizada [que é já a adotada por Stephanus no século XVI] é não fazer constar o *Hálcion* nas obras completas de Platão; os editores que publicam Luciano incluem o *Hálcion* normalmente nas obras completas deste último).

*ERIXIAS:* O assunto que abre o diálogo é a relação entre a riqueza (πλοῦτος [*ploŷtos*]) e a virtude (ἀρετή [*areté*]) e se concentra em uma crítica ao dinheiro (ouro e/ou prata) por parte de Sócrates. Na defesa da riqueza material, Erixias não consegue elevar seus argumentos acima do senso comum, mas uma discussão simultânea é desenvolvida, indagando sobre a diferença entre os sólidos e sérios argumentos filosóficos e os folguedos intelectuais. O tema da relação πλοῦτος/ἀρετή fora já abordado com maior amplitude e profundidade em *As Leis*, em que Platão, pela boca do ateniense, define quantitativamente o grau suportável de riqueza particular em ouro e prata que permita a um indivíduo ser a um tempo rico e virtuoso, sem tornar tais qualidades incompatíveis entre si e comprometer sua existência como cidadão na convivência com seus semelhantes no seio da πόλις (*pólis*), cidade. Essa questão aparece também no *Fedro* e no *Eutidemo*.

*AXÍOCO:* Nesse diálogo, Sócrates profere um discurso consolador visando à reabilitação psicológica possível de um homem no leito de morte, abalado com a perspectiva inevitável desta. O tema perspectiva da *morte* (θάνατος [*thánatos*]) é abordado diretamente na *Apologia* e no *Fédon*. O *Axíoco* data do período entre 100 a.C. e 50 d.C.

*Edson Bini*

# CRONOLOGIA

Esta é uma cronologia parcial. Todas as datas são a.c., e a maioria é aproximativa. Os eventos de relevância artística (relacionados à escultura, ao teatro etc.) não constam nesta Cronologia. O texto em itálico destaca alguns eventos marcantes da história da filosofia grega.

- 530 – *Pitágoras de Samos funda uma confraria místico-religiosa em Crotona.*
- 500 – *Heráclito de Éfeso floresce na Ásia Menor.*
- 490 – Os atenienses derrotam os persas em Maratona.
- 481 – Lideradas por Esparta, as cidades-Estado gregas se unem para combater os persas.
- 480 – Os gregos são duramente derrotados nas Termópilas pelos persas, e a acrópole é destruída.
- 480 – Os gregos se sagram vencedores em Salamina e Artemísio.
- 479 – Com a vitória dos gregos nas batalhas de Plateia e Micale, finda a guerra contra os persas.
- 478-477 – Diante da nova ameaça persa, Atenas dirige uma nova confederação dos Estados gregos: a "Liga Délia".
- 469 ou 470 – *Nascimento de Sócrates*
- 468 – A esquadra persa é derrotada.
- 462 – *Chegada do pré-socrático Anaxágoras a Atenas.*
- 462-461 – Péricles e Efialtes promovem a democracia em Atenas.
- 460 – Nascimento de Hipócrates.
- 457 – Atenas se apodera da Beócia.
- 456 – Finda a construção do templo de Zeus, em Olímpia.
- 454-453 – O poder de Atenas aumenta grandemente em relação aos demais Estados gregos.

447 – Início da construção do Partenon.
445 – Celebrada a Declaração da "Paz dos Trinta" entre Atenas e Esparta.
444 – *O sofista Protágoras produz uma legislação para a nova colônia de Túrio.*
431 – Inicia-se a Guerra do Peloponeso entre Atenas e Esparta.
429 – Morte de Péricles.
427 – *Nascimento de Platão em Atenas.*
424 – Tucídides, o historiador, é nomeado general de Atenas.
422 – Os atenienses são derrotados em Anfípolis, na Trácia.
421 – Celebrada a paz entre Atenas e Esparta.
419 – Atenas reinicia guerra contra Esparta.
418 – Os atenienses são vencidos pelos espartanos na batalha de Mantineia.
413 – Os atenienses são derrotados na batalha naval de Siracusa.
405 – Nova derrota dos atenienses em Egospótamos, na Trácia.
404 – Rendição de Atenas à Esparta.
401 – Xenofonte comanda a retirada de Cunaxa.
399 – *Morte de Sócrates.*
385 – *Criação da Escola de Platão, a Academia.*
384 – *Nascimento de Aristóteles em Estagira.*
382 – Após guerras intermitentes e esporádicas contra outros Estados gregos e os persas, de 404 a 371, Esparta se apossa da cidadela de Tebas.
378 – É celebrada a aliança entre Tebas e Esparta.
367 – *Chegada a Atenas de Aristóteles de Estagira.*
359 – Ascensão de Filipe II ao trono da Macedônia e início de suas guerras de conquista e expansão.
351 – Demóstenes adverte os atenienses a respeito do perigo representado por Filipe da Macedônia.
347 – *Morte de Platão.*
343 – Aristóteles se torna preceptor de Alexandre.
338 – Derrota de Atenas e seus aliados por Filipe da Macedônia em Queroneia. Os Estados gregos perdem seu poder e a conquista da Grécia é efetivada.
336 – Morte de Filipe II e ascensão de Alexandre ao trono da Macedônia.
335 – *Aristóteles funda sua Escola em Atenas, no Liceu.*
334 – Alexandre move a guerra contra a Pérsia e vence a batalha de Granico.
331 – Nova vitória de Alexandre em Arbela.

330 – As forças persas são duramente derrotadas em Persépolis por Alexandre, dando fim à expedição contra a Pérsia.
323 – Morte de Alexandre na Babilônia.

# ALCIBÍADES
(OU DA NATUREZA HUMANA)

PERSONAGENS DO DIÁLOGO:
Sócrates e Alcibíades

103a **Sócrates:** Filho de Clínias, julgo que deve surpreender-te o fato de eu, o primeiro a estar apaixonado por ti e o único que não desistiu de cortejar-te para depois te abandonar – e enquanto todos eles a ti importunavam com sua conversação –, não dirigir a ti uma só palavra por todos esses anos. Para isso não houve causas humanas, tendo eu sido barrado por um certo *daímon*,[1] acerca de cujo poder terás informações mais tarde.
b  Entretanto, como agora ele não me barra mais, vim procurar-te, como constatas. E estou na firme expectativa que ele não me oferecerá mais oposição no futuro.

Tenho observado a ti por todo esse tempo e formei uma boa ideia sobre teu comportamento com teus amantes. De fato, embora fossem muitos e orgulhosos, foste ainda mais arrogante e puseste cada um deles em fuga. Eu apreciaria
104a explicar por que tua postura superior constitui dose excessiva para eles.

Afirmas que, de modo algum, necessitas de alguém em nada, visto que teus atributos são tão grandiosos – começando por teu corpo e terminando por tua alma – que a ti nada falta.

---

1. Ver *Apologia de Sócrates*, 27c e 40a-b-c (*Diálogos III, Clássicos Edipro*). Ver o *Teages*, 128d-130e, neste volume.

Pensas, em primeiro lugar, ser, entre todos, o homem mais atraente e de melhor porte... no que não estás equivocado, pois isso se patenteia aos olhos de todos; e, em segundo lugar, pensas pertenceres à mais destacada família de tua cidade, que é a maior da Grécia, e que contas, por meio de teu pai,
b com muitíssimas das mais excelentes pessoas na qualidade de teus amigos e parentes, que te amparariam em caso de necessidade; a essas pessoas se somam também outros parentes, por parte de tua mãe, que não são em nada inferiores aos primeiros, tampouco em menor número. E tens Péricles,[2] filho de Xantipo, que teu pai deixou como teu tutor e de teu irmão quando morreu, pessoa que avalias como aliado mais poderoso do que o conjunto de todos aqueles que mencionei – um indivíduo capaz de realizar tudo o que queira não só neste Estado, como também em toda a Grécia e inclusive em muitas
c grandes nações dos povos bárbaros. Devo mencionar também a riqueza de tua casa, ainda que pense ser esse o motivo menos importante para te teres em alta conta.

Bem, fazes alarde de todas essas vantagens e sobrepujaste teus amantes, ao mesmo tempo que eles, em sua posição inferior, renderam-se ao teu poder, sendo que tudo isso não te passou despercebido. Assim, estou certo de que te surpreendes imaginando o que pretendo ao não me livrar de minha paixão, e que esperança estaria alimentando ao persistir quando todos os outros se foram.

**Alcibíades:**[3] Talvez, Sócrates, não estejas ciente de que tenhas
d simplesmente se antecipado a mim, já que eu, realmente, tencionava procurar-te e fazer-te primeiro aquela mesma pergunta: qual o teu propósito e expectativa em me incomodar certificando-se sempre quanto a estar onde eu possa estar? De fato, só posso surpreender-me imaginando qual pode ser teu objetivo, e ficaria satisfeitíssimo que me dissesses qual é.

---

2. Péricles (?495-429 a.C.), renomadíssimo homem de Estado e orador ateniense, além de principal instaurador da democracia.
3. Ver *Protágoras*, 309a-b-c e *O Banquete*, 172b e 212d a 223a. Esses diálogos estão presentes em *Clássicos Edipro*.

**Sócrates:** Então, é de se presumir que ouvirás a mim com máxima atenção se, como dizes, desejas ardentemente saber o que pretendo. Tenho comigo que escutarás cuidadosamente.
**Alcibíades:** É claro que sim. Apenas prossegue.

e **Sócrates:** Estejas atento, então, pois não me surpreenderia, em absoluto, quanto a encontrar tanta dificuldade para parar quanto encontrei para começar.
**Alcibíades:** Pois fala, caro senhor, e eu escutarei.
**Sócrates:** É necessário que fale, suponho, ainda que seja difícil para quem ama dirigir a palavra, desempenhando o papel de pretendente, a um homem que não se rende a quem está apaixonado. Preciso, contudo, reunir coragem para expressar o que penso.

Na verdade, Alcibíades, se eu constatasse teu contentamento com as coisas que acabei de indicar e pensasse que deverias passar tua vida delas usufruindo, já teria há muito renunciado ao meu amor – ao menos é do que persuado a
105a mim mesmo. Todavia, provarei a ti, pessoalmente, que tens de fato em mente um conjunto completamente diferente de pensamentos. E então compreenderás quão continuamente estive pensando em ti.

Com efeito, creio que se algum deus te perguntasse: "Alcibíades, preferes viver com tuas atuais posses ou morrer imediatamente se não tiveres a chance de obter coisas maiores?", preferirias morrer. Qual seria então a atual expectativa de tua existência? Dir-te-ei o que imagino que seja. Pensas que se te apresentares brevemente diante do povo ateniense – o que es-
b peras que ocorra daqui há pouquíssimos dias – destacar-te-ás e provarás ao povo que és mais merecedor de honra do que Péricles ou qualquer outro que já tenha existido. E que tendo provado isso, terás o maior poder neste Estado; e que se fores o maior aqui, também o serás entre todos os demais Estados gregos, e não apenas entre estes como inclusive entre todos os bárbaros que, como nós, habitam este continente.

E se aquele mesmo deus te dissesse então que terias poder
c absoluto na Europa, mas que não seria permitido que alcan-

çasses a Ásia e interferisses nos assuntos daquele continente, acredito que também te negarias a viver nessas condições... se não pudesses preencher, por assim dizer, o mundo todo com teu nome e teu poder. E imagino que, à exceção de Ciro e Xerxes,[4] pensas que jamais existiu alguém de alguma importância. Assim, não estou conjecturando que essa seja tua expectativa e ambição... sei que é.

E como sabes que o que afirmo é verdadeiro, talvez perguntes: "Bem, Sócrates, e o que tem a ver isso com o ponto em questão?".[5] Eu te responderei, caro filho de Clínias e Deinomache. É impossível colocar todas essas tuas ideias em prática sem a minha participação, tão grande é o poder que julgo ter sobre teus negócios e sobre ti, sendo, segundo creio, por isso mesmo que o deus, por tanto tempo, impediu-me de conversar contigo, enquanto esperei pelo dia em que me permitiria fazê-lo.

Tal como nutres a esperança de demonstrar em público que és inestimável ao Estado e, uma vez demonstrado isso, de conquistar em seguida poder ilimitado, nutro, de minha parte, a esperança de conquistar imenso poder sobre ti provando que sou para ti inestimável, e que nenhum tutor, ou parente, ou qualquer outro indivíduo, exceto eu, está capacitado a transmitir-te o poder pelo qual anseias, isto, entretanto, com a ajuda do deus. Decerto quando eras jovem, antes de imbuir-te de todas essas expectativas e ambições, o deus – creio – impediu-me de conversar contigo porque meu discurso seria inútil, mas agora ele me disse para fazê-lo, pois agora escutarás a mim.

**Alcibíades:** A mim pareces, Sócrates, agora que começaste a falar, muito mais estranho do que quando me seguias em silêncio, embora mesmo naquela época parecesses suficientemente estranho. Bem, quanto a serem ou não essas as minhas

---

4. Ciro (?-529 a.C.), Xerxes (?-465 a.C.), poderosos reis da Pérsia.
5. Apesar de mantido com reservas, Burnet acrescenta: ...*Afirmaste que irias dizer-me porque não desististe de mim...* .

expectativas e ambições, parece que já o decidiste, de modo que negá-lo de nada me servirá para convencer-te. Muito bem. Todavia, na suposição de que realmente alimento essas expectativas, como admitir que constituis o meio exclusivo pelo qual poderei atingi-las? O que torna a ti imprescindível? Podes dizer-me?

b **Sócrates:** Estás perguntando se posso fazer um longo discurso como os que estavas acostumado a ouvir? Não, minha dádiva não é dessa espécie, mas penso que serei capaz de provar a verdade do que afirmei se estiveres disposto a me conceder um pequeno favor.

**Alcibíades:** Bem, se queres dizer um favor que não é difícil de ser concedido, estou disposto.

**Sócrates:** E acharias difícil responder a perguntas a ti formuladas?

**Alcibíades:** Não, não acharia difícil.

**Sócrates:** Então responde.

**Alcibíades:** Pergunta.

c **Sócrates:** Bem, tens as intenções que afirmei que tens?

**Alcibíades:** Digamos que sim, se o preferes, para que eu possa saber o que dirás na sequência.

**Sócrates:** Muito bem. Tencionas, como afirmo, apresentar-te logo como conselheiro dos atenienses. Supõe que eu te retivesse quando estivesses para subir ao pódio e te perguntasse: "Sobre que matéria os atenienses se propõem a obter aconselhamento, para que pudesses levantar-te e aconselhá-los? É algo a respeito de que dispões de melhor conhecimento do que eles?" O que responderias?

d **Alcibíades:** Sim, suponho que responderia que era algo que conhecia melhor do que eles.

**Sócrates:** Portanto, és um bom conselheiro de coisas das quais realmente tens conhecimento.

**Alcibíades:** É claro.

**Sócrates:** E conheces somente as coisas que aprendeste de outras pessoas ou que descobriste sozinho?

**Alcibíades:** E que mais poderia eu conhecer?

**Sócrates:** E poderia acontecer de alguma vez teres aprendido ou descoberto algo sem estares desejoso ou de aprendê-lo ou de o investigares tu mesmo?

**Alcibíades:** Não.

**Sócrates:** Bem, terias desejado investigar ou aprender aquilo que julgavas que conhecias?

**Alcibíades:** Realmente não.

e **Sócrates:** Assim, houve um tempo em que não julgavas que conhecias o que agora realmente conheces.

**Alcibíades:** Necessariamente.

**Sócrates:** Todavia, faço uma boa ideia do que aprendeste. Diz-me se algo me escapou: pelo que me lembro, aprendeste a escrita, a tocar harpa e a lutar; no que toca a tocar a flauta, te recusaste a fazê-lo. Essas são as coisas que conheces, a não ser, talvez, que haja algo que estiveste aprendendo que tenha passado despercebido por mim, mas não acho que tenhas te furtado ao meu olhar toda vez que te ausentavas de casa, de noite ou de dia.

**Alcibíades:** Não, essas foram as únicas lições que tive.

107a **Sócrates:** Ora, será quando os atenienses estiverem pedindo aconselhamento quanto a como escrever corretamente que te levantarás para aconselhá-los?

**Alcibíades:** Por Zeus, eu jamais faria isso!

**Sócrates:** Então será para aconselhar sobre as notas da lira?

**Alcibíades:** Em absoluto.

**Sócrates:** E certamente eles não têm o hábito de deliberar a respeito de golpes de luta na Assembleia.

**Alcibíades:** Certamente não.

**Sócrates:** Então qual será o assunto de sua deliberação envolvendo teu aconselhamento? Presumo que não será a construção.

**Alcibíades:** Realmente não.

b **Sócrates:** Isso porque um construtor fornecerá melhor aconselhamento do que tu nessa área.

**Alcibíades:** Sim.

**Sócrates:** Tampouco será a divinação?

**Alcibíades:** Não.
**Sócrates:** Pois também, nesse caso, um intérprete de oráculos será mais útil do que tu.
**Alcibíades:** Sim.
**Sócrates:** Independentemente de ser ele baixo ou alto, atraente ou feio, de nobre nascimento ou indivíduo ordinário.
**Alcibíades:** É claro.
**Sócrates:** E quando os atenienses estiverem deliberando sobre a saúde dos cidadãos não fará diferença se o conselheiro é rico ou pobre: tudo que exigirão do conselheiro é que seja um médico.

c

**Alcibíades:** Sem dúvida.
**Sócrates:** *Isso porque em toda matéria o aconselhamento provém de uma pessoa que conhece, não de alguém que possui riquezas.*
**Alcibíades:** *É claro.*[6]
**Sócrates:** Então o que estarão considerando quando te levantares para os aconselhar, supondo que estejas agindo corretamente ao fazer isso?
**Alcibíades:** Os seus próprios assuntos, Sócrates.
**Sócrates:** Tu te referes à construção de navios e à questão de que tipos de navios devem estar construindo?
**Alcibíades:** Não, Sócrates.
**Sócrates:** Suponho que a razão disso é não conheceres a construção de navios. Estou certo ou haveria uma outra razão?
**Alcibíades:** Não. A razão é precisamente essa.

d

**Sócrates:** Bem, sobre que tipo de assunto que lhes é próprio queres dizer que estarão deliberando?
**Alcibíades:** Sobre a guerra, Sócrates, ou a paz ou qualquer outro assunto concernente ao Estado.
**Sócrates:** Queres dizer que estarão deliberando sobre com quem devem estabelecer a paz e com quem devem guerrear, e sobre como devem fazê-lo?

---

6. Com base em Burnet, deslocamos estas duas falas (em *itálico*). Nos manuscritos, sua posição é diferente, gerando uma certa incoerência no desenvolvimento sequencial das ideias do diálogo. Schanz não altera a posição original.

**Alcibíades:** Sim.
**Sócrates:** E com quem é melhor fazê-lo, não é mesmo?
**Alcibíades:** Sim.
e **Sócrates:** E em que ocasião é melhor?
**Alcibíades:** Certamente.
**Sócrates:** E por quanto tempo é melhor?
**Alcibíades:** Sim.
**Sócrates:** Supondo que os atenienses tenham que deliberar com quem devem lutar engalfinhando-se, com quem apenas à distância de um braço, e de que maneira, quem seria o melhor conselheiro para isso: tu ou o instrutor de luta?
**Alcibíades:** Suponho que o instrutor de luta.
**Sócrates:** E podes informar-me o que visa o instrutor quando te aconselha sobre com quem deves ou não deves engalfinhar--te, e quanto a quando e como? Quero dizer, por exemplo, que alguém deveria engalfinhar-se com aqueles com os quais é melhor engalfinhar-se, não é isso?
**Alcibíades:** Sim.
108a **Sócrates:** E até tanto quanto for melhor?
**Alcibíades:** Tanto quanto.
**Sócrates:** E também quando for melhor?
**Alcibíades:** Certamente.
**Sócrates:** E, tomando um outro exemplo: quando alguém canta, às vezes tem que acompanhar a canção com a harpa e os passos.
**Alcibíades:** Tem.
**Sócrates:** E deve fazê-lo quando é melhor, não é mesmo?
**Alcibíades:** Sim.
**Sócrates:** E tanto quanto for melhor?
**Alcibíades:** Concordo.
**Sócrates:** Ora, como aplicaste o termo *melhor* a ambos os casos,
b ou seja, da harpa para o acompanhamento da canção e da luta em engalfinhamento, o que chamas de *melhor* no caso de tocar a harpa em correspondência com o que chamo de ginástica no caso da luta? Como chamas isso?

**Alcibíades:** Não compreendo.

**Sócrates:** Então tenta imitar-me, pois minha resposta proporcionou a ti, acho, o que é correto em todos os exemplos. E o que é correto, presumo, é o que ocorre de acordo com arte, não é mesmo?

**Alcibíades:** Sim.

**Sócrates:** E não é a arte aqui a ginástica?

**Alcibíades:** Certamente.

c **Sócrates:** E eu disse que o *melhor* no caso da luta era a ginástica.

**Alcibíades:** Disseste.

**Sócrates:** E me expressei bem?

**Alcibíades:** Acho que sim.

**Sócrates:** Então é tua vez de ir avante, pois cabe também a ti, suponho, argumentar corretamente. Começa por dizer-me qual é a arte que engloba o tocar a harpa, cantar e compor os passos corretamente. Qual é o nome dado a ela como um todo? Ainda não és capaz de dizer-me?

**Alcibíades:** De fato, não.

**Sócrates:** Bem, tenta este outro caminho: quais são as deusas promotoras da arte?

**Alcibíades:** Tu te referes às Musas, Sócrates?

d **Sócrates:** Sim. Agora simplesmente reflete e diz qual é o nome da arte que é nomeada segundo elas.

**Alcibíades:** Suponho que queiras dizer a *música*.

**Sócrates:** É isso. E o que procede *corretamente* (qual é o procedimento correto) para o que ocorre segundo essa arte? No outro caso, te indiquei o que procede *corretamente* (qual o procedimento correto) para o que ocorre segundo a arte, isto é, ginástica. Agora é tua vez de declarar algo análogo nesse último caso. Qual é o procedimento, isto é, como ocorre?

**Alcibíades:** Suponho que *musicalmente*.

**Sócrates:** Disseste bem. E o que chamas de *melhor*, no tocante ao que é melhor, no guerrear e estar em paz? Tal como nos e nossos outros exemplos afirmaste que o *melhor* implicava respectivamente o mais musical e o mais ginástico, tenta agora dizer-me o que é o *melhor* nesse caso.

**Alcibíades:** Mas realmente não posso.

**Sócrates:** Decerto, porém, isso é vergonhoso, pois se falasses com alguém na qualidade de seu conselheiro no assunto alimento, e afirmasses que um tipo de alimento era *melhor* do que outro, em um certo tempo e em uma certa quantidade, e ele em seguida te indagasse: "O que queres dizer com melhor, Alcibíades?", em tal assunto poderias responder a ele que querias dizer *mais saudável*, embora não tivesses a pretensão de ser um médico. Contudo, em um caso em que tens a pretensão de ser um conhecedor e estás pronto a levantar e aconselhar como se conhecesses, não ficas embaraçado por não seres capaz, como parece, de responder uma pergunta relativa a esse assunto? Assim, não parece ser isso vergonhoso?

**Alcibíades:** Certamente.

**Sócrates:** Então examina esse ponto e esforça-te para dizer-me qual é a conexão do *melhor* em estar em paz ou em guerra com aqueles com os quais devemos exibir essas disposições.

**Alcibíades:** Bem, estou examinando, porém não consigo percebê-lo.

**Sócrates:** É forçoso, porém, que saibas que tratamento nos dispensamos mutuamente quando entramos em uma guerra e como o designamos ao fazê-lo.

**Alcibíades:** Sei. Dizemos que estamos sendo vítimas de astúcia, de violência ou de saque.

**Sócrates:** Isso basta. E como reagimos a cada um desses tratamentos? Esforça-te para dizer-me como uma maneira difere da outra.

**Alcibíades:** Quando dizes *maneira*, Sócrates, queres dizer maneira justa ou maneira injusta?

**Sócrates:** Exatamente.

**Alcibíades:** Todavia, com certeza isso produz toda a diferença do mundo.

**Sócrates:** Bem, aconselharemos os atenienses a travar guerra com quem? Contra quem está se comportando injustamente ou contra quem está agindo com justiça?

c **Alcibíades:** Fazes uma pergunta para a qual a resposta é difícil, porque mesmo na hipótese de alguém concluir que é necessário guerrear contra aqueles que estão fazendo o que é justo, ele não admitiria isso, ou seja, que estão fazendo o que é justo.

**Sócrates:** Suponho que porque isso não seria legal.

**Alcibíades:** Não, certamente não seria. *Tampouco é considerado algo nobre.*[7]

**Sócrates:** Então, ao elaborar teus discursos, também recorrerás a essas coisas?

**Alcibíades:** Necessariamente.

**Sócrates:** Consequentemente, esse *melhor* sobre o qual te indagava – com referência a guerrear ou não guerrear, a contra quem devemos guerrear e contra quem não, e a quando guerrear e quando não – acaba se tornando única e exclusivamente o *mais justo*, não é?

**Alcibíades:** É o que parece.

d **Sócrates:** Entretanto, como pode ser, meu caro Alcibíades? Não percebeste tua própria falta de conhecimento dessa matéria ou passou a mim despercebido o fato de a teres aprendido com um mestre que te ensinou a distinguir o *mais justo* do *mais injusto*?[8]... Bem, quem é essa pessoa? Diz-me para que possas apresentar-me a ele como um outro discípulo.

**Alcibíades:** Estás gracejando comigo, Sócrates.

**Sócrates:** Não. Juro pela Amizade, cujo nome jamais pronunciae ria em vão. Assim, informa-me quem é a pessoa, se puderes.

**Alcibíades:** E se eu não puder? Não achas que eu poderia saber acerca do que é justo e injusto de alguma outra forma?

**Sócrates:** Sim, poderias caso o descobrisses.

---

7. Se atribuirmos a frase em ***itálico negrito*** (οὐδέ γε καλὸν δοκεῖ εἶναι) a Sócrates, ficaria:
   **Sócrates:** Suponho que porque isso não seria legal.
   **Alcibíades:** Não, certamente não seria.
   **Sócrates:** Tampouco é considerado algo nobre.
   **Alcibíades:** Não.
8. Burnet: ...*menos justo*... .

**Alcibíades:** Bem, não achas que eu poderia descobri-lo?
**Sócrates:** Sim, com certeza... se investigasses a matéria.
**Alcibíades:** E não achas que eu poderia investigá-la?
**Sócrates:** Acho, mas se julgasses não ter dela conhecimento.
**Alcibíades:** E não houve um tempo em que julguei isso?
**Sócrates:** Falaste com propriedade. Podes, então, dizer-me em que tempo julgavas não saber o que é justo e injusto? Digamos, foi no ano passado que investigavas e julgavas não saber? Ou julgavas que sabias? Responde-me sinceramente, para que nosso diálogo não seja uma perda de tempo.
**Alcibíades:** Bem, julgava que sabia.
**Sócrates:** E não julgavas o mesmo há três anos, há quatro e há cinco?
**Alcibíades:** Julgava.
**Sócrates:** Antes dessa época, porém, eras uma criança, não eras?
**Alcibíades:** Sim.
**Sócrates:** De modo que estou certo que, nesse período, julgavas que sabias.
**Alcibíades:** E como podes estar tão certo disso?
**Sócrates:** Muitas vezes eu te ouvi, quando na condição de um menino, na escola ou alhures, jogavas ossinhos ou algum outro jogo, ao invés de hesitar quanto ao justo e injusto, manifestar-se alto e confiantemente a respeito de um ou outro de teus companheiros de jogos, dizendo que era um biltre e um trapaceiro que não jogava limpo. O que relato não é verdadeiro?
**Alcibíades:** Contudo, o que podia eu fazer, Sócrates, quando alguém me enganava?
**Sócrates:** Se não soubesses, porém, realmente se estavas ou não sendo enganado, por que indagar "O que posso fazer?"
**Alcibíades:** Todavia, por Zeus, eu *realmente* sabia! Percebia com toda a clareza que estavam me enganando.
**Sócrates:** Bem, então, mesmo quando criança parece que julgavas saber o que era justo e injusto.
**Alcibíades:** Julgava saber e *sabia*.

**Sócrates:** Contudo, o descobriste em que ocasião? Decerto não foi enquanto julgavas que sabias.
**Alcibíades:** Realmente não.
**Sócrates:** Então quando julgavas que não sabias? Pondera sobre isso... acredito que não encontrarás esse tempo.
**Alcibíades:** Por Zeus, Sócrates, realmente não tenho como informá-lo.
d **Sócrates:** Portanto, não é por descoberta que adquiriste esse conhecimento.
**Alcibíades:** De modo algum, é o que parece.
**Sócrates:** Acabaste de dizer, porém, que tampouco o obteve por meio de aprendizado. E se não o descobriste nem o aprendeste, como explicar que dispões desse conhecimento? E de onde o tiraste?
**Alcibíades:** Bem, talvez a resposta dada por mim a ti não tenha sido correta, quer dizer, que eu o sabia graças a minha própria descoberta.
**Sócrates:** Então como aconteceu?
**Alcibíades:** Suponho que o aprendi do mesmo modo que todas as outras pessoas.
**Sócrates:** O que nos faz voltar ao mesmo argumento: de quem? Diz-me.
e **Alcibíades:** Das pessoas em geral.
**Sócrates:** Ao dares crédito a *pessoas em geral*, te confias a mestres de pouca seriedade.
**Alcibíades:** Por quê? Elas não têm competência para ensinar?
**Sócrates:** Nem sequer para instruir quais movimentos fazer ou não fazer no jogo infantil dos ossinhos. E este, imagino, é um assunto trivial comparado com a justiça... O que? Não concordas?
**Alcibíades:** Sim.
**Sócrates:** Então, embora sejam incapazes de ensinar as mais triviais matérias, são capazes de ensinar matérias mais sérias?
**Alcibíades:** É o que penso. De qualquer maneira, há muitas outras coisas que são capazes de ensinar e que são mais sérias do que o jogo de ossinhos.

**Sócrates:** Que espécie de coisas?

**Alcibíades:** Por exemplo, foi com eles que aprendi a falar grego, mas não poderia dizer-te quem foi meu mestre, podendo apenas atribuí-lo às mesmas pessoas que afirmas serem mestres de pouca seriedade.

**Sócrates:** Sim, meu nobre amigo, é possível que as pessoas em geral sejam boas mestras nisso, podendo, com justiça, serem louvadas por seu ensinamento nessas matérias.

**Alcibíades:** E por quê?

**Sócrates:** Porque nessas matérias elas dispõem do recurso que é próprio dos bons mestres.

**Alcibíades:** O que queres dizer com isso?

**Sócrates:** Sabes que aqueles que vão ensinar qualquer coisa devem, em primeiro lugar, conhecê-la eles próprios, não é mesmo?

**Alcibíades:** É claro.

**Sócrates:** E que aqueles que conhecem devem concordar entre si e não discordar?

**Alcibíades:** Sim.

**Sócrates:** E se as pessoas discordarem acerca de alguma coisa, dirias que a conhecem?

**Alcibíades:** Realmente não.

**Sócrates:** Assim como poderiam ser mestras disso?

**Alcibíades:** Não poderiam.

**Sócrates:** Ora, achas que as pessoas em geral discordam sobre o que é a pedra ou a madeira? Se as indagares, não oferecem as mesmas respostas? Não procuram as mesmas coisas quando desejam obter alguma madeira ou alguma pedra? E ocorre o mesmo no que diz respeito a outras coisas semelhantes. De fato, estou quase certo em compreender que queres dizer precisamente isso por saber falar grego, não estou?

**Alcibíades:** Sim.

**Sócrates:** E relativamente a essas matérias, como afirmamos, não apenas concordam entre si e consigo mesmas privadamente. Sua concordância não é também pública? Estados não discordam entre si e empregam termos distintos com referência à mesma coisa, não é mesmo?

**Alcibíades:** Não.

d **Sócrates:** Com o que é provável que serão bons mestres dessas matérias.

**Alcibíades:** Sim.

**Sócrates:** E se desejássemos prover alguém do conhecimento dessas matérias, estaríamos certos em encaminhá-lo às *pessoas em geral* de que falas para que fosse instruído?

**Alcibíades:** Certamente.

**Sócrates:** Supõe, porém, que quiséssemos saber não só o que são seres humanos ou cavalos, como também quais deles são ou não são bons corredores. As pessoas, em geral, bastariam para nos ensinar isso?

**Alcibíades:** Realmente não.

**Sócrates:** E não é o fato de divergirem entre si acerca dessas
e  coisas o suficiente para provar-te que não as conhecem e não são mestres proficientes nelas?

**Alcibíades:** Sim, é.

**Sócrates:** Todavia, supõe que desejássemos conhecer não apenas o que são os seres humanos, como também o que são seres humanos sadios ou doentes. Bastariam as pessoas em geral para nos ensinar isso?

**Alcibíades:** De fato, não.

**Sócrates:** E se os visse divergindo a respeito disso, este fato te demonstraria que seriam maus mestres dessa matéria.

**Alcibíades:** Sim, demonstraria.

**Sócrates:** Bem, a ti parece agora que as *pessoas em geral* real-
112a  mente concordam consigo mesmas ou entre si sobre ações e indivíduos humanos justos e injustos?

**Alcibíades:** Por Zeus, longe disso, Sócrates.

**Sócrates:** Na realidade, discordam muito especialmente acerca desses pontos, não é mesmo?

**Alcibíades:** Muitíssimo.

**Sócrates:** E suponho que nunca viste ou ouviste falar de pessoas que divergem de maneira tão contundente sobre o que é sadio e doente a ponto de lutarem e se matarem em batalha por conta disso.

**Alcibíades:** Realmente não.

b **Sócrates:** Entretanto, no que se refere a questões de justiça ou injustiça, tenho certeza de que viste isso acontecer, e se não viste, de qualquer modo ouviste isso de muitas pessoas, especialmente de Homero. Pois *ouviste*[9] a Odisseia e a Ilíada, não é?

**Alcibíades:** Com certeza ouvi, é claro, Sócrates.

**Sócrates:** E esses poemas são a respeito de uma divergência em torno do justo e do injusto?

**Alcibíades:** Sim.

**Sócrates:** E essa divergência gerou as batalhas e mortes dos aqueus e também dos troianos, além daquelas dos pretendentes de Penélope em sua luta contra Odisseu.

c **Alcibíades:** Dizes a verdade.

**Sócrates:** E imagino que quando os atenienses, os lacedemônios e os beócios perderam seus homens em Tanagra e, posteriormente, em Coroneia,[10] inclusive teu pai,[11] a divergência que provocou suas mortes e lutas girava exclusivamente em torno de uma questão do justo e do injusto, não foi?

**Alcibíades:** Dizes a verdade.

**Sócrates:** Então estaríamos autorizados a dizer que as pessoas
d têm compreensão dessas questões quando divergem tanto a respeito delas a ponto de em suas mútuas disputas recorrerem a tais medidas extremas?

**Alcibíades:** Aparentemente não.

**Sócrates:** Todavia, não estás dando crédito a mestres desse tipo, mestres que como tu próprio reconheces, carecem de conhecimento?

---

9. Os rapsodos recitavam os poemas de Homero.
10. As batalhas de Tanagra e Coroneia ocorreram, respectivamente, em 457 e 447 a.C.
11. O texto revisado de Schanz apresenta o nome do pai de Alcibíades, Κλείνιας (*Kleínias*), ou seja, Clínias, entre colchetes, o que não consta em Burnet.

**Alcibíades:** Parece que é isso que faço.

**Sócrates:** Bem, visto que tua opinião oscila tanto e visto que evidentemente não a descobriste sozinho nem a aprendeste de qualquer outra pessoa, qual a probabilidade de conheceres o que é justo e o que é injusto?

**Alcibíades:** Com base no que dizes, não há probabilidade alguma para isso.

**Sócrates:** Mais uma vez, Alcibíades, percebes quão mal te expressas?

**Alcibíades:** No quê?

e **Sócrates:** Em afirmar que digo isso.

**Alcibíades:** Ora, não dizes que não conheço acerca do justo e do injusto?

**Sócrates:** Não, em absoluto.

**Alcibíades:** Bem, sou *eu* que o digo?

**Sócrates:** Sim.

**Alcibíades:** Mas como?

**Sócrates:** Mostrar-te-ei da maneira que se segue. Se te perguntar qual é o número maior, um ou dois, responderás dois?

**Alcibíades:** Responderei.

**Sócrates:** Em quanto é maior?

**Alcibíades:** Em um.

**Sócrates:** Então qual de nós dois diz que o dois é um mais do que o um?

**Alcibíades:** Eu.

**Sócrates:** E eu perguntava e tu respondias?

**Alcibíades:** Sim.

113a **Sócrates:** Então sou eu, o perguntador, ou tu, o respondedor, que se encontra discursando acerca dessas coisas?

**Alcibíades:** Eu.

**Sócrates:** E se eu te perguntasse como soletrar *Sócrates* e me dissesses? Qual de nós o estaria dizendo?

**Alcibíades:** Eu.

**Sócrates:** Pois bem, indica-me o princípio geral. Quando temos pergunta e resposta, quem é *aquele que diz as coisas*: o perguntador ou o respondedor?

**Alcibíades:** Eu diria que é o respondedor, Sócrates.

b **Sócrates:** E durante toda a discussão até agora, eu fui o perguntador?

**Alcibíades:** Sim.

**Sócrates:** E tu o respondedor?

**Alcibíades:** Certamente.

**Sócrates:** Bem, qual de nós disse o que foi dito?

**Alcibíades:** Parece, Sócrates, com base no que admitimos, que fui eu.

**Sócrates:** E foi dito que Alcibíades, o belo filho de Clínias, não conhecia a respeito do justo e do injusto, porém, pensava que conhecia e tencionava apresentar-se na Assembleia[12] como conselheiro dos atenienses em uma matéria que desconhece. Não é isso?

c **Alcibíades:** É o que fica aparente.

**Sócrates:** Assim, para citar Eurípides, a conclusão, Alcibíades, é que se pode dizer que "o ouviste de ti próprio, não de mim",[13] e não sou eu que o digo, mas tu, e me acusas em vão. E, a propósito, estás completamente certo no que dizes. De fato, esse esquema que tens em mente, a saber, ensinar o que desconheces e que não te preocupastes em aprender, meu excelente amigo, é insano.

d **Alcibíades:** Penso, Sócrates, que os atenienses e os demais gregos deliberam esporadicamente com relação ao que seja o procedimento mais justo ou injusto. A razão disso é considerarem que esse tipo de coisa é óbvio. Assim, passam essa questão por alto e consideram qual procedimento se mostrará mais vantajoso do ponto de vista do resultado, pois entendo que, embora o justo e o vantajoso não sejam idênticos, muitas pessoas tiraram proveito de grandes injustiças que comete-

---

12. ...ἐκκλησίαν... (*ekklesían*), a Assembleia do Povo em Atenas.
13. O autor cita a tragédia *Hipólito*, 352.

ram, ao passo que outras – eu imagino – não tiveram vantagem alguma em fazer o que era justo.

e **Sócrates:** E como ficamos? Concedendo que o justo e o vantajoso são efetivamente tão diferentes quanto podem ser, certamente não imaginas ainda que saibas o que é o vantajoso para o ser humano e por quê?

**Alcibíades:** E o que me impediria, Sócrates?-a menos que vás me perguntar novamente de quem o aprendi, ou como o descobri sozinho.

**Sócrates:** Que maneira de dar continuidade às coisas! Se dizes algo errado e se há um argumento anterior capaz de demonstrar que estás errado, pensas que tens o direito de ouvir algo novo e alguma nova demonstração, como se a anterior fosse como uma roupa gasta que te recusas a usar de novo. Ao contrário disso, tens que receber, à guisa de demonstração ou evidência, algo novo e imaculado.

114a Todavia, ignorarei tuas investidas no debate e a despeito delas te perguntarei mais uma vez onde obtiveste teu conhecimento do que é vantajoso, e quem foi teu mestre, indagando em uma só questão tudo que indaguei antes. Está claro que isso te colocará na mesma situação de antes, ou seja, incapaz de demonstrar que conheces o vantajoso seja pela descoberta seja pelo aprendizado. Contudo, pelo fato de teres um paladar delicado, com o que não irias apreciar o sabor reiterado do mesmo argumento, omitirei essa questão de se conheces ou
b não conheces o que é vantajoso para os atenienses. Mas por que não deixaste claro se o justo e o vantajoso são idênticos ou diferentes? Se for do teu gosto, podes interrogar-me como te interroguei... ou se preferires, trata da matéria segundo tua própria maneira de argumentar.

**Alcibíades:** Não estou certo, porém, se seria capaz de fazê-lo, Sócrates, para ti.

**Sócrates:** Ora, meu bom senhor, simplesmente imagina que sou o povo presente na Assembleia. Mesmo lá, como sabes, terás que persuadir cada um daqueles indivíduos, não é mesmo?

**Alcibíades:** Sim.

**Sócrates:** E é perfeitamente possível o mesmo homem persuadir um indivíduo isoladamente e muitos coletivamente sobre coisas que conhece, tal como o mestre-escola, segundo suponho, persuade um ou muitos sobre as letras?
**Alcibíades:** Sim.
**Sócrates:** E, analogamente, o mesmo homem não persuadirá um ou muitos a respeito do número?
**Alcibíades:** Sim.
**Sócrates:** E esse homem seria quem conhece os números, ou seja, o aritmético?
**Alcibíades:** Com certeza.
**Sócrates:** E tu, inclusive, és capaz de persuadir um indivíduo a respeito de coisas em relação às quais és capaz de persuadir um grupo de indivíduos?
**Alcibíades:** É presumível que sim.
**Sócrates:** E essas coisas são claramente coisas que conheces.
**Alcibíades:** Sim.
**Sócrates:** E a única diferença existente entre o orador, que dirige a palavra ao povo, e aquele que discursa em um diálogo, como o nosso, é que o primeiro persuade os indivíduos que compõem o povo, todos conjuntamente acerca das mesmas coisas, enquanto o segundo persuade os indivíduos um por vez.
**Alcibíades:** É o que parece.
**Sócrates:** Ora, visto que constatamos que o mesmo homem pode persuadir um grupo de indivíduos ou um indivíduo isoladamente, tenta adquirir prática comigo e empenha-te para demonstrar que o justo, às vezes, não é vantajoso.
**Alcibíades:** És insolente, Sócrates!
**Sócrates:** Ao menos desta vez, comportar-me-ei com insolência a fim de convencer-te do oposto daquilo que não te dispões a me demonstrar.
**Alcibíades:** Pois fala.
**Sócrates:** Simplesmente responde minhas perguntas.
**Alcibíades:** Não, o dizer cabe a ti próprio.
**Sócrates:** O quê? Não desejas, acima de tudo, ser persuadido?

**Alcibíades:** Decerto plenamente.
**Sócrates:** E não serias plenamente persuadido se tu próprio dissesses: "Sim, é como é"?
**Alcibíades:** Sim, concordo.
**Sócrates:** Então responde. E se não ouvires teu próprio eu dizer que o justo é vantajoso, não dês crédito às palavras de ninguém doravante.
**Alcibíades:** Não, estou certo que não o farei, mas prefiro responder, pois não acho que atrairei para mim qualquer dano.

115a **Sócrates:** És um profeta e tanto! Entretanto, diz-me: consideras vantajosas algumas coisas justas e outras não?
**Alcibíades:** Sim.
**Sócrates:** E, por outro lado, algumas delas nobres e outras não?
**Alcibíades:** O que significa essa pergunta?
**Sócrates:** Pergunto se alguém algum dia pareceu a ti estar fazendo algo vil e, não obstante, justo.
**Alcibíades:** Nunca.
**Sócrates:** Bem, todas as coisas justas são nobres?
**Alcibíades:** Sim.
**Sócrates:** E quanto às coisas nobres? São todas elas boas, ou apenas algumas, enquanto outras não?
**Alcibíades:** Penso, Sócrates, que algumas coisas nobres são más.
**Sócrates:** Enquanto algumas coisas vis são boas?
**Alcibíades:** Sim.

b **Sócrates:** Tens em mente algo como muitas pessoas se ferindo ou morrendo na tentativa de salvar amigos e parentes em batalha, enquanto as que não tivessem ido tentar salvá-los – como deviam – escapassem sãs e salvas? É a algo assim que te refere?
**Alcibíades:** Precisamente.
**Sócrates:** E classificarias tal salvamento como nobre na medida em que constitui uma tentativa de ajudar pessoas que é dever ajudar. E isso é coragem, não é mesmo?
**Alcibíades:** Sim.
**Sócrates:** Todavia o classificas de mau por conta das mortes e ferimentos que envolve?

**Alcibíades:** Sim.

c **Sócrates:** Ora, coragem e morte não são coisas distintas?

**Alcibíades:** Certamente.

**Sócrates:** Então não é no mesmo aspecto que salvar os amigos é nobre e vil?

**Alcibíades:** Aparentemente não.

**Sócrates:** Assim, vê-se, na medida em que é nobre, é também bom. Assentiste, no caso em pauta, que o salvamento foi nobre do prisma da coragem nele contida. Agora examina isso mesmo, nomeadamente a coragem, e diz se é boa ou má. Examina-a da seguinte maneira: o que preferirias ter, coisas boas ou coisas más?

**Alcibíades:** Boas.

d **Sócrates:** E, sobretudo, as melhores coisas, das quais te permitirias minimamente privar-te?

**Alcibíades:** Com certeza.

**Sócrates:** E o que dirias da coragem? Por que preço te permitirias ser privado dela?

**Alcibíades:** Não desejaria sequer continuar vivendo se tivesse que ser um covarde.

**Sócrates:** Então consideras a covardia o sumo mal?

**Alcibíades:** Considero.

**Sócrates:** Equivalente à morte, pelo que parece.

**Alcibíades:** Afirmo-o.

**Sócrates:** E a vida e a coragem constituem os opostos extremos da morte e da covardia?

**Alcibíades:** Sim.

e **Sócrates:** E desejarias ter maximamente as primeiras e minimamente as segundas?

**Alcibíades:** Sim.

**Sócrates:** E isso porque consideras as primeiras as melhores e as segundas as piores?

**Alcibíades:** Certamente.

**Sócrates:** Assim classificas a coragem entre as melhores coisas e a morte entre as piores?

**Alcibíades:** Classifico.
**Sócrates:** Consequentemente classificaste de nobre o salvamento dos amigos em batalha, na medida em que é nobre do ponto de vista da realização do bem por meio da coragem?
**Alcibíades:** Ao menos é o que me parece.
**Sócrates:** Todavia, o classificaste de mau do ponto de vista da realização do mal por meio da morte?
**Alcibíades:** Sim.
**Sócrates:** Assim, podemos com justiça descrever do seguinte modo cada uma dessas realizações: tal como classificas de má uma realização por causa do mal que produz, igualmente deves classificar uma realização de boa por causa do bem que produz.
**Alcibíades:** É o que considero.
**Sócrates:** E, por outro lado, não é também nobre na medida em que é boa, e vil na medida em que é má?
**Alcibíades:** Sim.
**Sócrates:** A conclusão é que, ao dizer que o salvamento dos amigos em batalha é nobre e, não obstante, mau, queres dizer exatamente o mesmo que se o classificasses de bom, porém mau.
**Alcibíades:** Penso que o que dizes é verdadeiro, Sócrates.
**Sócrates:** Assim, nada nobre – na medida em que é nobre – é mau, enquanto nada vil – na medida em que é vil – é bom.
**Alcibíades:** Aparentemente.
**Sócrates:** Agora, examina esse ponto sob um novo enfoque: todo aquele que age nobremente, age bem também, não age?
**Alcibíades:** Sim.
**Sócrates:** E pessoas que agem bem não são felizes?[14]
**Alcibíades:** É claro.
**Sócrates:** E são felizes devido ao fato de terem obtido coisas boas?
**Alcibíades:** Certamente.
**Sócrates:** E elas as obtêm por agirem bem e nobremente?

---

14. ...εὐδαίμονες... (*eydaímones*).

**Alcibíades:** Sim.
**Sócrates:** De sorte que agir bem é bom?
**Alcibíades:** É claro.
**Sócrates:** E o sucesso[15] é nobre?
**Alcibíades:** Sim.

c **Sócrates:** Consequentemente, mais uma vez percebemos que nobre e bom constituem a mesma coisa.
**Alcibíades:** É o que parece.
**Sócrates:** Portanto, tudo que apurarmos como sendo nobre, também será necessariamente apurado como sendo bom – ao menos por força desse argumento.
**Alcibíades:** Necessariamente.
**Sócrates:** Bem, coisas boas são vantajosas ou não?
**Alcibíades:** Vantajosas.
**Sócrates:** E lembras do que concordamos a respeito de coisas justas?
**Alcibíades:** Penso que dissemos que aqueles que fazem coisas justas necessariamente fazem coisas nobres.
**Sócrates:** E que aqueles que fazem coisas nobres necessariamente fazem coisas boas.
**Alcibíades:** Sim.

d **Sócrates:** E que coisas boas são vantajosas?
**Alcibíades:** Sim.
**Sócrates:** Por conseguinte coisas justas, Alcibíades, são vantajosas.
**Alcibíades:** É o que parece.
**Sócrates:** Bem, não és tu quem responde a tudo isso e eu quem pergunto?
**Alcibíades:** Parece que sou eu.
**Sócrates:** Portanto, se alguém se levantar para aconselhar os atenienses ou os peparetianos,[16] supondo que entende o que é justo e injusto, e declarar que coisas justas são por vezes más,

---

15. ...εὐπραγία... (*eypragía*), bem-estar, felicidade.
16. *Pepareto*: pequena ilha do Mar Egeu, cujo nome atual é Escopilo.

que mais poderias fazer senão rir-se dele, posto que tu mesmo
declaras realmente que o justo e o vantajoso são idênticos?

**Alcibíades:** Pelos deuses, Sócrates, não sei sequer o que estou dizendo! Sinto-me em um estado absolutamente estranho! Com efeito, no desenrolar de tuas indagações, mantenho-me mudando minha opinião a cada momento.

**Sócrates:** E ignoras, meu amigo, o que seja esse sentimento?

**Alcibíades:** Com certeza.

**Sócrates:** Bem, supões que se alguém te perguntasse se tens dois olhos ou três, duas mãos ou quatro, ou qualquer outra coisa desse gênero, darias respostas diferentes a cada momento, ou sempre uma resposta idêntica?

**Alcibíades:** Estou inteiramente inseguro quanto a mim mesmo nesse ponto, mas ainda penso que daria uma resposta idêntica.

**Sócrates:** Isso porque a conheces. Não é essa a razão?

**Alcibíades:** Penso que sim.

**Sócrates:** Então se involuntariamente dás respostas contraditórias, está claro que é necessariamente sobre coisas que desconheces.

**Alcibíades:** É bastante provável.

**Sócrates:** E declaras que estás confuso, oscilando ao responder sobre o justo e o injusto, o nobre e o vil, o mau e o bom, o vantajoso e o desvantajoso? Ora, não fica evidente que tua confusão tem como causa tua ignorância dessas coisas?

**Alcibíades:** Concordo.

**Sócrates:** Dirias que sempre que alguém não conhece uma coisa, sua alma fica necessariamente confusa com respeito a ela?

**Alcibíades:** Sim, é claro.

**Sócrates:** Bem, conheces a maneira de ascender ao céu?

**Alcibíades:** Por Zeus, eu certamente não.

**Sócrates:** Tua opinião oscila também quanto a essa questão?

**Alcibíades:** Realmente não.

**Sócrates:** Sabes a razão disso ou deverei eu indicá-la?

**Alcibíades:** Indica-a.

**Sócrates:** É porque, meu amigo, não conheces a matéria, e não pensas que a conheces.

c **Alcibíades:** E o que queres dizer com isso?

**Sócrates:** Faz tua parte vendo por ti mesmo. Ficas confuso com um tipo de coisa que desconheces e de que estás ciente que desconheces? Por exemplo, estás ciente suponho, que desconheces como preparar um prato saboroso?

**Alcibíades:** Certamente.

**Sócrates:** Então pensas contigo mesmo como farás para prepará-lo, com o que ficarás confuso, ou confias essa tarefa à pessoa que tem conhecimento a respeito?

**Alcibíades:** Opto por essa última alternativa.

**Sócrates:** E se estivesses em um navio no mar? Pensarias em
d como mover a cana do leme rumo ao centro da embarcação ou em direção contrária, e na tua ignorância ficares confuso, ou confiarias essa tarefa ao timoneiro e permanecerias quieto?

**Alcibíades:** Eu deixaria isso a cargo do timoneiro.

**Sócrates:** Portanto, não ficas confuso com o que desconheces quando estás ciente de que o desconheces.

**Alcibíades:** Parece que não fico.

**Sócrates:** Então percebes que os erros em nosso agir também se devem a essa ignorância que consiste em pensar que conhecemos quando não conhecemos?

**Alcibíades:** O que queres dizer com isso?

**Sócrates:** Dispomo-nos a agir, suponho, quando pensamos que sabemos o que estamos fazendo?

e **Alcibíades:** Sim.

**Sócrates:** Quando, porém, as pessoas julgam que não sabem realizar algo, imagino que o transferem a outras pessoas?

**Alcibíades:** Certamente.

**Sócrates:** O resultado é esse tipo de ignorantes não cometer erro na vida, pois deixam as matérias que não conhecem a cargo de outrem.

**Alcibíades:** Sim.

**Sócrates:** Assim, quem são os que cometem erros, já que não posso conceber que sejam os que conhecem?

**Alcibíades:** Realmente não são eles.

**Sócrates:** Entretanto, como não são os que conhecem nem aqueles entre os ignorantes que estão cientes de que não conhecem, os únicos indivíduos que restam – penso eu – são os que não conhecem, mas pensam que conhecem.

**Alcibíades:** Sim, são os únicos.

**Sócrates:** Podemos então concluir que essa ignorância é causadora de males, constituindo a forma repreensível de estupidez?

**Alcibíades:** Sim.

**Sócrates:** E quando essa ignorância refere-se às coisas mais importantes, revela-se maximamente danosa e desprezível?

**Alcibíades:** Maximamente.

**Sócrates:** Serias capaz de mencionar quaisquer coisas mais importantes do que o justo, o nobre, o bom e o vantajoso?

**Alcibíades:** Realmente não.

**Sócrates:** E é em relação a essas coisas, conforme dizes, que estás confuso?

**Alcibíades:** Sim.

**Sócrates:** Todavia, se estás confuso, não fica evidente, com base no que foi dito antes, que não és apenas ignorante das coisas mais importantes, como também pensas que as conheces embora não as conheças?

**Alcibíades:** Receio que sim.

**Sócrates:** Caramba, Alcibíades, em que estado deplorável te encontras! Chego a hesitar em designá-lo e descrevê-lo, mas, de qualquer forma, como estamos sós, vou fazê-lo. Meu bom amigo, estás unido a uma estupidez da pior espécie; dela és inculpado por tuas próprias palavras, pelo que sai de tua própria boca. Essa parece ser a razão de te precipitares na política antes de te educares. E não estás sozinho nesse estado, compartilhando-o com a maioria dos que administram nossos negócios públicos, salvo por alguns poucos, entre os quais está talvez teu tutor Péricles.

**Alcibíades:** Bem, sabes Sócrates, dizem realmente que a fonte de sua sabedoria não foi independente, mas que dependeu de muitos sábios, tais como Pitocleides e Anaxágoras.[17] E mesmo agora, a despeito de sua idade avançada, ainda consulta Damon[18] com os mesmos propósitos.

**Sócrates:** Bem, mas já encontraste algum sábio em alguma matéria que fosse, entretanto, incapaz de tornar um outro indivíduo sábio na mesma matéria que ele? Por exemplo, a pessoa que te ensinou a ler e escrever tinha sabedoria em sua área e também a ti transmitiu esse saber, como a qualquer outra pessoa mais a quem quisesse transmiti-lo, não é mesmo?

**Alcibíades:** Sim.

d **Sócrates:** E tu, também, que com ele aprendeste serás capaz de transmitir esse saber a um outro indivíduo, não é?

**Alcibíades:** Sim.

**Sócrates:** E o mesmo vale para o citarista[19] e para o instrutor de ginástica?

**Alcibíades:** Certamente.

**Sócrates:** De fato, acho que podemos estar seguros de que alguém conhece algo quando essa pessoa é capaz de apontar um indivíduo para o qual transmitiu esse saber.

**Alcibíades:** Concordo.

**Sócrates:** Bem, nesse caso, és capaz de dizer-me quem Péricles transformou em um sábio? Talvez um de seus filhos, para começar?

e **Alcibíades:** Os filhos de Péricles, porém, eram broncos, Sócrates!

**Sócrates:** E quanto a Clínias, teu irmão?

**Alcibíades:** Por que mencionas Clínias se ele é um louco?

---

17. Pitocleides de Ceos, músico e filósofo que ensinou em Atenas no século V a.C. Anaxágoras de Clazomena, filósofo da natureza, também floresceu e tornou-se famoso em Atenas no mesmo século.

18. Damon de Atenas, conceituadíssimo músico, que floresceu e também atuou em Atenas no século V a.C., tendo sido, inclusive, mestre de Péricles. Cf. *A República*, Livro III, 400b; *Laques*, 180d.

19. ...κιθαριστὴς... (*kitharistès*), aquele que toca a cítara, a harpa, a lira ou, por extensão, qualquer instrumento musical de cordas. O autor provavelmente se refere ao mestre de música.

**Sócrates:** Bem, se Clínias é louco e os dois filhos de Péricles eram broncos, que razão indicaremos para ele ter permitido que tu ficasses no estado em que te encontras?

**Alcibíades:** Creio ser disso o responsável por não ter dado atenção a ele.

119a **Sócrates:** Entretanto, podes apontar-me qualquer outro ateniense ou estrangeiro, escravo ou pessoa livre, que se estime ter se tornado mais sábio por contar com a companhia de Péricles? De minha parte, posso mencionar Pitodoro,[20] filho de Isólocho e Cálias,[21] filho de Calíades, que se tornaram sábios graças a sua associação com Zenão.[22] Cada um deles pagou a Zenão cem minas e se tornou tanto sábio quanto ilustre.

**Alcibíades:** Por Zeus, não posso.

**Sócrates:** Muito bem. E quais são tuas intenções com relação a ti próprio? Pretendes permanecer nesse teu atual estado ou ocupar-te no sentido de agir por ti mesmo?

b **Alcibíades:** Deliberemos isso juntos, Sócrates. Realmente percebo o que estás dizendo e concordo. De fato, os homens que administram os negócios de nosso Estado, à exceção de alguns, a mim parecem carentes de educação.

**Sócrates:** E o que significa isso?

**Alcibíades:** Que se fossem educados, todo aquele que quisesse competir com eles teria que obter algum conhecimento e começar pelo treino, como se fosse enfrentar um atleta. Todavia, agora, observando que esses homens entraram na política como amadores, que necessidade tenho eu de treino ou prática, ou de me preocupar em aprender? Estou certo de que
c bastarão minhas capacidades naturais para conseguir uma fácil vitória sobre eles.

---

20. Amigo do filósofo Zenão de Eleia e político conceituado em Atenas no século V a.C. Cf. *Parmênides*, 126c, 127a.
21. Político e general ateniense (século V a.C.). Não confundir com Cálias, filho de Hipônico, rico ateniense, franco e entusiasta admirador dos sofistas, que regularmente os hospedava em sua ampla residência em Atenas.
22. Zenão de Eleia, discípulo de Parmênides e filósofo. Um dos interlocutores no diálogo *Parmênides*.

**Sócrates:** Caramba, excelente rapaz, que discurso! Quão indigno de tua aparência e de tuas outras vantagens!
**Alcibíades:** O que queres dizer agora, Sócrates? A que te referes?
**Sócrates:** Estou indignado contigo e com meu amor por ti!
**Alcibíades:** E por quê?
**Sócrates:** Pela tua expectativa de competir com essas pessoas.
**Alcibíades:** E com quem mais poderia competir?
**Sócrates:** É essa uma pergunta digna de um homem que tem a si próprio em tão elevada estima?

d **Alcibíades:** O que queres dizer? Não são esses homens meus competidores?
**Sócrates:** Bem, se estivesses pretendendo pilotar uma belonave em uma batalha, contentar-te-ias em ser o melhor piloto da tripulação? Ou, ainda que admitindo ser essa habilidade necessária, manterias o olhar nos teus efetivos adversários da luta e não em teus companheiros de luta, como fazes agora? Quanto a estes últimos, concedo que deverias superá-los a tal ponto que se contentariam em ser teus servis companheiros contra o inimigo e sequer sonhariam em competir contigo –
e isso, é claro, supondo que realmente viesses a te destacar mediante alguma admirável proeza que fosse tanto digna de ti quanto do Estado.
**Alcibíades:** Sim, decerto é o que penso fazer.
**Sócrates:** Assim, pensas que a ti convém plenamente contentar-te em ser melhor do que os soldados, descuidando quanto a vigiar os líderes inimigos, no intuito de mostrar-te melhor do que eles, planejando e praticando contra eles!

120a **Alcibíades:** De quem estás falando, Sócrates?
**Sócrates:** Não sabes que nosso Estado, de tempos em tempos, guerreia contra os lacedemônios[23] e contra o Grande Rei?[24]

---

23. Ou seja, os espartanos. Atenas e Lacedemônia (Esparta) travaram a mais longa guerra da história das cidades-Estados gregas, a Guerra do Peloponeso. Este confronto, apesar de uma paz celebrada em 421 a.C., que foi sustentada por cerca de dois anos, durou de 431 a 404 a.C., isto é, 25 anos (a descontarmos os efêmeros dois anos irênicos).
24. O rei da Pérsia, porém mais especialmente Xerxes.

**Alcibíades:** Dizes a verdade.

**Sócrates:** Assim, se planejas ser o chefe de nosso Estado, não seria correto pensar que se trata de competir com os reis da Lacedemônia e da Pérsia?

**Alcibíades:** Isso soa como verdadeiro.

b **Sócrates:** Não, meu bom amigo, tens, ao contrário, que manter o olhar pousado em Mêidias,[25] o abatedor de codornizes[26] e outros de sua laia – gente que procura administrar os negócios públicos enquanto ainda possui *cabelos de escravo*[27] (como dizem as mulheres) que se mostram em suas mentes incultas, e que ainda não se livrou deles; gente que, ademais, põe-se a bajular o Estado com sua linguagem bizarra, e não a governá-lo. É para essa gente, eu te digo, que teu olhar deve se voltar. E então poderás desconsiderar a ti mesmo e não precisarás nem aprender o que é necessário aprender para a grande competição e luta vindoura, nem treinar o que requer
c treino – seguro de que estás perfeitamente preparado para ingressar na carreira política.

**Alcibíades:** Não, Sócrates, acho que estás certo. Contudo, continuo achando que nem os generais lacedemônios nem o rei da Pérsia são, em absoluto, diferentes das outras pessoas.

**Sócrates:** Mas, excelente rapaz, pondera sobre o significado dessa tua noção.

**Alcibíades:** Em que sentido?

**Sócrates:** Em primeiro lugar, como pensas que te desenvolverias:
d se tu os temesses e os julgasses terríveis, ou se não o fizesses?

---

25. Personagem particularmente mencionado por Aristófanes em sua comédia *Aves*. Ver nota seguinte.
26. ...ὀρτυγοκόπον... (*ortygokópon*). O autor parece usar esta expressão mais figurativamente do que na literalidade. Ela designava, particularmente em Atenas, os jovens desocupados que se entretinham matando codornizes ou simplesmente aplicando golpes (dando piparotes) a essas aves. A alusão parece ser à gente oportunista, inútil e irresponsável.
27. ...ἀνδραποδώδη... (*andrapodóde*): os escravos em Atenas eram, em grande parte, provenientes do oeste da Ásia, um dos seus traços físicos sendo os cabelos grossos, contrastando com as mechas de cabelos ondulados dos gregos.

**Alcibíades:** Com certeza se os julgasse terríveis.
**Sócrates:** E pensas que te prejudicarás desenvolvendo a ti próprio?
**Alcibíades:** De modo algum. Pelo contrário, penso que com isso me beneficiarei muito.
**Sócrates:** Assim, há nessa tua noção uma grande falha, não é mesmo?
**Alcibíades:** Dizes a verdade.
**Sócrates:** Em segundo lugar, observa a probabilidade de ser falsa.
**Alcibíades:** Como?

e **Sócrates:** É provável que raças nobres gerem melhores naturezas, ou não?
**Alcibíades:** Não há dúvida de que raças nobres as geram.
**Sócrates:** E os bem-nascidos não serão provavelmente virtuosos por completo desde que bem educados?
**Alcibíades:** Necessariamente.
**Sócrates:** Então comparemos nossa situação com a deles e principiemos por apurar se os reis lacedemônios e persas são de ascendência inferior. Não sabemos que os primeiros são descendentes de Héracles[28] e os segundos de Aquemenes,[29] e que a linhagem de Héracles e a de Aquemenes remontam a Perseu,[30] filho de Zeus?

121a **Alcibíades:** Sim, e que a minha, Sócrates, remonta a Eurisaces,[31] e a de Eurisaces a Zeus!

---

28. Herói filho de Zeus e da mortal Alcmene, o mais forte entre os heróis e os homens. Celebrizou-se por inúmeras façanhas, especialmente os doze trabalhos a ele atribuídos.
29. ...Ἀχαιμένους... (*Akhaiménoys*), designativo de Pérsia; os aquemenídeos (descendentes de Aquemenes) constituíram uma casa real na Pérsia e têm a ver com um império distinto dos sassanídeos.
30. Herói filho de Zeus e a mortal Danaê, celebrado principalmente por haver derrotado e matado a Medusa (uma das Górgonas) e salvo Andrômeda de ser sacrificada.
31. Filho de Ajax, o grande herói suicida da Guerra de Troia, que disputou as armas de Aquiles com Odisseu.

**Sócrates:** Sim, e a minha, nobre Alcibíades, a Dédalo,[32] e Dédalo a Hefaístos,[33] filho de Zeus! Entretanto, no caso desses personagens, a começar por estes reis e retrocedendo, todos são reis sucessivamente até remontar a Zeus: por um lado, reis de Argos e Lacedemônia, por outro, da Pérsia que sempre governaram, incluindo amiúde também a Ásia, como ocorre atualmente. Tu e eu, porém, somos cidadãos de vida privada, o que também foram nossos pais. E se tivesses que exibir teus ancestrais e Salamina, como a terra natal de Eurisaces, ou Egina, como o torrão natal do ainda mais antigo Eaco,[34] com o intuito de impressionar Artaxerxes, o filho de Xerxes, fazes ideia de quanto zombariam de ti? Todavia, pensas que nos igualamos a esses homens do prisma da dignidade de nossa ascendência, bem como do ponto de vista de nossa educação.

Ou não observaste quão expressivas são as vantagens fruídas pelos reis lacedemônios? E como suas esposas são protegidas, às expensas públicas, pelos éforos, a fim de que toda precaução possível seja tomada para que o rei somente nasça dos descendentes de Héracles? No que toca ao rei persa, sua posição é tão eminente que ninguém é levado a suspeitar que um herdeiro pudesse ter sido gerado por outra pessoa senão o rei. E, assim, a rainha[35] não dispõe de nada para guardá-la exceto o medo. Quando o primogênito e herdeiro do trono nasce, todos os súditos do rei presentes no palácio participam de um banquete. E então, nos anos que se sucedem, toda a Ásia celebra esse dia, o dia de aniversário do rei, com sacri-

---

32. O pai de Sócrates era um artesão, mais exatamente um escultor, e considerava-se Dédalo (o mesmo inventor e construtor do labirinto de Creta) como o primeiro dos escultores e fundador dessa linhagem de artesãos.
33. Um dos doze deuses olímpicos, o deus coxo filho de Hera e renegado pela mãe, que o arremessou Olimpo abaixo. Mestre da forja e da arte com os metais, desposou Afrodite, a deusa olímpica da beleza feminina e do amor sexual.
34. Filho de Zeus e de Egina, e primeiro rei de Egina (ilha no Mar Sarônico, entre a Argólida e a Ática). Eaco sobressaiu-se durante sua existência por sua devoção religiosa e respeito à justiça. Seu pai o transformou, juntamente com Minos e Radamanto, em um dos juízes no mundo subterrâneo dos mortos (Hades).
35. ...βασιλέως γυνὴ... (*basiléos gynè*), literalmente (e propriamente) *esposa do rei*.

d  fícios e festa, mas quando nascemos, Alcibíades, como diz o poeta cômico, "mal os vizinhos o notaram".³⁶

A isso sucede a criação do menino, que não fica a cargo de uma ama-seca ordinária, mas dos mais sumamente respeitados eunucos que servem diretamente ao rei, que ficam incumbidos do completo cuidado do recém-nascido, particularmente do mister de torná-lo o mais belo possível, moldando seus membros para que desenvolva a correta compleição física. E em função disso, esses eunucos são tidos em elevada estima. Quando

e  o menino atinge sete anos, recebe cavalos e passa a ter aulas de equitação, além do que começa a participar das caçadas.

Ao atingir catorze anos, o menino é confiado a pessoas denominadas *tutores reais*.³⁷ São quatro homens selecionados como merecedores da mais alta estima entre os persas de idade madura, especificamente o mais sábio, o mais justo, o mais

122a  autocontrolado e o mais corajoso. O primeiro desses mestres instrui o adolescente sobre o saber mágico de Zoroastro,³⁸ filho de Horomazes, inclusive a veneração de seus deuses, e o saber que cabe a um rei; o mais justo o ensina a ser autêntico por toda sua vida; o mais autocontrolado a não ser dominado sequer por um só prazer, para que ele possa se acostumar a ser um homem livre e um genuíno rei, cuja primeira obrigação é ser senhor e não escravo de si mesmo; o mais corajoso o prepara para ser destemido e intrépido, ensinando-lhe que o medo é uma forma de escravidão.³⁹

---

36. Linha de uma peça atualmente perdida do poeta cômico ateniense Platão (*circa* 460-389 a.C.), fragm. 204, Kock.

37. ...βασιλείους παιδαγωγοὺς... (*basileíoys paidagogoỳs*). O *paidagogós*, literal e etimologicamente *condutor da criança*, era aquele (em Atenas geralmente um escravo) que *conduzia* a criança à escola. Em sentido amplo, na prática, era ele próprio um educador da criança, ou seja, cumpria uma função fundamentalmente educacional: *conduzia* a criança no sentido instrucional e formativo, orientava-a. *Não confundir* com o *tutor* ou *guardião legal* de uma criança, que era, por exemplo, o que Péricles era de Alcibíades, em grego ἐπίτροπος (*epítropos*).

38. Fundador da antiga religião persa, o mazdeísmo.

39. Na hipótese de Platão ter sido o autor *deste* diálogo, seria imperioso comparar a avaliação altamente aprovadora do sistema educacional da casa real dos persas, contida aqui, com aquela de *As Leis*, Livro III, especialmente 694a – 696a.

b   Todavia, para ti, Alcibíades, como tutor[40] Péricles escolheu entre seus serviçais Zopiro, o trácio, de idade tão avançada que só pôde se revelar inteiramente inútil. Se não fosse uma tarefa excessiva, poderia descrever-te extensivamente a criação e a educação de teus competidores; além disso, o que eu disse basta para indicar os estágios subsequentes. Mas, Alcibíades, no que toca ao teu nascimento, tua criação e tua educação – ou os de qualquer outro ateniense – pode-se dizer, em verdade, que ninguém se importa com isso, exceto algum eventual apaixonado teu.

Por outro lado, se optares por observar a riqueza, o fausto, os mantos com caudas rastejantes, as unções com mirra, a multidão de servidores disponíveis e todos os demais refinamentos dos persas, ficarás envergonhado de tua própria situação ao perceberes quão inferior é se comparada à deles.

Além disso, se te prestares a observar o autocontrole e o decoro dos lacedemônios, sua confiança e compostura, sua magnanimidade e disciplina, sua coragem e fortaleza, e o apreço que devotam ao trabalho árduo, à vitória e à honra, te avaliarás como um mero garoto em todos esses itens.

d   Se, ademais, ateres-te à riqueza e pensares que representas algo nessa esfera, não deverei tampouco me conservar calado quanto a esse ponto, se desejares compreender qual é tua posição. Com efeito, nesse aspecto, bastará olhares para a riqueza dos lacedemônios para perceberes que nossas riquezas aqui são sumamente inferiores às deles. Pensa em toda a terra que possuem tanto em seu próprio território quanto no da Messênia.[41] Nem sequer uma de nossas propriedades rurais poderia ombrear-se com as deles em extensão e qualidade, como tampouco em propriedade de escravos, e sobretudo daqueles da
e   classe dos ilotas,[42] nem ainda em cavalos, como também no que

---

40. Ver nota 37.
41. Região no sudoeste da península do Peloponeso e cidade (sua capital) de mesmo nome.
42. Cf. *As Leis*, 776c.

se refere a todos os rebanhos e todas as manadas que pastam na Messênia. Entretanto, passarei por alto todas essas coisas.

Todavia, há mais ouro e prata na Lacedemônia sozinha do que em toda a Grécia. A razão disso é que, durante muitas gerações, tesouros provenientes de todas as regiões da Grécia e inclusive, com frequência, dos bárbaros têm afluído para lá, não sendo, contudo, repassados para ninguém; e, assim, tal como na fábula de Esopo, na qual a raposa informa o leão a respeito da direção das pegadas, os rastros do dinheiro que se dirige para a Lacedemônia são suficientemente claros, porém, em lugar algum se veem rastros que assinalam sua saída. Isso transmite às pessoas a certeza de que os lacedemônios, na posse de ouro e prata, são os mais ricos dos gregos e que entre eles o mais rico é o rei, porque a maior parte dessa receita se destina a ele; cumpre dizer que, além disso, ele arrecada uma considerável soma dos súditos sob forma do tributo real.

Ora, as riquezas dos lacedemônios, ainda que grandes, se comparadas às dos outros povos gregos, não são nada se comparadas com as dos persas e de seu rei. De fato, eu mesmo fui em uma ocasião disso informado por uma pessoa confiável, a qual esteve na corte deles e cruzou um rico e imenso território de terra excelente viajando por quase um dia, território chamado pelos habitantes de *cinta da rainha*,⁴³ e um outro chamado, analogamente, de seu véu. Havia, ademais, muitas outras regiões ótimas e férteis, reservadas à ornamentação da consorte, cada uma delas designada de acordo com suas roupas e seus acessórios.

Agora supondo que alguém dissesse a Amestris, a mãe do rei e esposa de Xerxes, "O filho de Deinomache⁴⁴ pretende desafiar teu filho; o guarda-roupa dela vale talvez cinquenta minas no máximo, enquanto seu filho possui menos de trezentos acres em Erquia",⁴⁵ penso que ela se poria a imaginar qual

---

43. Ver nota 35.
44. Mãe de Alcibíades.
45. Região na Ática distante cerca de 23 km de Atenas.

a intenção desse Alcibíades, qual a base de sua confiança, a ponto de pensar em competir com Artaxerxes. E suponho que ela observasse: "As únicas coisas possíveis em que esse homem pode se fiar para seu empreendimento são diligência e sabedoria, já que essas coisas são as únicas de alguma importância entre os gregos."

Entretanto, se fosse informada que o Alcibíades que faz realmente essa tentativa, em primeiro lugar, mal completou vinte anos, que é, em segundo lugar, totalmente destituído de educação; e que, além disso, quando o homem que o ama lhe diz que deve começar por aprender, e se esforçar no cultivo de si mesmo e na autodisciplina antes de enfrentar o rei, ele se nega e diz que se dará muito bem do jeito que é, imagino que perguntaria em pasmo: "Com o que, afinal, esse rapaz conta?"; e diante de nossa resposta, ou seja, que "conta com a beleza, o porte físico, o nascimento, a riqueza e dotes naturais em matéria do espírito", concluiria que estamos inteiramente loucos, Alcibíades, ao avaliar as vantagens de seu próprio povo em todos esses aspectos. E presumo que mesmo Lampido, filha de Leotiquides, esposa de Arquidamos e mãe de Ágis, que foram todos reis, ficaria pasma do mesmo modo se tu, com tua educação precária, te dispusesses a competir com seu filho, considerando todas as vantagens deste e os recursos de seu povo.[46]

Ademais, não te impressiona como algo vergonhoso o fato de até as esposas de nossos inimigos fazerem uma ideia melhor das qualidades de que necessitamos para desafiá-los do que fazemos nós próprios? Ah, meu excelente amigo, confia em mim e na inscrição de Delfos *Conhece a ti mesmo*,[47] pois são esses nossos competidores, com quem devemos lutar, e não as pessoas que pensas. E não haverá nada que nos proporcione ascendência sobre eles a não ser empenho e arte. Se a ti faltar esses dois, a ti faltará igualmente como conquistar

---

46. Isto é, do povo de Lampido, a saber, os lacedemônios (espartanos).
47. ...Γνῶθι σαυτόν... (*Gnôthi saytón*).

prestígio tanto entre gregos quanto entre bárbaros. E é isso que penso que estás desejando, mais do qualquer outra pessoa jamais desejou qualquer outra coisa.

**Alcibíades:** Então, no que devo me empenhar, Sócrates? Podes esclarecer-me? Com efeito, devo declarar que teu discurso realmente soa verdadeiro.

**Sócrates:** Sim, mas temos que deliberar em comum quanto a como podemos nos aprimorar o máximo possível. Digo isso porque, quando me refiro à necessidade de educação, não aludo somente a ti, mas também me incluo. Estamos na mesma situação, exceto por um ponto.

**Alcibíades:** Qual?

**Sócrates:** Meu tutor[48] é melhor e mais sábio do que o teu, Péricles.

**Alcibíades:** E quem é ele, Sócrates?

**Sócrates:** O deus, Alcibíades, que até hoje me impediu de conversar contigo. E depositando nele minha confiança, digo que só conseguirás obter glória por meu intermédio.

**Alcibíades:** Estás brincando comigo, Sócrates.

**Sócrates:** Talvez, mas estou certo ao afirmar que necessitamos ambos de esforço para o autoaprimoramento. Na verdade, todos os seres humanos o necessitam, mas especialmente nós dois.

**Alcibíades:** No que respeita a mim, não estás errado.

**Sócrates:** Não, receio que também no que respeita a mim mesmo.

**Alcibíades:** Então o que nos cabe fazer?

**Sócrates:** Não deve haver nem desistência nem frouxidão, meu bom amigo.

**Alcibíades:** Não, pois isso seria realmente inconveniente, Sócrates.

**Sócrates:** Seria. Assim, examinemos juntos. Bem, dizíamos que queremos nos aprimorar o máximo possível, não é mesmo?

**Alcibíades:** Sim.

**Sócrates:** Em que excelência?

**Alcibíades:** Obviamente naquela que é o objetivo de homens bons.

---

48. ...ἐπίτροπος... (*epítropos*).

**Sócrates:** Bons no quê?
**Alcibíades:** Obviamente no manejo das coisas.
**Sócrates:** De que tipo de coisas? Cavalos?
**Alcibíades:** Claro que não.
**Sócrates:** Porque nesse caso podemos recorrer aos cavaleiros?
**Alcibíades:** Sim.
**Sócrates:** Bem, então queres dizer a navegação?
**Alcibíades:** Não.
**Sócrates:** Porque nesse caso podemos recorrer aos marinheiros?
**Alcibíades:** Sim.
**Sócrates:** Ora, então que tipo de coisas? Os negócios de quem?
**Alcibíades:** Das pessoas ilustres atenienses.

125a **Sócrates:** Por *pessoas ilustres* entendes os inteligentes ou os estúpidos?
**Alcibíades:** Os inteligentes.
**Sócrates:** Todavia, todos não são bons naquilo em que são inteligentes?
**Alcibíades:** Sim.
**Sócrates:** E maus naquilo que não são?
**Alcibíades:** E como poderia ser diferente?
**Sócrates:** Então o sapateiro é inteligente na confecção de calçados?
**Alcibíades:** Certamente.
**Sócrates:** Então ele é *bom* no que se refere a esse item?
**Alcibíades:** É bom.
**Sócrates:** Bem, e o sapateiro não é estúpido na confecção de roupas?
**Alcibíades:** Sim.
b **Sócrates:** Portanto, ele é mau nisso?
**Alcibíades:** Sim.
**Sócrates:** Consequentemente, ao menos com base nesse argumento, a mesma pessoa é tanto má quanto boa.
**Alcibíades:** É o que parece.

**Sócrates:** Bem, queres dizer que *homens bons*[49] também são maus?
**Alcibíades:** De modo algum.
**Sócrates:** Mas quem entendes ser os *bons*?
**Alcibíades:** Quero dizer os capazes de governar no Estado.
**Sócrates:** E não, presumo, os cavalos?
**Alcibíades:** Não, claro que não.
**Sócrates:** Mas governar seres humanos?
**Alcibíades:** Sim.
**Sócrates:** Quando estão doentes?
**Alcibíades:** Não.
**Sócrates:** Quando estão em um navio no mar?
**Alcibíades:** Não!
**Sócrates:** Quando estão fazendo a colheita?
**Alcibíades:** Não.
c **Sócrates:** Quando nada fazem ou quando fazem algo?
**Alcibíades:** Digo que quando fazem algo.
**Sócrates:** Fazem o quê? Tenta esclarecê-lo para mim.
**Alcibíades:** Bem, quando fazem transações entre si e empregam-se mutuamente, como fazemos em nosso sistema urbano de vida.
**Sócrates:** Então queres dizer governar seres humanos que fazem transações com seres humanos?
**Alcibíades:** Sim.
**Sócrates:** Contramestres que lidam com remadores?
**Alcibíades:** Claro que não!
**Sócrates:** Porque essa é a excelência do piloto?
**Alcibíades:** Sim.
**Sócrates:** Bem, talvez queiras dizer governar seres humanos que
d são flautistas e que dirigem os cantores e lidam com os dançarinos?

---

49. ...ἀγαθοὺς ἄνδρας... (*agathoỳs ándras*). Cf. 125a, Καλοὺς δὲ κἀγαθοὺς (*Kaloùs de kagathoùs*), pessoas ilustres, pessoas de nobre nascimento, pessoas de elevada posição.

**Alcibíades:** É claro que não!
**Sócrates:** Mais uma vez, porque essa é a função e competência do mestre da dança coral?
**Alcibíades:** Certamente.
**Sócrates:** Então o que queres dizer com capazes de *governar seres humanos que fazem transações com seres humanos*?
**Alcibíades:** Quero dizer governar indivíduos na cidade que dela participam como concidadãos e fazem negócios entre si.
**Sócrates:** Bem, que arte é essa? Supõe que te perguntasse novamente, como fiz há pouco: qual é a arte que torna os homens conhecedores de como comandar marinheiros que participam da navegação?
**Alcibíades:** A arte do piloto.
e **Sócrates:** E qual conhecimento – para repetirmos o que foi dito há pouco – dissemos que capacita os homens a dirigir aqueles que participam do canto?
**Alcibíades:** O que mencionaste, ou seja, o do mestre da dança coral.
**Sócrates:** Bem, como chamarias o conhecimento que capacita a governar aqueles que participam da cidade como concidadãos?
**Alcibíades:** Eu o chamaria de bom aconselhamento,[50] Sócrates.
**Sócrates:** E quanto ao aconselhamento do piloto? É mau aconselhamento?
**Alcibíades:** De modo algum.
**Sócrates:** É bom aconselhamento?
126a **Alcibíades:** Eu pensaria que sim, já que ele tem que cuidar da segurança de seus passageiros.
**Sócrates:** Estás correto. E qual é a finalidade do bom aconselhamento a que te referes?
**Alcibíades:** A melhor administração e preservação do Estado.
**Sócrates:** E o que está presente ou ausente quando são obtidas essa melhor administração e preservação? Se, por exemplo,

---

50. ...Εὐβουλίαν... (*Eyboylían*).

me indagasses "O que está presente ou ausente quando o corpo é melhor administrado e preservado?", eu responderia: "A saúde está presente e a doença, ausente." Não concordarias?

b **Alcibíades:** Sim.

**Sócrates:** E, se prosseguindo, me indagasses: "O que está presente em nossos olhos quando se acham em melhor condição?", eu responderia da mesma forma: "A visão está presente e a cegueira, ausente." Igualmente, no que se refere aos nossos ouvidos, a surdez está ausente e a audição presente quando os ouvidos se encontram em melhor condição e recebem melhor tratamento.

**Alcibíades:** Correto.

**Sócrates:** Então, o que se faz presente ou ausente quando a condição de um Estado é melhor e ele conta com melhor tratamento e administração?

c **Alcibíades:** A meu ver, Sócrates, a amizade mútua estará presente, enquanto o ódio e a dissensão estarão ausentes.

**Sócrates:** Bem, o que entendes por amizade? Concordância ou divergência?

**Alcibíades:** Concordância.

**Sócrates:** E qual é a arte que leva os Estados a concordarem quanto a números?

**Alcibíades:** A aritmética.

**Sócrates:** E quanto aos indivíduos? Não é a mesma arte?

**Alcibíades:** Sim.

**Sócrates:** E também leva cada indivíduo isoladamente a concordar consigo mesmo?

**Alcibíades:** Sim.

**Sócrates:** E qual arte leva cada um de nós a concordar consigo
d  mesmo quanto ao que é mais longo, um palmo ou um cúbito? Não é a mensuração?

**Alcibíades:** Claro.

**Sócrates:** E leva tanto indivíduos quanto Estados a concordarem entre si?

**Alcibíades:** Sim.

**Sócrates:** E quanto à pesagem? Não ocorre o mesmo também nesse caso?

**Alcibíades:** Ocorre.

**Sócrates:** Então qual é essa concordância de que falas? E diz respeito ao quê? E qual é a arte que a produz? E a mesma arte leva tanto um Estado quanto um indivíduo a concordarem, tanto consigo mesmos quanto entre si?

**Alcibíades:** É sumamente provável.

e **Sócrates:** Então qual é? Não vaciles em tuas respostas, mas esforça-te o máximo para dizer-me.

**Alcibíades:** Presumo que quero dizer a amizade e concordância existentes quando um pai e uma mãe concordam com um filho que amam, quando um irmão concorda com seu irmão e o marido com a esposa.

**Sócrates:** Ora, supões, Alcibíades, que um marido possa concordar com sua esposa sobre o trabalho com a lã não o conhecendo, enquanto ela o conhece?

**Alcibíades:** Claro que não.

**Sócrates:** Tampouco tem necessidade disso, já que se trata de um assunto feminino.

**Alcibíades:** Sim.

127a **Sócrates:** Ou, inversamente, poderia uma mulher concordar com seu marido acerca da infantaria pesada, sem ter aprendido isso?

**Alcibíades:** Claro que não.

**Sócrates:** Suponho que dirias, nesse caso, que se trata de um assunto masculino.

**Alcibíades:** Diria.

**Sócrates:** Assim, conforme teu argumento, há alguns assuntos que são femininos, enquanto outros são masculinos?

**Alcibíades:** Não há a menor dúvida.

**Sócrates:** E, portanto, nesses assuntos não há concordância entre homens e mulheres.

**Alcibíades:** Não.

**Sócrates:** E, por conseguinte, amizade tampouco se, como dissemos, amizade é concordância.

**Alcibíades:** Aparentemente não.
**Sócrates:** A conclusão é que as mulheres, na medida em que realizam o trabalho que lhes é próprio, não são objeto de amizade dos homens.
b **Alcibíades:** Parece que não.
**Sócrates:** E os homens não são objeto de amizade das mulheres na medida em que executam as atividades que lhes são próprias.
**Alcibíades:** Não.
**Sócrates:** E Estados, portanto, não são bem governados porquanto cada indivíduo ou grupo realiza seu próprio trabalho?
**Alcibíades:** Penso que *são*, Sócrates.
**Sócrates:** Mas como podes dizer tal coisa? Nesse caso, não haveria amizade nos Estados, e dizemos que a amizade estava presente quando os Estados são bem governados, e não de outra forma.
**Alcibíades:** Parece-me, entretanto, que a amizade surge entre eles precisamente por conta disso, ou seja, pelo fato de cada um dos dois grupos realizar seu próprio trabalho.
c **Sócrates:** Todavia, não achavas isso há pouco. O que queres dizer agora? A amizade surge onde não há concordância? E será possível que a concordância surja onde alguns conhecem o assunto, e outros não?
**Alcibíades:** Impossível.
**Sócrates:** E quando cada um realiza o trabalho que lhe é próprio, estão todos sendo justos ou injustos?
**Alcibíades:** Justos, é claro.
**Sócrates:** E quando os cidadãos agem com justiça no Estado, a amizade não surge entre eles?
**Alcibíades:** Mais uma vez, Sócrates, penso que necessariamente surge.
**Sócrates:** Então o que entendes, afinal, por essa amizade ou con-
d cordância em relação às quais temos que ser sábios e bem aconselhados para sermos bons homens? De minha parte, não consigo imaginar o que seja ou quem a possui, já que parece

que o mesmo indivíduo às vezes a possui e às vezes não, a julgar por teu argumento.

**Alcibíades:** Pelos deuses, Sócrates, sequer dou conta do que eu próprio quero dizer. Penso que devo ter estado em uma condição extremamente deplorável por muito tempo, sem estar ciente disso.

**Sócrates:** Mas não podes desanimar. Se tivesses cinquenta anos quando o percebesses, seria para ti difícil esforçar-te para teu aprimoramento, mas agora tens a idade certa para percebê-lo.

**Alcibíades:** E no momento que o percebo, o que devo fazer, Sócrates?

**Sócrates:** Responde minhas perguntas, Alcibíades. Basta fazer isso, e com o favorecimento dos deuses – a confiarmos em minha divinação – e tu e eu ficaremos em melhor situação.

**Alcibíades:** Então assim será se depender de minhas respostas.

**Sócrates:** Pois bem, o que significa *ocupar-se de si mesmo*? Pois pode talvez estar acontecendo de não estarmos, sem o perceber, *nos ocupando de nós mesmos*, embora pensemos que estejamos. Quando um ser humano o faz efetivamente? Estará se ocupando de si mesmo ao se ocupar das coisas que possui?

**Alcibíades:** De qualquer forma, acredito que sim.

**Sócrates:** Bem, quando uma pessoa se ocupa de seus pés? É quando se ocupa daquilo que pertence aos seus pés?

**Alcibíades:** Não compreendo.

**Sócrates:** Há alguma coisa que pudesses designar como pertencente à mão? Por exemplo, um anel pertence a qualquer outra parte do ser humano exceto ao dedo?

**Alcibíades:** É claro que não.

**Sócrates:** Do mesmo modo, o calçado também pertence ao pé?

**Alcibíades:** Sim.

**Sócrates:** E igualmente vestimentas e roupas de cama pertencem exclusivamente à totalidade do corpo?

**Alcibíades:** Sim.

**Sócrates:** Ora, quando nos ocupamos do cuidado de nossos calçados, ocupamo-nos do cuidado de nossos pés?

**Alcibíades:** Realmente não compreendi, Sócrates.
**Sócrates:** Mas, Alcibíades, falas de ocupar-se devidamente de uma coisa ou outra, não falas?
**Alcibíades:** Falo.
**Sócrates:** E classificarias como devida ocupação alguém tornar uma coisa melhor?
**Alcibíades:** Sim.
**Sócrates:** E qual é a arte que torna os calçados melhores?
**Alcibíades:** A do sapateiro.
**Sócrates:** Consequentemente, por meio da arte do sapateiro, ocupamo-nos do cuidado de nossos calçados?

c **Alcibíades:** Sim.
**Sócrates:** Usamos a arte do sapateiro também para nos ocupar do cuidado de nossos pés? Ou utilizamos para isso a arte que torna nossos pés melhores?
**Alcibíades:** Essa última.
**Sócrates:** Não é a arte que torna os pés melhores a mesma que torna melhor o resto de todo o corpo?
**Alcibíades:** Penso que sim.
**Sócrates:** E não é ela a ginástica?
**Alcibíades:** Com toda a certeza.
**Sócrates:** Assim, pela ginástica, ocupamo-nos de nossos pés e pela arte do sapateiro, do que pertence aos nossos pés?
**Alcibíades:** Certamente.
**Sócrates:** E pela ginástica nos ocupamos de nossas mãos, e pela confecção de anéis do que pertence às mãos?
**Alcibíades:** Sim.
**Sócrates:** Entretanto, se pela ginástica nos ocupamos do corpo,
d pela tecelagem e por outras artes, ocupamo-nos do que pertence ao corpo?
**Alcibíades:** É absolutamente isso.
**Sócrates:** Então empregamos artes distintas para nos ocuparmos da própria coisa e daquilo que pertence a ela.
**Alcibíades:** É o que parece.

**Sócrates:** A conclusão é que, quando te ocupas de teus pertences não estás te ocupando de ti mesmo.

**Alcibíades:** De modo algum.

**Sócrates:** Parece então que as artes a que se recorre para ocupar-se de si mesmo e ocupar-se dos próprios pertences não seriam a mesma.

**Alcibíades:** Aparentemente não.

**Sócrates:** Ora, que espécie de arte podemos usar para nos ocupar de nós mesmos?

**Alcibíades:** Não sou capaz de dizer.

e **Sócrates:** Todavia, ao menos chegamos a um consenso quanto ao seguinte: trata-se de uma arte que não tornará nada que nos pertença melhor, mas que tornará a nós, melhores.

**Alcibíades:** O que dizes é verdadeiro.

**Sócrates:** Bem, se ignorássemos o que é um calçado, saberíamos qual é a arte que o torna melhor?

**Alcibíades:** Impossível.

**Sócrates:** Tampouco poderíamos saber qual é a arte que torna os anéis melhores se não soubéssemos o que é um anel.

**Alcibíades:** É verdade.

**Sócrates:** Então como poderíamos saber qual a arte que nos torna melhores se ignoramos o que somos?

129a **Alcibíades:** Impossível.

**Sócrates:** Ora, e é coisa fácil conhecer a si mesmo? Terá sido algum indivíduo obtuso que inscreveu essas palavras no templo de Delfos? Ou será algo difícil e não uma tarefa para qualquer um?

**Alcibíades:** Por vezes penso, Sócrates, que é uma tarefa para qualquer um, mas também por vezes penso que se trata de algo muito difícil.

**Sócrates:** Alcibíades, fácil ou não, o fato permanece o mesmo para nós, ou seja: se tivermos tal conhecimento, estaremos capacitados a saber como nos ocupar de nós mesmos; mas se não dispusermos desse conhecimento, jamais estaremos capacitados para tal coisa.

**Alcibíades:** É isso.

b **Sócrates:** Diz-me: como chegarmos a conhecer o *eu ele mesmo*?[51] Este será o meio de descobrirmos o que nós mesmos somos; é fato que se continuarmos na ignorância disso, estaremos certamente fadados ao fracasso.

**Alcibíades:** Falaste acertadamente.

**Sócrates:** Portanto, por Zeus mantém-te firme! Com quem estás conversando agora? Comigo, não é?

**Alcibíades:** Sim.

**Sócrates:** E eu, por minha vez, contigo?

**Alcibíades:** Sim.

**Sócrates:** Então é Sócrates quem fala?

**Alcibíades:** Certamente.

**Sócrates:** E o ouvinte é Alcibíades?

**Alcibíades:** Sim.

**Sócrates:** E Sócrates usa a linguagem para falar?

c **Alcibíades:** É claro.

**Sócrates:** E presumo que classificas o falar e o usar palavras, linguagem, como a mesma coisa.

**Alcibíades:** Certamente.

**Sócrates:** Entretanto, o usuário e aquilo que ele usa são diferentes, não são?

**Alcibíades:** O que queres dizer?

**Sócrates:** Por exemplo, suponho que o sapateiro usa uma faca e um outro instrumento cortante, além de outras ferramentas, para cortar.

**Alcibíades:** Sim.

**Sócrates:** Então não é o cortador e usuário das ferramentas completamente diferente do que ele usa no corte?

**Alcibíades:** É claro.

**Sócrates:** E, do mesmo modo, aquilo que o harpista usa para tocar harpa será diferente do próprio harpista?

**Alcibíades:** Sim.

---

51. ...αὐτὸ ταὐτό... (*aytò taytó*) ou αὐτὸ τὸ αὐτό (*aytò tò aytó*).

**Sócrates:** Ora, era o que eu estava perguntando momentos atrás: se o usuário e aquilo que ele usa são sempre, a teu ver, duas coisas distintas?
**Alcibíades:** São.
**Sócrates:** Então o que nos cabe dizer do sapateiro? Corta somente com suas ferramentas, ou também com suas mãos?
**Alcibíades:** Também com suas mãos.
**Sócrates:** Então ele usa também suas mãos?
**Alcibíades:** Sim.
**Sócrates:** E na confecção dos calçados, ele usa também seus olhos?
**Alcibíades:** Sim.
**Sócrates:** E admitimos que o usuário e aquilo que ele usa são coisas distintas?
**Alcibíades:** Sim.
**Sócrates:** Então o sapateiro e o harpista são diferentes das mãos e dos olhos que usam para seu trabalho?
**Alcibíades:** É o que parece.
**Sócrates:** E o ser humano também usa todo seu corpo?
**Alcibíades:** Com certeza.
**Sócrates:** E dissemos que o usuário e aquilo que ele usa são diferentes?
**Alcibíades:** Sim.
**Sócrates:** Conclui-se, então, que o ser humano é diferente de seu próprio corpo?
**Alcibíades:** Assim parece.
**Sócrates:** Então o que é o ser humano?
**Alcibíades:** Não sou capaz de dizer.
**Sócrates:** Podes sim. Podes dizer que ele é o usuário do corpo.
**Alcibíades:** Sim.
**Sócrates:** E o que mais usa o corpo exceto a alma?
**Alcibíades:** Nada mais.
**Sócrates:** E o governa?
**Alcibíades:** Sim.

**Sócrates:** Bem, eis algo de que, suponho, ninguém pode divergir.
**Alcibíades:** O que é?
**Sócrates:** Que o ser humano é necessariamente uma de três coisas.
**Alcibíades:** Que coisas?
**Sócrates:** Alma, ou corpo ou ambos unidos como um todo.
**Alcibíades:** Muito bem.
**Sócrates:** No entanto, reconhecemos que o que realmente governa o corpo é o ser humano.

b **Alcibíades:** Reconhecemos.
**Sócrates:** E o corpo governa a si mesmo?
**Alcibíades:** De modo algum.
**Sócrates:** Isso porque dissemos que é governado.
**Alcibíades:** Sim.
**Sócrates:** Então não é possível que isso seja o que estamos buscando.
**Alcibíades:** Parece que não.
**Sócrates:** Bem, será que a combinação dos dois[52] governa o corpo? Será isso o que o ser humano é?
**Alcibíades:** Talvez seja.
**Sócrates:** Não, isso seria de tudo o mais improvável, pois se um deles não participa do governo, é inconcebível que a combinação de ambos possa governar.
**Alcibíades:** Correto.

c **Sócrates:** Bem, uma vez que nem o corpo nem a combinação do corpo e da alma é o ser humano, suponho que ficamos reduzidos ao seguinte: *ou o ser humano é nada ou, se é algo, nada mais é senão alma.*
**Alcibíades:** Precisamente isso.
**Sócrates:** Necessitarias de alguma demonstração adicional mais clara de que a alma é o ser humano?
**Alcibíades:** Por Zeus, asseguro-te que não. Parece-me amplamente demonstrado.

---

52. Ou seja, da alma e do corpo.

**Sócrates:** E mesmo que estivesse apenas razoavelmente demonstrado, ainda que não rigorosamente, dar-nos-íamos por satisfeitos. Disporemos de uma demonstração rigorosa mais tarde quando descobrirmos o que passamos por alto há pouco porque implicava muito exame.

**Alcibíades:** E o que foi?

**Sócrates:** O ponto indicado há pouquíssimo tempo, isto é, que devíamos começar por considerar o *eu ele mesmo,* mas até agora, em lugar de considerá-lo, estivemos considerando o que cada coisa particular é em si mesma. E talvez devêssemos nos satisfazer com isso, pois certamente não nos é possível dizer que qualquer outra coisa tenha maior ascendência sobre nós mesmos do que a alma.

**Alcibíades:** Realmente não.

**Sócrates:** O correto ponto de vista é que, quando tu e eu nos falamos, uma alma usa palavras para dirigir-se a uma outra alma.

**Alcibíades:** Com toda a certeza.

**Sócrates:** Bem, isso é exatamente o que sugerimos há pouco, ou seja, que Sócrates, ao usar palavras para falar com Alcibíades, não diz aparentemente palavras à tua face, mas dirige palavras a *Alcibíades,* ou seja, à sua alma.

**Alcibíades:** Creio nisso.

**Sócrates:** Assim a injunção de que devemos conhecer a nós mesmos significa que devemos conhecer nossas almas.

**Alcibíades:** É o que parece.

**Sócrates:** E todo aquele que chega a conhecer algo pertencente ao corpo conhece coisas que lhe pertencem, mas não a si mesmo.

**Alcibíades:** É isso.

**Sócrates:** Consequentemente nenhum médico, enquanto médico, conhece a si mesmo, e tampouco se conhece qualquer treinador, enquanto treinador.

**Alcibíades:** Parece que não.

**Sócrates:** E agricultores e artesãos em geral estão longe de conhecer a si mesmos, visto que parece que essas pessoas sequer conhecem o que lhes pertence; suas artes dizem respeito a coisas que estão ainda mais distantes daquilo que lhes perb tence. Conhecem unicamente o que pertence ao corpo e como deste cuidar.

**Alcibíades:** O que dizes é verdadeiro.

**Sócrates:** Se ter autocontrole é conhecer a si mesmo, então suas artes não tornam nenhuma dessas pessoas dotada de autocontrole.

**Alcibíades:** Concordo que nenhuma.

**Sócrates:** E essa é a razão dessas artes serem consideradas vis e inadequadas ao aprendizado de um homem bom.

**Alcibíades:** Absolutamente certo.

**Sócrates:** Além disso, se alguém cuida de seu corpo, não está cuidando de algo que lhe pertence e não de si mesmo?

**Alcibíades:** Isso parece provável.

**Sócrates:** E não estará alguém que cuida de seu dinheiro não
c cuidando nem de si mesmo nem do que lhe pertence, mas de algo ainda mais remoto daquilo que lhe pertence?

**Alcibíades:** Concordo.

**Sócrates:** Consequentemente, o ganhador de dinheiro não está realmente realizando sua própria atividade.

**Alcibíades:** Correto.

**Sócrates:** E se for constatado que alguém ama o corpo de Alcibíades, não estaria apaixonado por Alcibíades, mas por algo que pertence a Alcibíades?

**Alcibíades:** Dizes a verdade.

**Sócrates:** Quem te amasse seria sim aquele que amasse tua alma?

**Alcibíades:** Conforme nosso argumento, aparentemente é necessário que assim seja.

**Sócrates:** Ademais, aquele que ama teu corpo, logo que este perde seu viço, abandona-te e vai embora?

**Alcibíades:** É evidente.

d **Sócrates:** Ao passo que aquele que ama tua alma não te abandonará enquanto ela promover o que é melhor.

**Alcibíades:** Assim parece.

**Sócrates:** E eu sou aquele que não te abandona, mas que permanecerá contigo quando o viço de teu corpo não mais existir e todos os outros tiverem ido embora.

**Alcibíades:** Isso me traz contentamento, Sócrates, e espero que nunca vás embora.

**Sócrates:** Então deves te esforçar para ser tão atraente quanto possas.

**Alcibíades:** Eu me esforçarei.

e **Sócrates:** Assim, tua situação é a seguinte: tu, Alcibíades, filho de Clínias, pelo que parece jamais teve nem tem qualquer apaixonado exceto somente um e este é o querido Sócrates, filho de Sofronisco e Fenarete.

**Alcibíades:** É verdade.

**Sócrates:** E disseste que eu, ao procurar-te, apenas me antecipei, pois, se não o fizesse, terias me procurado antes com a finalidade de indagar porque sou o único que não te deixa?

**Alcibíades:** Foi isso.

**Sócrates:** Bem, a razão foi ter sido eu o único que *te* amou, enquanto os outros foram amantes do que era *teu*. E enquanto o que é teu está perdendo seu fastígio, tu começas a vicejar. Por-
132a tanto, agora, se não fores corrompido e tornado vil pelo povo ateniense, jamais te abandonarei. De fato, meu maior receio é que, ao te converteres em um amante do povo, sejas corrompido, visto que muitos bons atenienses já foram condenados a isso. *A gente de Erecteu do coração grandioso*[53] pode parecer atraente exteriormente, mas precisas sondá-la em sua nudez. Assim, não deixa de tomar a precaução que recomendo.

**Alcibíades:** Qual é ela?

b **Sócrates:** Comeces por exercitar te, meu caríssimo amigo, aprendendo o que é imperioso que conheças antes de ingressar na política. Tens que aguardar até obteres esse aprendizado, o qual te munirá de um antídoto para não sofreres danos.

**Alcibíades:** Teu conselho me parece bom, Sócrates, mas procura explicar de que modo podemos empenhar-nos no aprimoramento próprio.

**Sócrates:** Bem, demos um passo a frente, pois dispomos agora de um excelente consenso quanto ao que somos; de fato, re-

---

53. Homero, *Ilíada*, Canto II, 547.

ceávamos a possibilidade de cometer um erro no que toca a isso e, sem o saber, aprimorar algo distinto de nós mesmos.

**Alcibíades:** Está certo.

c **Sócrates:** E o próximo passo consiste em aprimorar nossa alma e dela cuidar.

**Alcibíades:** Obviamente.

**Sócrates:** Ao mesmo tempo que transmitimos a outros o cuidado de nossos corpos e de nosso dinheiro.

**Alcibíades:** Exatamente.

**Sócrates:** Então como obter o mais preciso conhecimento de nossa alma? Com efeito, se o obtivermos, é muito provável que possamos também conhecer a nós mesmos. Pelos deuses, será que não compreendemos as sábias palavras da inscrição de Delfos que há pouco mencionamos?

**Alcibíades:** Qual o objetivo de trazer isso novamente à baila, Sócrates?

d **Sócrates:** Dir-te-ei o que suspeito ser o verdadeiro aconselhamento a nós conferido por essa inscrição. Acho que são escassos os exemplos que têm conexão com ela, exceto no caso da visão.

**Alcibíades:** O que queres dizer com isso?

**Sócrates:** Faz também tua própria ponderação: supõe que em lugar de dirigir-se a um ser humano, a inscrição se dirigisse ao olho de um de nós, a título de aconselhamento: *Vê a ti mesmo*. Como compreenderíamos o significado de tal aconselhamento? Não seria que o olho deveria olhar para algo em que pudesse ver a si mesmo?

**Alcibíades:** É óbvio.

**Sócrates:** Então pensemos em algo que nos faculte, ao olhar para
e ele, tanto vê-lo quanto ver a nós mesmos.

**Alcibíades:** Ora, Sócrates, evidentemente te referes a espelhos e coisas desse tipo.

**Sócrates:** Falas com acerto. E há também algo desse tipo no olho com o qual vemos?

**Alcibíades:** Certamente.

133a **Sócrates:** Será que observaste que quando uma pessoa olha para o olho de outra, seu rosto aparece nesse olho, como em um espelho? Chamamos isso de *pupila*,[54] pois é uma espécie de imagem em miniatura da pessoa que olha.

**Alcibíades:** Dizes a verdade.

**Sócrates:** A conclusão é que um olho verá a si mesmo se observar um outro olho e olhar a parte mais perfeita deste, a parte com a qual é capaz de ver.

**Alcibíades:** Assim parece.

**Sócrates:** Não se verá, porém, se olha para qualquer outra coisa no ser humano, ou para qualquer outra coisa em geral, a não ser que seja semelhante ao olho.

b **Alcibíades:** O que falas é verdadeiro.

**Sócrates:** Consequentemente, se é para um olho ver a si mesmo, é necessário que olhe para um olho e para a região do olho onde ocorre a atividade por excelência deste. Presumo que isso seja a visão.

**Alcibíades:** Correto.

**Sócrates:** Assim, se é para a alma, meu caro Alcibíades, conhecer a si mesma, é certamente necessário que olhe para uma alma e especialmente para a região desta onde ocorre (manifesta-se) a sabedoria, que é a virtude ou excelência de uma alma – e para qualquer outra parte de uma alma que se assemelhe a essa.

**Alcibíades:** Concordo, Sócrates.

c **Sócrates:** E podemos descobrir qualquer parte da alma que seja mais divina do que a parte onde ocorrem o conhecer e o pensar?

**Alcibíades:** Não podemos.

**Sócrates:** Então essa sua parte *assemelha-se a um deus*[55] e todo aquele que olhasse para ela e viesse a conhecer tudo que é di-

---

54. ...κόρην... (*kórēn*), significa tanto menina e boneca quanto *pupila* (ou seja, menina dos olhos). De fato, quando olhamos para o olho de alguém, uma minúscula imagem humana (a nossa) pode ser refletida.

55. ...θεῷ... (*theôi*). D. S. Hutchinson sugere θεῖοι (*theîoi*), com o que teríamos: ...*assemelha-se ao divino...* .

vino – *deus e inteligência*[56] – conquistaria com isso o melhor conhecimento de si mesmo.

**Alcibíades:** É o que parece.

**Sócrates:** Admitimos, porém, que conhecer a si mesmo era idêntico a ter autocontrole?

**Alcibíades:** Certamente.

**Sócrates:** Assim, no caso de não termos conhecimento de nós mesmos e autocontrole, seremos capazes de conhecer entre as coisas que nos pertencem quais as boas e quais as más?

**Alcibíades:** E como poderíamos conhecê-lo, Sócrates?

d **Sócrates:** Suponho que a ti pareceria impossível que sem conhecer Alcibíades soubesses que aquilo que pertence a Alcibíades realmente lhe pertence.

**Alcibíades:** De fato impossível, por Zeus!

**Sócrates:** Tampouco poderíamos saber que o que nos pertence a nós pertence se não nos conhecêssemos.

**Alcibíades:** E como poderíamos?

**Sócrates:** E se nem sequer conhecemos o que nos pertence, tampouco poderíamos conhecer o que pertence aos nossos pertences.

**Alcibíades:** Parece que não.

**Sócrates:** Conclui-se, então, que não estávamos inteiramente corretos ao admitir há pouco que há indivíduos que, *sem conhecer a si mesmos*, conhecem o que lhes pertence, enquanto outros conhecem o que pertence aos seus pertences. Com efeito, parece ser a função de um indivíduo, além de uma arte, conhecer com discernimento todas essas três coisas, a
e saber, ele mesmo, o que lhe pertence e os pertences do que lhe pertence.

**Alcibíades:** Isso parece provável.

---

56. A edição revisada de Schanz apresenta o que grafamos em *itálico* (θεόν τε καὶ φρόνησιν [*theón te kaì phrónesin*]) entre colchetes, levando certos tradutores, como W. R. M. Lamb, a omiti-lo. O problema parece ser causado por uma falha do manuscrito. Na hipótese de ler-se θεᾶν (*theân*) e não θεόν (*theón*), teríamos ...***visão e inteligência***..., que é a solução sugerida, por exemplo, por D. S. Hutchinson.

**Sócrates:** E todo aquele que é ignorante do que lhe pertence, será – eu o suponho – analogamente ignorante do que pertence aos outros.

**Alcibíades:** Completamente.

**Sócrates:** E se for ignorante do que pertence a outrem, será igualmente ignorante do que pertence (compete) aos Estados.

**Alcibíades:** Necessariamente.

**Sócrates:** Portanto, tal homem não poderia se tornar um político.

**Alcibíades:** Realmente não.

**Sócrates:** Tampouco poderia ser um administrador de negócios domésticos.

134a **Alcibíades:** Realmente não.

**Sócrates:** Tampouco saberá o que está fazendo.

**Alcibíades:** Concordo que não.

**Sócrates:** E se não sabe o que está fazendo, cometerá erros?

**Alcibíades:** Certamente.

**Sócrates:** E se cometê-los, o resultado não será uma má conduta sua tanto privadamente quanto em público?

**Alcibíades:** É claro.

**Sócrates:** E comportando-se mal não será infeliz?

**Alcibíades:** Muito.

**Sócrates:** E aqueles com os quais se comporta assim?

**Alcibíades:** Também serão infelizes.

**Sócrates:** Então a felicidade é impossível para quem não é autocontrolado e bom.

**Alcibíades:** É impossível.

b **Sócrates:** Então as pessoas más é que são infelizes.

**Alcibíades:** Muito.

**Sócrates:** Conclui-se que não é aquele que enriqueceu que é poupado da infelicidade, mas aquele que conquistou o autocontrole.

**Alcibíades:** Assim parece.

**Sócrates:** Então o que as cidades-Estados necessitam, Alcibíades, se quiserem ser felizes, não são muros, belonaves ou arsenais... nem grande quantidade de indivíduos, nem grandeza física... sem virtude.

**Alcibíades:** Realmente não.

**Sócrates:** E se tens a intenção de administrar correta e nobremente os negócios do Estado, é necessário que transmitas virtude aos cidadãos.

**Alcibíades:** É claro.

c **Sócrates:** Seria possível, porém, que alguém transmitisse uma coisa que não possuísse?

**Alcibíades:** E como poderia fazê-lo?

**Sócrates:** A conclusão é que tu ou qualquer outro indivíduo que pretenda governar e zelar não apenas por si mesmo e pelo que lhe pertence privadamente, mas governar e zelar pelo Estado e seus negócios, tem que começar por adquirir pessoalmente a virtude.

**Alcibíades:** O que dizes é verdadeiro.

**Sócrates:** Portanto, o que necessitas obter para ti e para o Estado não é poder político, nem autoridade para agires ao teu bel prazer. O que necessitas é justiça e autocontrole.

**Alcibíades:** É o que parece.

d **Sócrates:** E se tu e o Estado agirdes com justiça e autocontrole, estareis agindo de uma maneira agradável aos deuses.

**Alcibíades:** Parece provável.

**Sócrates:** E como dizíamos antes, estareis agindo com o olhar voltado para o que é divino e luminoso.

**Alcibíades:** É o que parece.

**Sócrates:** E se mantiverdes o olhar voltado para isso, contemplareis e conhecereis a vós mesmos e o vosso bem.

**Alcibíades:** Sim.

**Sócrates:** E estareis agindo acertadamente e bem.

**Alcibíades:** Sim.

e **Sócrates:** Ora, se assim conduzirdes vossas ações, estou pronto a garantir vossa felicidade.

**Alcibíades:** E quanto a mim, posso confiar em tua garantia.

**Sócrates:** Todavia, se vossas ações forem injustas, com vosso olhar voltado para o que não é divino e é sombrio, é provável que vossa conduta se assemelhará a isso graças à vossa ignorância de vós mesmos.

**Alcibíades:** Isso é provável.

**Sócrates:** Pois se uma pessoa, meu caro Alcibíades, gozar de liberdade para fazer o que bem quiser, mas faltar-lhe inteligência, o que pensas será o provável resultado para ela pessoalmente ou para o Estado, inclusive? Por exemplo, se estiver doente e contar com liberdade para agir como bem entende, carecendo de entendimento médico, mas dispondo do poder de um tirano de barrar a censura de quem quer que seja, qual será o resultado? Com toda a probabilidade não será a ruína de sua saúde?

135a

**Alcibíades:** É a verdade o que dizes.

**Sócrates:** Imagina agora, em um navio, um indivíduo livre para agir como bem lhe apraz, mas desprovido de inteligência e do conhecimento da arte da navegação. Fazes ideia do que necessariamente acontecerá a ele e aos marinheiros que compõem sua tripulação?

**Alcibíades:** Faço. Todos perecerão.

**Sócrates:** Do mesmo modo, se falta virtude a um Estado, ou a qualquer cargo ou autoridade, o resultado será a má conduta.

b

**Alcibíades:** Necessariamente.

**Sócrates:** Conclui-se que, se almejas a felicidade, não é o poder tirânico, meu nobre Alcibíades, que deves assegurar para ti ou para o Estado, mas a virtude.

**Alcibíades:** Essas são palavras verdadeiras.

**Sócrates:** E antes da aquisição da virtude, mais vale ser governado por alguém superior do que governar, o que se aplica tanto a homens quanto a meninos.

**Alcibíades:** É o que parece.

**Sócrates:** E não é o melhor também mais nobre?

**Alcibíades:** Sim.

**Sócrates:** E o mais nobre mais apropriado?

**Alcibíades:** É claro.

c **Sócrates:** Assim é apropriado a um mau indivíduo ser um escravo, na medida em que é melhor.

**Alcibíades:** Sim.

**Sócrates:** Assim vício é algo apropriado a um escravo.

**Alcibíades:** É o que parece.

**Sócrates:** E a virtude é algo apropriado a um homem livre.

**Alcibíades:** Sim.

**Sócrates:** E devemos, meu amigo, evitar tudo o que é apropriado aos escravos?

**Alcibíades:** Com a toda a certeza, Sócrates.

**Sócrates:** E agora percebes qual é a condição em que te encontras? É a apropriada a um homem livre ou não?

**Alcibíades:** Acho que o percebo com máxima clareza.

**Sócrates:** Então sabes como escapar de tua atual condição? Não designemos um homem atraente com esse nome!

d **Alcibíades:** Sei.

**Sócrates:** Como?

**Alcibíades:** Depende de ti, Sócrates.

**Sócrates:** Não foi bem expresso, Alcibíades.

**Alcibíades:** Bem, como deveria expressá-lo?

**Sócrates:** Depende do deus.

**Alcibíades:** Então assim eu o expresso. E digo também que é provável que venhamos a trocar nossos papeis, Sócrates, de forma que desempenharei o teu e desempenharás o meu. De hoje em diante, eu sempre te frequentarei e me terás como um contínuo acompanhante.

e **Sócrates:** Ah, nobre amigo, então meu amor por ti será precisamente como uma cegonha, pois depois de incubar um amor *elevado*[57] em ti, será acarinhado em troca por seu filhote.[58]

---

57. ...ὑπόπτερον... (*hypópteron*), literalmente alado, suspenso por asas.

58. Havia uma crença de que velhas cegonhas recebiam alimento precisamente das cegonhas mais novas que tinham antes se originado de ovos chocados (incubados) por essas cegonhas mais velhas.

**Alcibíades:** Bem, está certo, e principiarei aqui e agora a esforçar-me no sentido de cultivar e aprimorar em mim a justiça.

**Sócrates:** Gostaria de pensar que perseverás. No entanto, estou apreensivo, não devido a qualquer desconfiança em relação à tua natureza, mas porque estou ciente de quão poderoso é o Estado. Temo que ele possa levar a melhor tanto sobre mim quanto sobre ti.[59]

---

59. Historicamente, Alcibíades não se consagraria nem como filósofo, nem como político, nem na carreira militar. Quanto a Sócrates, foi condenado a autoexecução pelo Estado ateniense.

# CLITOFON
(OU EXORTATIVO)

## PERSONAGENS DO DIÁLOGO:
**Sócrates e Clitofon**

406a **Sócrates:** Ficamos sabendo recentemente que Clitofon,[1] filho de Aristônimo, dialogando com Lísias,[2] esteve criticando as palestras filosóficas feitas com Sócrates, ao mesmo tempo que elogiava sumamente a companhia de Trasímaco.[3]

**Clitofon:** E relataram incorretamente, Sócrates, a conversação que tive com Lísias a teu respeito. É certo que no tocante a determinados pontos não fiz teu elogio, enquanto o fiz relativamente a outros. Como está bastante claro que me repreendes nesse exato momento, ainda que finjas indiferença, terei grande satisfação em reproduzir eu mesmo para ti o meu discurso, especialmente porque estamos sós. Assim te mostrarás menos predisposto a crer que tenho algo contra ti. Na verdade, é provável que não tenhas sido bem informado, daí essa tua irritação desnecessária comigo. Portanto, se me permitires falar livremente, tomarei a palavra com prazer e encetarei meu discurso de bom grado, pois quero narrar-te o que disse.

---

1. Clitofon de Atenas (contemporâneo de Sócrates), político. Ver *A República*, 340a-b.
2. Lísias (?450-?380 a.C.), renomado orador ateniense. Ver *Fedro*, sobretudo 227a-236b.
3. Trasímaco da Calcedônia (século IV a.C., contemporâneo de Sócrates e Platão), orador e sofista. Ver *A República*, 336b-354c.

**Sócrates:** Seria vergonhoso da minha parte não te conceder espaço livre dando meu assentimento, quando tua atenção é servir-me. É evidente que se me tornar ciente de meus defeitos e minhas qualidades, cultivarei estas últimas com afinco, ao mesmo tempo que, com todas as minhas forças empenhar-me-ei para livrar-me dos primeiros.

**Clitofon:** Pois então, escuta! Quando estava associado a ti, Sócrates, ficava frequentemente impressionado ao ouvir-te. A mim parecias superar todas as outras pessoas em eloquência quando, ao reprovares a humanidade como um deus pairando sobre o palco da tragédia, peroravas assim:

*Ó mortais, onde vos deixais levar? Ignorais que não fazeis nada que devíeis fazer, vós cuja única preocupação é obterdes para vós riquezas? Quanto aos vossos filhos, que herdarão essas riquezas, não vos preocupais se saberão utilizá-las com justiça, não procurais para eles mestres que lhes ensinem a justiça – na hipótese da justiça ser passível de ser ensinada – nem alguém que os exercite e treine nela – supondo que só pode ser adquirida mediante exercício e prática; e tampouco tivestes esse cuidado a começar por vós mesmos. Todavia, quando percebeis que vós e vossos filhos foram devidamente educados no ler e escrever, nas artes das Musas e na ginástica, o que para vós significa a perfeita educação na virtude e, contudo, não vos tornastes melhores no que respeita ao uso das riquezas, como deixar de desprezar nossa presente educação e buscar mestres que deem fim a tal desacordo? Decerto é devido a esse desacordo, a essa negligência, e não devido a uma dissonância na lira, que os seres humanos, irmão contra irmão, Estado contra Estado, desmedida e não harmoniosamente, guerreiam entre si e, por meio dessas lutas, produzem uns para os outros os maiores horrores.*

*Todavia, dizeis que os seres humanos são injustos porque querem ser, não por falta de educação ou ignorância. Mas, por outro lado, ousais sustentar que a injustiça é ignominiosa e odiosa aos deuses. Ora, se assim é, como poderia alguém voluntariamente optar por um semelhante mal? Dizeis, nesse caso, que é subjugado pelos prazeres, mas não é involuntariamente que se sofre essa derrota, uma vez que a vitória é voluntária? Assim, de uma forma ou outra, a injustiça é involuntária – algo que é demonstrado pelo argumento –, constituindo um dever com ela se preocupar mais do que acontece atualmente, tanto um dever individual quanto um dever público de todos os Estados.*

Quando, Sócrates, ouço-te tão amiúde proferir tais discursos, sinto-me imensamente satisfeito e não acreditarias quão elevado é o grau de aprovação que atribuo a eles; e igualmente quando prossegues dizendo: aqueles que disciplinam o corpo e descuidam da alma realizam uma ação idêntica, na medida em que negligenciam o que comanda e devotam todos os seus cuidados ao que deve ser comandado. Também quando afirmas que àquele que desconhece como fazer uso de um objeto mais valeria deixar de usá-lo. Portanto, a quem ignora como utilizar seus olhos, seus ouvidos, ou seu corpo inteiro, é preferível que não veja, não escute, que não se sirva de qualquer outro modo de seu corpo, a fazê-lo a esmo. O mesmo é válido para a arte, pois aquele que não sabe como usar sua própria lira, com certeza não saberá também servir-se da lira de seu vizinho, como tampouco alguém que não sabe utilizar a lira alheia será capaz de utilizar a sua. E isso é aplicável a qualquer outro instrumento ou qualquer outro objeto. E teu discurso conclui brilhantemente com as seguintes palavras: "A todo aquele que desconhece como se servir de sua alma, mais valeria reduzi-la ao repouso e deixar de viver, a viver uma vida na qual suas ações se baseiam exclusivamente em caprichos.". Todavia, se qualquer necessidade o obriga a viver, seria preferível a um tal indivíduo viver como um escravo a viver como um ser humano livre e, tal como um navio, ceder o timão de sua inteligência a uma outra pessoa, a alguém que aprendeu a arte de dirigir os seres humanos, essa arte, Sócrates, que costumas chamar de política e, a teu ver, identifica-se com a arte do juiz e com a justiça. Portanto, tais discursos e muitos outros semelhantes, excelentes, que abordam como a virtude pode ser ensinada, que é necessário antes de tudo o mais dedicar um cuidado a si mesmo... não, eu jamais os objetei e não vejo por que algum dia os tenha que objetar. Considero-os muito eficientes, utilíssimos e verdadeiramente capazes de nos despertar, nós que somos como que adormecidos. Sentia-me, assim, interessadíssimo na sequência desses argumentos; de início não indagava a ti, Sócrates, mas sim a certos companheiros teus, êmulos, amigos, ou não importa como designemos os que têm relações contigo. E interroguei, primeiramente, os que tens em maior conta, a eles perguntando o que viria em continuidade à discussão e, um tanto no teu estilo, formulava-lhes minhas dificuldades: "Excelentes amigos", começava, "como deveremos compreender a exortação à virtude que Sócrates endereça a nós?" Seria crível ser isso tudo, sendo impossível avançar no assunto e captá-lo plenamente, devendo nós nos limitarmos a vida inteira a essa atividade, a saber, exortar a busca da virtude àqueles que a esta ainda não se converteram, de sorte que eles, por seu turno, possam exortar a outros? Mesmo na hipótese de concordarmos que é esse o dever do ser humano, não deveríamos, adicionalmente, indagar a Sócrates e nos indagarmos mutuamente qual o próximo passo a ser dado? Segundo nossa opinião, por onde começaremos o estudo da justiça? Seria como se fôssemos crianças inscientes da existência de coisas como ginástica e medicina, e alguém o percebesse e nos exortasse a cuidar de nossos corpos, censurando-nos e dizendo-nos que é vergonhoso o fato de dedicarmos todo o cuidado ao cultivo do trigo, do centeio, da uva e de todas as demais coisas nas quais envidamos todos os esforços para adquirir para o bem do corpo, ao mesmo tempo que não conseguimos descobrir qualquer arte ou recurso capaz de tornar esse próprio corpo o melhor possível, considerando que tal arte existe. Ora, se perguntássemos a quem nos exortasse assim: "Quais são as artes de que falas?", ele, indubitavelmente, responder-nos-ia: "A ginástica e a medicina." "Bem, e no que se refere a nós? Qual é a arte que diz respeito à virtude da alma? Dizei."

Então aquele tido como o mais notável nesses assuntos respondeu-me nos seguintes termos: "Essa arte é a mesma da qual ouviste Sócrates falar, a saber, a própria *justiça*."[4]

Eu repliquei: "Não te limites a fornecer-me o nome, mas tenta responder-me dessa maneira que se segue. Há uma arte chamada medicina que cumpre finalidades, quais sejam, formar continuamente novos médicos que venham a suceder os atuais e produzir a saúde. Dessas duas finalidades, uma delas, isto é, a segunda, deixa de ser uma arte, mas o produto da arte, ensinada ou aprendida, produto que designamos exatamente como saúde.[5] Do mesmo modo, para o construtor, há a casa e a técnica da construção, a primeira sendo a obra,[6] e a segunda, o ensinamento.[7] Suponhamos que uma finalidade da justiça seja também produzir indivíduos justos, tal como no caso das artes um dos objetivos visados é produzir indivíduos detentores dessas artes. Por outro lado, qual é, segundo nós, a obra que o indivíduo justo pode executar? Dizei-me."

Creio que um deles me respondeu que era o *benéfico*, um segundo que era o *apropriado*, um terceiro que era o *útil*, e alguém mais que era o *vantajoso*.

E eu, retomando minha investigação, disse-lhes: "Essas palavras, porém, também se aplicam a cada uma das artes: fazer corretamente, ser vantajoso, útil e todas as demais do mesmo gênero, mas se perguntamos ao que todas elas visam, cada arte indicará algum produto que lhe é característico. Por exemplo, o carpinteiro falará do bom, do belo e do apropriado no que toca à fabricação de móveis de madeira, os quais são produtos distintos da própria arte. Dizei-me, então, qual é o produto característico da justiça."

Finalmente, Sócrates, um de teus amigos respondeu-me. E me pareceu que se saiu muito bem no seu discurso; segundo

---

4. ...δικαιοσύνην... (*dikaiosýnen*).
5. Concepção muito próxima do conceito de ciência produtiva ou *poiética* de Aristóteles.
6. ...ἔργον... (*érgon*).
7. ...δίδαγμα... (*dídagma*).

ele, a obra que é característica da justiça, que não diz respeito a qualquer outra arte, é *produzir amizade nos Estados*.[8] Novamente interrogado por mim, ele declarou que a amizade era sempre um bem e jamais um mal. No que concerne às amizades das crianças e às dos animais, às quais atribuímos esse belo nome, recusou-se a reconhecer – diante de uma nova pergunta feita por mim – que fossem amizades, já que, de fato, geralmente sucede de tais relacionamentos se revelarem mais nocivos do que benéficos. Esquivando-se à dificuldade, sustentou que esses relacionamentos, de modo algum, são amizades e que chamá-los de amizades significa nomear incorretamente. A amizade real e verdadeira é, com plena evidência, um *acordo de pensamentos e sentimentos*.[9] Indagado se entendia por esse *acordo* um acordo no partilhar de opiniões ou de uma ciência, repeliu em tom de desdém o acordo de opiniões, alegando que era forçado a admitir que há, entre os seres humanos, uma grande quantidade de opiniões e de opiniões prejudiciais em relação às quais os seres humanos estão em acordo. No que tange à amizade, afirmou que é absolutamente um bem e a obra da justiça. Assim, aproximou o acordo de uma ciência, não de uma opinião.

A essa altura de nossa discussão, estando nós em um certo embaraço, os ouvintes, em grande número, dirigiram-se a ele em tom de cobrança, reclamando que a discussão andara em círculo, retornando ao ponto de partida.

"A medicina", disseram, "também é uma forma de acordo, e, de resto, todas as demais artes, e é possível indicar do que consiste esse acordo, mas quanto a essa justiça ou esse acordo a que te referes, ao que visa? Não o compreendemos e não está claro qual é a sua obra."

Essas questões, Sócrates, finalmente foram colocadas por mim a ti mesmo, e me respondeste que a justiça consistia em

---

8. ...φιλίαν ἐν ταῖς πόλεσι ποιεῖν... (*philían en taîs pólesi poieîn*).
9. ...ὁμόνοιαν... (*homónoian*). Ver o importantíssimo tema da amizade em Aristóteles, *Ética a Eudemo*, Livro VII, e *Ética a Nicômaco*, Livros VIII e IX, já presentes em *Clássicos Edipro*.

b      prejudicar os inimigos e beneficiar os amigos. Entretanto, mais tarde, concluiu-se que o homem justo é incapaz de prejudicar quem quer que seja, pois em tudo ele age a favor do benefício de todos. Isso foi por mim indagado a ti não uma vez, nem duas, mas amiúde e insistentemente.

Posteriormente, parei com tal indagação, convencido de que, visto que superas a qualquer um no exortar um indivíduo para que pratique a virtude, acontece uma de duas coisas: isso é tudo que és capaz de fazer e nada mais – como é o que sucederia com toda arte –, por exemplo, quando alguém que não é um piloto ensaia um discurso louvando a arte do piloto como
c      sendo algo de grande valor para os seres humanos. Talvez fosse possível aplicar a ti a mesma crítica, no que toca à justiça, dizendo que tua capacidade de louvá-la tão bem não te torna um maior conhecedor dela. Em minha opinião, não se trata disso. Entretanto, só existem duas possibilidades: ou [simplesmente] não a conheces, ou não desejas compartilhar o conhecimento dela comigo.

Eis aí a razão por que irei, sem dúvida, procurar Trasímaco, e qualquer outra pessoa que possa, com essa minha
d      dificuldade. Mas se, finalmente, estiveres disposto a parar de exortar-me com discursos, faz como, por exemplo, é feito na ginástica – depois de me ter exortado a não negligenciar o corpo, acrescentastes a tua bela exortação de como convém que eu trate meu corpo, esclarecendo-me sobre sua natureza. Procede agora de idêntica maneira.

Supõe que Clitofon reconhece quão ridículo é zelar por outras coisas enquanto descuidamos da alma, por meio da qual fazemos operar todo o resto.
e      Imagina agora que eu também disse tudo aquilo que se sucederia ao que acabamos de expor. E, por favor, faz como peço e não te louvarei diante de Lísias e de outros, em função de certas coisas, enquanto me ponho a criticar-te em função de outras. De fato, Sócrates, para aquele que não foi ainda exortado, admito quão precioso és. Todavia, para quem já foi exortado, chegas até a constituir um obstáculo que o impede de atingir a meta da virtude, encontrando aí a felicidade.

# Segundo Alcibíades
## (ou Da Oração)

**PERSONAGENS DO DIÁLOGO:**
**Sócrates e Alcibíades**

138a **Sócrates:** Alcibíades, estás a caminho para orar ao deus?
**Alcibíades:** Certamente, Sócrates.
**Sócrates:** Exibes um ar sombrio e abatido como se algo te preocupasse.
**Alcibíades:** E qual seria a preocupação, Sócrates?
**Sócrates:** A mais séria delas, Alcibíades, ao menos na minha opinião. A propósito, diz-me, por Zeus: não crês que os deuses, às vezes, concedem-nos o que lhes pedimos em nossas orações, quer particulares, quer públicas, como também, às vezes, recusam-se a concedê-lo, e que algumas pessoas são atendidas, enquanto outras não?

b

**Alcibíades:** Realmente o creio.
**Sócrates:** Assim, não te parece bastante necessário muita prudência para não pedir, sem o saber, grandes males confundindo-os com bens, na suposição de que os deuses se dispusessem a conceder a cada um o que solicitasse, fosse o que fosse? Por exemplo, Édipo,[1] como é relatado, orou sem demora para que

---

1. Filho de Laius e Jocasta, rei e rainha de Tebas. Segundo o mito, criado por pais adotivos (Políbio e Merope, rei e rainha de Corinto), após consultar o oráculo de Delfos e alarmado com a perspectiva de matar o próprio pai e desposar a própria mãe (que ele pensava serem Políbio e Merope), põe-se na estrada sem rumo com o único

c   seus filhos resolvessem pela espada a questão de sua herança. Assim, quando podia pedir mediante suas orações o afastamento dos males presentes, graças às suas imprecações atraiu para si novos males que se somaram aos primeiros. E de fato o que pediu se concretizou, acarretando muitas terríveis consequências, cuja enumeração detalhada não é necessário fazer.

**Alcibíades:** Mas Sócrates, te referes a um louco.[2] Achas então que um ser humano com o juízo equilibrado algum dia faria tais súplicas?

**Sócrates:** Parece a ti que a loucura seja o oposto do bom senso?

**Alcibíades:** Decerto que sim.

d   **Sócrates:** Há, a teu ver, seres humanos dotados de senso e seres humanos destituídos de senso?

**Alcibíades:** Sim, há.

**Sócrates:** Muito bem, tratemos de verificar quem são. Admitimos, portanto, que há indivíduos sensatos, indivíduos que carecem de senso e também loucos.

**Alcibíades:** Sim, foi o que admitimos.

**Sócrates:** Há, ainda, pessoas que gozam de boa saúde?

**Alcibíades:** Há.

**Sócrates:** Bem como doentes?

139a **Alcibíades:** Com certeza.

**Sócrates:** E são as mesmas pessoas?

**Alcibíades:** Não, certamente não são.

**Sócrates:** E haveria outras que não se encontrariam em nenhum desses dois estados?

**Alcibíades:** Obviamente que não.

---

objetivo de afastar-se de Corinto na esperança de furtar-se ao horrendo vaticínio. Na estrada, sem o saber, por conta de um desentendimento, mata o seu verdadeiro pai (Laius) e, chegando a Tebas, decifra o enigma da esfinge (que em seguida se destrói), é aclamado como rei de Tebas e casa-se com Jocasta (viúva do rei Laius e sua verdadeira mãe). Em *Sabedoria da Mitologia* (Edipro), narro esta tragédia.

2. Sobre as imprecações e a loucura de Édipo, ver *Sete contra Tebas*, de Ésquilo e *As Fenícias*, de Eurípides.

**Sócrates:** É forçoso, portanto, que todo ser humano que existe seja doente ou não o seja?
**Alcibíades:** É o que me parece.
**Sócrates:** Ora, quer se trate de senso ou de falta de senso, tens a mesma opinião?
**Alcibíades:** Mas o que queres dizer?
**Sócrates:** Acreditas que necessariamente sejamos sensatos ou destituídos de senso, ou haverá um terceiro estado intermediário em que o ser humano não seria nem sensato nem insensato?

b

**Alcibíades:** Não, não há.
**Sócrates:** Então deve necessariamente ser um ou outro?
**Alcibíades:** É o que penso.
**Sócrates:** Lembras de ter admitido que a loucura[3] era o oposto do bom senso?[4]
**Alcibíades:** Lembro.
**Sócrates:** E também, não é mesmo, que não há um terceiro estado intermediário no qual um indivíduo não é nem sensato nem insensato?
**Alcibíades:** Eu o admiti.
**Sócrates:** Ora, seria possível que um mesmo objeto tivesse dois contrários?
**Alcibíades:** De modo algum.[5]

c **Sócrates:** Então falta de senso[6] e loucura parecem ser uma única e mesma coisa?
**Alcibíades:** É o que parece.
**Sócrates:** A conclusão, Alcibíades, é que dizendo que as pessoas destituídas de senso são todas loucas estaríamos nos expressando corretamente. Isso vale para teus camaradas, se entre eles houver aqueles aos quais falta senso, e a alguns certamente falta, valendo também para pessoas mais velhas. Afinal,

---

3. ...μανίαν... (*manían*).
4. ...φρονήσει... (*phronései*).
5. Ver *Protágoras*, 332c-d.
6. ...Ἀφροσύνη... (*Aphrosýne*).

por Zeus, não dirias que, em nossa cidade, constituem uma minoria os que têm bom senso, enquanto a maioria é constituída por aqueles que não o têm... e que são, assim, conforme tua opinião, loucos?

**Alcibíades:** Sim.

**Sócrates:** Mas imaginas que poderíamos viver contentes e confortavelmente em meio a tantos loucos? Não achas que nessa situação, agredidos, espancados e submetidos a todo tratamento que um louco sabe dispensar, já há muito tempo estaríamos condenados a um castigo? Considera, meu caro, se tal situação é possível.

**Alcibíades:** E como seria, Sócrates? Receio ter me equivocado nesse assunto.

**Sócrates:** É essa também a minha opinião, mas talvez haja uma outra forma de encarar a questão.

**Alcibíades:** E a que forma te referes?

**Sócrates:** Vou dizer-te. Admitimos que há pessoas doentes, não é mesmo?

**Alcibíades:** Com toda a certeza.

**Sócrates:** Achas que todo doente necessariamente sofre de gota, ou de febre ou contraiu oftalmia? Não achas que seria possível, sem sofrer de nenhuma dessas doenças, que padecesse de uma outra? Afinal, há muitas outras e essas não são as únicas.

**Alcibíades:** É exatamente o que penso.

**Sócrates:** Achas que toda oftalmia é uma doença?

**Alcibíades:** Sim.

**Sócrates:** Portanto, toda doença também é uma oftalmia?

**Alcibíades:** Não. Entretanto, não estou bem certo do que digo.

**Sócrates:** Mas se prestares atenção a mim e ambos investigarmos, talvez descubramos.

**Alcibíades:** Estou prestando atenção, Sócrates, tanto quanto posso.

**Sócrates:** Não concordamos que toda oftalmia é uma doença e que, entretanto, nem toda doença é oftalmia?

**Alcibíades:** Concordamos.

**Sócrates:** E o fizemos corretamente, penso eu. De fato, se é bem verdade que todos os que têm febre estão doentes, nem todos que estão doentes têm febre, nem gota, nem todos têm oftalmia, suponho. Não há dúvida de que todas essas coisas são doenças, porém, seus efeitos ou sintomas, para usar a expressão daqueles que chamamos de médicos, são diferentes. Não guardam semelhança entre si e não atuam igualmente [no organismo], mas cada uma segundo sua propriedade. Isso não impede, contudo, que sejam todas doenças. Do mesmo modo, admitimos a existência de artesãos, não é mesmo?

**Alcibíades:** Com toda a certeza.

**Sócrates:** São eles os sapateiros, os carpinteiros, os escultores e muitíssimos outros que não precisamos aqui enumerar. Dividem entre si ofícios que lhes são próprios e todos são artesãos, sem que sejam, por isso, todos carpinteiros, ou sapateiros, ou escultores, embora sejam todos artesãos.

**Alcibíades:** Decerto que não.

**Sócrates:** Ora, do mesmo modo os homens dividem entre si a falta de senso. Chamamos de loucos os que, na divisão, contam com a parte maior, de tolos e de imbecis os que dispõem de uma parte um pouco menor [de falta de senso]. Se quisermos recorrer a eufemismos, chamaremos uns de *exaltados*,[7] os outros de *simples*, e os outros de inocentes, inexperientes ou ingênuos. Descobrirás, ainda, se procurares, muitos outros nomes. Tudo isso é falta de senso, mas este difere como um ofício nos pareceu diferir de outro, e uma doença de outra doença. O que pensas disso?

**Alcibíades:** Corresponde a minha opinião.

**Sócrates:** Bem, retornemos ao nosso ponto de partida. Nosso objetivo, ao iniciar a discussão, era apurar quais são as pessoas às quais falta o senso e quais as sensatas, visto que reconhecemos que existem umas e outras.

**Alcibíades:** Sim, nós o reconhecemos.

---

7. Literalmente ...μεγαλοψύχους... (*megalopsýkhoys*), grandiosos de alma.

**Sócrates:** Julgas como sensatos aqueles que têm conhecimento do que se deve fazer e dizer?
**Alcibíades:** Julgo.
**Sócrates:** E quem são os faltos de senso? Não seriam os que não têm conhecimento de uma e outra dessas coisas?
**Alcibíades:** Precisamente eles.
**Sócrates:** Mas os que não têm conhecimento de nenhuma dessas coisas, não é por as desconhecerem que dizem e fazem o que não se deve?
**Alcibíades:** É o que parece.
**Sócrates:** É exatamente entre esses indivíduos, Alcibíades, que eu incluía Édipo. E encontrarás, ainda hoje, muitos que, sem estarem delirantes como ele, não acreditam estar, em suas orações, pedindo males para si, mas bens. Quanto a ele, não pedia bens, mas tampouco acreditava no próprio pedir. Há outros aos quais ocorre precisamente o contrário. Supõe que o deus ao qual estás na iminência de dirigir tuas orações aparecesse a ti e te perguntasse, antes de iniciares tua oração, se bastaria a ti converter-se no tirano de Atenas; e se tu o julgasses insignificante e verdadeiramente ínfimo, acrescentasse: de toda a Grécia; e percebendo que ainda o julgasses pouco a menos que incluísse toda a Europa, a prometesse a ti, e atestando a satisfação de teu desejo somasse o reconhecimento simultâneo, por parte de toda a espécie humana, de que Alcibíades, filho de Clínias, a partir de hoje mesmo é tirano. Voltarias à tua casa, estou certo, repleto de alegria, como alguém que acabasse de adquirir os maiores de todos os bens.[8]
**Alcibíades:** Ora, Sócrates, assim sucederia com qualquer outra pessoa se uma tal promessa lhe fosse feita.
**Sócrates:** E, no entanto, não darias tua própria vida para te tornares o senhor de todos os territórios e tirano de todos os gregos e bárbaros.
**Alcibíades:** Certamente não, pois de que me valeria isso se ficaria impossibilitado de fruí-lo.

---

8. Ver *Alcibíades* (neste volume), 105a-b-c.

**Sócrates:** E se pudesses fruí-lo mal ou de modo nocivo, nesse caso, tu o aceitarias?
**Alcibíades:** Não, tampouco.
**Sócrates:** Percebes, portanto, que não é seguro aceitar sem reflexão o que nos é oferecido, nem suplicar pela realização do que nos acarretará danos ou até a perda da própria vida. Poderia citar muitos que suspiraram pela tirania e se esforçaram para conquistá-la, como se fosse um bem a ser alcançado e que, graças à tirania, pereceram em meio às ciladas dos que conspiraram contra seu poder. Por certo não ignoras alguns acontecimentos bastante recentes: o favorito de Arquelau,[9] tirano da Macedônia, não menos apaixonado pela tirania do que Arquelau por ele, matou seu amante para fazer de si um tirano e granjear a felicidade. Manteve-se tirano por três ou quatro dias, tornando-se, em seguida, por seu turno, vítima de maquinações urdidas por outros, sendo então assassinado. Entre nossos concidadãos, também vês – pois não soubemos desses fatos por boatos, mas deles fomos testemunhas – todos os que desejaram tão ardentemente o cargo de general e que o obtiveram: alguns, ainda hoje, encontram-se exilados enquanto outros morreram. E mesmo quanto aos que parecem ter se saído bem, chegaram a isso em meio a perigos e temores inumeráveis e não somente durante suas campanhas militares, como também após o retorno às suas casas, quando passaram a ser continuamente vítimas de um cerco dos informantes, além daquele dos inimigos, o que levou muitos deles a desejar terem sido homens dedicados à vida privada e jamais generais. De fato, isso faria algum sentido, se, ao menos, tais perigos e tais esforços trouxessem algum benefício, mas atualmente o que acontece é precisamente o contrário.

Perceberás que sucede o mesmo no que se refere a filhos. Há pessoas que oram para tê-los e quando os têm, são atingidos por desastres e pelas piores aflições: os filhos de alguns indivíduos são tão cabalmente maus que fazem de suas inteiras

---
9. Ver *Górgias*, 470d a 471d (*Diálogos II*, *Clássicos Edipro*).

existências uma desventura; outros, que têm bons filhos, são acometidos por uma infelicidade que deles os priva, sendo reduzidos a uma situação tal que, não menos desafortunados do que os primeiros, prefeririam que seus filhos jamais houvessem vindo ao mundo.

Todavia, a despeito da taxativa evidência desses exemplos e de tantos outros semelhantes, dificilmente encontraríamos alguém que rejeitasse essas dádivas, ou que se as tivesse que obter pela oração, que se abstivesse de pedi-las. A maioria não recusaria nem a tirania que se lhes oferecesse, nem o cargo de general, nem todas as demais honras cuja posse é mais funesta do que proveitosa. Muito mais do que isso, recorreriam a súplicas para consegui-los quando deles desprovidos. Após algum tempo, contudo, alteram seu canto e desdizem suas anteriores orações.

Assim, pergunto-me se não estarão errados os seres humanos ao responsabilizarem os deuses pela origem de seus males. Afinal, são eles mesmos que, por meio de sua própria presunção ou estupidez – não importa qual o nome que se queira dar a isso – ...agravam as misérias fixadas pela sorte...[10]

Parece ser, Alcibíades, certamente um homem sábio esse poeta que, sem dúvida, angustiado com amigos insensatos, assistindo-os fazer e desejar coisas absolutamente inconvenientes, ainda que estivessem convencidos do contrário, compôs uma oração idêntica para todos, cujos termos são aproximadamente os seguintes:

*Zeus rei, quer os bens que pedimos, quer os que desprezamos,*

*A nós os concedei. Quanto aos males, mesmo se pedidos, afastai-os.*

Sua fórmula, a meu ver, prima por excelência e segurança, mas quanto a ti, se tens alguma ideia que a isso se opõe, não te mantenhas calado.

---

10. Homero, *Odisseia*, Canto I, 32-35. O autor, porém, não cita textualmente, mas adapta.

**Alcibíades:** É difícil, Sócrates, contradizer o bom discurso, mas o que me ocorre ao espírito é que a ignorância[11] é, para os seres humanos, causa de muitos males. É a ignorância que nos ludibria levando-nos a fazer e – para o cúmulo da infelicidade – desejar os maiores males para nós mesmos. Eis algo em que ninguém acreditaria; cada um se julga plenamente capaz de desejar para si o bem e não o mal. De fato, isso pareceria mais uma imprecação do que uma oração.

**Sócrates:** Mas, talvez, meu bom amigo, alguém, mais sábio do que tu e eu, diria que erramos ao responsabilizar assim a ligeira ignorância, salvo se acrescentássemos: a ignorância de certas coisas, para certas pessoas e em certas situações é um bem, ao passo que constitui um mal no caso de outras.

**Alcibíades:** Mas o que dizes? Poderia existir uma coisa que, não importa em que situação, fosse melhor ignorar do que conhecer?

**Sócrates:** Penso que sim. Não é o que pensas?

**Alcibíades:** Certamente não, por Zeus!

**Sócrates:** Decerto não estou disposto a julgar que algum dia desejarias tramar contra tua própria mãe maquinações como as imputadas a Orestes, Alcmeon[12] e a qualquer outro que haja cometido tais ações.

**Alcibíades:** Poupa-me, por Zeus, Sócrates!

**Sócrates:** Não é a quem diz que não desejarias ter cometido tal ação que convém pedires que te poupe, Alcibíades, mas antes a quem afirmasse o oposto, pois esse ato afigura-se a ti tão hediondo que não convém enunciá-lo inconsideradamente. Acreditas que Orestes, se estivesse em seu juízo perfeito e soubesse o que tinha de melhor a fazer, teria ousado um semelhante crime?

---

11. ...ἄγνοια... (*ágnoia*).

12. Orestes vingou a morte do pai, Agamenon, que fora assassinado por Clitemnestra (esposa do último), matando a própria mãe, Clitemnestra. Quanto a Alcmeon, seu pai, o vidente Anfiarau, se vira constrangido pela esposa Erifile a participar de uma expedição guerreira, juntamente com o filho, contra Tebas. Instruído pelo pai, que pereceu nesta expedição, ou baseado em uma consulta ao Oráculo de Delfos, Alcmeon, ao regressar matou a mãe, a qual havia se deixado subornar para dar o voto final a favor da participação do marido na expedição contra Tebas.

**Alcibíades:** Certamente não.

**Sócrates:** Nem qualquer outra pessoa, suponho.

**Alcibíades:** Tampouco.

**Sócrates:** É, portanto, um mal, como parece, para o homem de bem, a ignorância e ignorar o bem.

**Alcibíades:** É o que parece.

**Sócrates:** E não somente para ele como também para todas as outras pessoas?

**Alcibíades:** Concordo.

**Sócrates:** Consideremos agora o seguinte. Supõe que passasse por teu espírito a ideia de que seria um bem ir até Péricles, teu tutor e amigo, munido de um punhal e confirmar se ele está em casa, para poder matá-lo, tão-somente ele. E informam que ele está em casa. Não quero dizer que tenhas algum dia alimentado um tal desígnio, mas [apenas] suponho que tenhas tido a ideia – e nada impede que se a tenha quando se ignora o que é o bem, de modo que se toma por bem aquilo que é exatamente o mal. Ou não pensas assim?

**Alcibíades:** Decerto que sim.

**Sócrates:** Se assim, adentrando a casa, o visses sem reconhecê-lo e o confundisses com outro indivíduo, atrever-te-ia, ainda assim, a matá-lo?

**Alcibíades:** Não, por Zeus! Não conceberia fazê-lo.

**Sócrates:** Isso porque querias aquela pessoa em particular e não qualquer pessoa, não é mesmo?

**Alcibíades:** Sim.

**Sócrates:** E se repetindo muitas vezes tua tentativa acontecesse de sempre não reconhecer Péricles, no momento de concretizar teu intento, jamais o atacarias.

**Alcibíades:** Certamente não.

**Sócrates:** Ora, pensas que Orestes jamais teria atacado sua mãe se, do mesmo modo, não tivesse conseguido reconhecê-la?

**Alcibíades:** Não o creio.

**Sócrates:** De fato, ele tampouco alimentava a intenção de matar a primeira mulher que lhe aparecesse ou a mãe de qualquer outra pessoa, mas a sua própria mãe.

**Alcibíades:** É precisamente isso.

**Sócrates:** Essa espécie de ignorância, ao menos, constitui, portanto, um bem para aqueles que se acham nessa disposição e nutrem tais ideias.

**Alcibíades:** É o que parece.

**Sócrates:** Percebes, consequentemente, que a ignorância de certas coisas relativamente a certos indivíduos e em certas circunstâncias, é um bem e não um mal, como a ti parecia há pouco.

**Alcibíades:** Aparentemente.

d **Sócrates:** Se quiseres agora examinar o que decorre disso, talvez o julgues estranho.

**Alcibíades:** Mas ao que te referes, Sócrates?

**Sócrates:** É que, para dizer a verdade, a posse das outras ciências se não possuirmos igualmente a do *bem* corre o risco de raramente ser útil e de ser, pelo contrário, muito frequentemente, prejudicial ao seu possuidor. Presta atenção no seguinte: não se afigura a ti necessário, quando nos dispomos a fazer ou a falar, imaginarmo-nos conhecedores, ou sermos de fato
e conhecedores daquilo que estamos prestes a falar ou a fazer?

**Alcibíades:** É o que se me afigura.

**Sócrates:** Assim, por exemplo, os oradores ou são, de fato, bons conselheiros, ou imaginam que o são quando nos fornecem seus conselhos, uns sobre a guerra e a paz, outros sobre as fortificações a serem erguidas ou os portos a serem construídos;
145a em síntese, tudo que um Estado empreende contra outro ou a favor de si mesmo, o faz com base nos conselhos dos oradores.

**Alcibíades:** É verdadeiramente o que dizes.

**Sócrates:** Mas vê o que se segue a isso.

**Alcibíades:** Na medida de minha capacidade.

**Sócrates:** Tu te referes a indivíduos de senso e a indivíduos aos quais falta o senso, não é mesmo?

**Alcibíades:** Refiro-me.

**Sócrates:** E é a maioria que carece de senso enquanto a minoria o possui?

**Alcibíades:** Exatamente.

**Sócrates:** Dispões de um critério para distinguir esses dois tipos de indivíduos?

**Alcibíades:** Sim.

b **Sócrates:** É o homem que sabe aconselhar, mas que desconhece qual conselho é melhor dar ou quando é melhor dá-lo, que classificas como possuidor de senso?

**Alcibíades:** Certamente não.

**Sócrates:** Tampouco, presumo, aquele que conhece a arte bélica, porém ignora a ocasião oportuna de empreender a guerra ou quanto deve durar para que seja eficaz, não é mesmo?

**Alcibíades:** Sim.

**Sócrates:** Nem, ainda, aquele que sabe como matar, espoliar ou exilar, mas ignora quando é melhor fazê-lo ou contra quem?

**Alcibíades:** Positivamente não.

c **Sócrates:** Mas sim aquele que associa aos seus conhecimentos a ciência do bem, ciência que é idêntica, suponho, à do que é útil.

**Alcibíades:** Sim.

**Sócrates:** Portanto, classificaremos como possuidor de senso tal pessoa, além de conselheiro eficiente para o Estado e para si mesmo, mas a alguém que não é assim classificaremos precisamente como o contrário. Que te parece?

**Alcibíades:** A mim o mesmo que a ti.

**Sócrates:** E quando se trata de alguém hábil para montar o cavalo, ou no manejo do arco para atirar flechas, ou na luta, quer o pugilato quer qualquer outro gênero de combate, ou competir
d em qualquer outro exercício ginástico que nos ensina a arte – que nome dás àquele que sabe o que é o melhor na prática de uma particular habilidade de acordo com as regras da arte específica? No caso da equitação, não o chamarias de bom cavaleiro?

**Alcibíades:** Sim.

**Sócrates:** No caso do pugilato, de bom pugilista, na arte de tocar a flauta, de bom flautista, e analogamente nos demais casos. Ou será diferentemente?

**Alcibíades:** Não, será exatamente assim.

**Sócrates:** Achas que pelo fato de uma pessoa ser competente nessas coisas basta para que seja uma pessoa de senso, ou diremos que é necessário mais do que isso?

**Alcibíades:** Por Zeus, é necessário muito mais.

**Sócrates:** E como avaliarias um Estado constituído por bons arqueiros e bons flautistas, e também atletas e outros artistas misturados a esses indivíduos aos quais aludimos há pouco, conhecedores e capazes de fazer a guerra e matar, ou então a esses oradores saturados de presunção política [, habilidosos na produção do efeito retórico,] – todos, sem exceção, destituídos do conhecimento do bem, sem ninguém que saiba quando é bom servir-se de cada uma dessas artes e a favor de quem?

**Alcibíades:** Eu o avaliaria, Sócrates, como um Estado deficiente.

**Sócrates:** Tu o dirias principalmente, imagino, vendo *cada uma dessas pessoas na busca de honras, competindo com as demais, e devotando a melhor parte de seu governo a esse cuidado, ou seja, o de superar a si mesma,*[13] quero dizer, adquirir excelência nessa arte, pois no que toca ao bem do Estado e no dela própria, desorienta-se muito amiúde, porque, suponho, ela se fia sem refletir na opinião. Nessas condições, não seria acertado afirmar que a agitação política e a ilegalidade campeiam em um tal governo?

**Alcibíades:** Por Zeus, que seria acertado.

**Sócrates:** Não havíamos admitido que era necessário primeiramente imaginarmos saber, ou sabermos de fato, aquilo que estivéssemos prestes a fazer ou falar?

**Alcibíades:** Nós o admitimos.

**Sócrates:** Assim, se alguém faz as coisas quando tem, ou crê ter competência e, de acréscimo, o êxito o favorece, não é verdade que isso acarretará também proveito tanto para o Estado quanto para ele próprio?

**Alcibíades:** E como não?

---

13. O autor faz uma citação adaptada, não textual, da tragédia *Antíope* de Eurípides.

**Sócrates:** E em caso contrário, presumo, nem para o Estado nem para ele próprio?
**Alcibíades:** Decerto que não.
**Sócrates:** Mas manténs a mesma opinião ou mudaste de ideia?
**Alcibíades:** Não. Permaneço com a mesma opinião.
**Sócrates:** Porém, não afirmaste que a maioria dos indivíduos é desprovida de senso e que as pessoas sensatas constituem a minoria?
**Alcibíades:** Afirmei.
**Sócrates:** Por conseguinte, repetimos que o *bem* escapa à maioria porque, mais amiúde do que raramente – é o que suponho – as pessoas se fiam, sem recorrer à inteligência, à opinião.

d **Alcibíades:** De fato, nós o repetimos.
**Sócrates:** Então, é vantajoso para a maioria dos indivíduos nem saber nem imaginar que sabem, caso venham a produzir mais dano do que benefício a si mesmos, precipitando-se em fazer o que sabem ou imaginam que sabem.
**Alcibíades:** Disseste a pura verdade.
**Sócrates:** Pois bem! Quando eu sustentava que a posse das demais ciências sem a da ciência do bem corria o risco de revelar rara utilidade, produzindo, pelo contrário, prejuízo a maior parte do tempo aos seus possuidores, havia de fato fundamento para essas minhas palavras?
**Alcibíades:** Ao menos agora, Sócrates, estou convencido disso.
**Sócrates:** Convém, portanto, que um Estado ou uma alma, se pretendem viver com acerto, aferrem-se a essa ciência como o enfermo se apega ao médico, ou o passageiro ao piloto se

147a desejar uma navegação segura. Na falta dela, tudo leva a crer, quanto mais fortes forem os ventos da fortuna que sopram para a aquisição das riquezas, do vigor e força do corpo, ou de qualquer coisa desse gênero, maiores serão os erros que decorrerão necessariamente dessas coisas. Estar de posse de erudição e de uma multiplicidade de artes, mas encontrar-se sem a ciência a que nos referimos e se deixar conduzir gradativamente por cada uma das demais não será tornar-se, em verdade, o joguete de uma violenta tormenta? E lançado ao alto mar, sem timoneiro, é de se duvidar que se possa contar com uma longa existência. Assim, parece-me ser aqui oportuno citar o verso do poeta que censurava alguém nos seguintes termos: "Decerto conhecia ele muitas coisas, porém, a todas conhecia mal."[14]

**Alcibíades:** Qual a conexão, Sócrates, entre esse verso e a matéria em questão? A mim parece totalmente fora de propósito.

**Sócrates:** Pelo contrário, tem tudo a ver, mas, meu caro, trata-se de uma espécie de enigma que, aliás, faz parte dos modos desse poeta e de quase todos os outros. Toda poesia é, devido à sua própria natureza, enigmática, e não cabe a qualquer um captar-lhe o sentido. Some-se a isso que, além dessa sua natureza, quando a poesia incorpora um homem ciumento, que longe de desejar revelar, deseja ocultar o máximo possível sua sabedoria, torna-se excepcionalmente difícil compreender o pensamento desses homens. Homero, o mais divino e mais sábio dos poetas, de maneira alguma ignorava – não o duvides – que é impossível *conhecer mal*, pois afinal é ele que dizia de Margites que ele conhecia seguramente muitas coisas, ao que acrescia: a todas conhecia mal. Penso, contudo, que ele se expressa enigmaticamente utilizando o advérbio *mal*[15] no lugar do substantivo *mal*,[16] e *conhecia*[17] no lugar de *conhecer*.[18] Isso produz, é verdade, um verso incorreto, mas eis o pensamento que ele quer exprimir: ele conhecia uma grande quantidade de coisas, mas para ele conhecer tudo isso representava um mal. Fica, portanto, claro que se constituía para ele um mal conhecer muitas coisas, ele deve ter sido um mau homem, ao menos se depositarmos fé em nossos argumentos anteriores.

---

14. Citação do *Margites*, poema heroico-cômico atribuído a Homero (fragm. 3, Allen).
15. ...κακῶς... (*kakôs*).
16. ...κακοῦ... (*kakoŷ*).
17. ...ἠπίστατο... (*epístato*).
18. ...ἠπίστασθαι... (*epístasthai*).

**Alcibíades:** Estou de acordo, Sócrates. Se não podemos confiar nesses argumentos, não vejo em quais argumentos confiar.

**Sócrates:** E tens razão em neles confiar.

**Alcibíades:** Sim, ainda uma vez eu confio.

**Sócrates:** Oh, por Zeus! Percebes o tamanho e a natureza da dificuldade em que estamos metidos. E isso em parte toca a ti também. Oscilando para a direita e para a esquerda, desconheces onde posicionar-te e a opinião que sustentavas com a maior convicção, tu a rejeitas agora e não a contemplas mais com o mesmo olhar. Suponhamos que o deus para o qual estás a caminho de dirigir-te aparecesse a ti, nesse exato momento, e te indagasse, antes de começares tuas orações, se te agradaria obter qualquer uma das coisas a que aludimos no início, ou se deveria deixar a escolha da oração a teu critério. O que julgarias mais conveniente: aceitar o que ele te ofereceria ou fazeres tua própria oração?

**Alcibíades:** Pelos deuses, Sócrates! Não sei o que responder-te de imediato. Parece-me uma questão bastante difícil e que merece realmente muita atenção para não se pedir, sem o saber, males pensando se tratarem de bens, e que logo depois não se esteja, como disseste há pouco, alterando o canto e desdizendo-se em relação à primeira oração.[19]

**Sócrates:** Não sabia mais do que nós o poeta mencionado por mim, no início de nosso diálogo, aquele que orava para afastar os males, mesmo se os pedisse?[20]

**Alcibíades:** Suponho que sim.

**Sócrates:** Seja por emulação a esse poeta, seja porque o hajam concebido por si mesmos, os lacedemônios também, Alcibíades, sempre formulam, em particular ou em público, uma oração semelhante. Suplicam aos deuses que lhes concedam além do que é bom, o que é nobre; e ninguém nunca os ouviria pedindo outra coisa. O fato é que, até agora, não são menos felizes do que outros povos. Se lhes acontece de não obter

---

19. Em 142d.
20. Em 143a.

êxito em tudo, isso não se deve às suas orações. Se nos é concedido o que pedimos ou o contrário depende dos deuses.

d

Desejo, porém, narrar-te um outro fato que os antigos ensinaram-me em uma ocasião. Durante um conflito entre atenienses e lacedemônios, tanto em terra como no mar, nosso Estado sempre se saía mal, não conseguindo obter uma única vitória. Nessa situação, os atenienses, irritados com o que acontecia e não sabendo que meio utilizar para alterarem o curso dos presentes desastres, deliberaram e julgaram conveniente enviar uma delegação para consultar Amon.[21] Indagaram-lhe, entre outras coisas, porque os deuses concediam a vitória aos lacedemônios, preferindo estes a eles. "Nós" – diziam – "que entre todos os gregos oferecemos o maior número de sacrifícios, e os mais belos; nós que, como nenhum outro povo o faz, decoramos seus templos com nossas oferendas religiosas; nós que celebramos todo ano em honra deles as procissões mais suntuosas e solenes gastando mais dinheiro do que todos os demais povos gregos juntos." "Enquanto" – acrescentaram – "no que se refere aos lacedemônios, jamais zelaram por tudo isso, sendo a tal ponto parcimoniosos com os deuses que lhes sacrificam sempre animais deficientes e, em tudo que diz respeito ao culto, mostram-se muito menos generosos do que nós, mesmo considerando-se que seu Estado não é menos rico que o nosso." Depois de terem se pronunciado nesses termos e perguntado como deveriam agir para mudar o rumo dos males que se abatiam presentemente sobre eles, o intérprete,[22] a título de *concisa* resposta – o deus decerto interditava outro tipo – chamou os membros da delegação e disse: "Eis o que diz Amon aos atenienses: os breves louvores dos lacedemônios agradam-me muito mais do que todos os sacrifícios dos gregos." Isso foi tudo que ele disse, sem acrescentar

e

149a

b

---

21. Divindade maior do panteão egípcio, identificada pelos gregos com Zeus. Possuía um templo helenizado em um oásis localizado no deserto da Líbia (África). Ver *Político*, 257b (em *Diálogos IV*).

22. ...προφήτην... (*prophéten*).

qualquer outra coisa. Por "breves louvores"²³ parece-me que o deus queria dizer simplesmente as orações deles, as quais, de fato, diferem enormemente das outras. Os outros gregos, uns oferecendo bois de chifres dourados, outros consagrando aos deuses suas opulentas oblações, pedem tudo que lhes vêm à cabeça, bom ou mau. E, assim, os deuses, ouvindo suas orações blasfematórias, desprezam tanto essas procissões quanto esses sacrifícios suntuosos. Eis por que, a meu ver, convém considerar com muito cuidado e muita ponderação aquilo que se deve dizer ou não dizer.

Encontrarás em Homero outros exemplos semelhantes. Ele narra, de fato, que os troianos, ao instalarem um acampamento...

*...sacrificaram aos imortais perfeitas hecatombes...*²⁴

e o odor das vítimas se elevava pela planície, transportado pelos ventos rumo ao céu, odor...

*...suave, mas sacrifício que os deuses bem-aventurados rejeitaram, tão profundo era seu ódio pela santa Ílio, e por Príamo e o povo de Príamo, o da lança vigorosa.*²⁵

Desse modo, pelo fato de os deuses os abominarem, seus sacrifícios eram inúteis, suas oferendas, vãs. Não creio, realmente, que esteja na natureza dos deuses se deixarem seduzir por presentes, tal como um vil usurário; proferiríamos, de nossa parte, uma tolice se nos considerássemos, nessa matéria, superiores aos lacedemônios. Seria, de fato, algo estranho e deplorável se os deuses se ativessem às nossas oferendas e aos sacrifícios realizados por nós mais do que à nossa alma como critério para avaliar se santidade e justiça estão presentes em alguém. Não há dúvida, a meu ver, que é ela que estimam muito mais do que essas procissões extravagantes e esses sacrifícios, que um indivíduo ou um Estado, que acumulam faltas contra os deuses e contra os seres humanos,

---

23. ...εὐφημίαν... (*eyphemían*).
24. ...ἑκατόμβας... (*hekatómbas*): a *hecatombe* era o sacrifício de 100 bois.
25. *Ilíada*, Canto VIII, 548-553.

podem facilmente realizar todos os anos. Eles, contudo, que não são corruptíveis, a tudo isso desprezam, tal como declara o deus e o intérprete dos deuses. É mais provável que deuses e seres humanos sensatos reservem a mais elevada estima à justiça e à sensatez. A propósito, os indivíduos sensatos e justos são exatamente os que sabem como se comportar e falar diante dos deuses e dos seres humanos. Mas agora gostaria de conhecer tua opinião acerca de tudo isso.

**Alcibíades:** Ora, Sócrates, minha opinião não é diferente nem da tua nem daquela do deus. Aliás, não seria apropriado que me pronunciasse em oposição ao deus.

**Sócrates:** Não te recordas de haver expresso teu grande embaraço, no temor de pedir, sem o saber, males tomando-os por bens?

**Alcibíades:** Recordo-me perfeitamente.

**Sócrates:** Percebes, assim, quão pouco seguro é para ti dirigir-te ao deus mediante orações: seria de se temer que te ouvindo enunciar pedidos blasfematórios, não repelisse esse sacrifício e te visses exposto ao risco de colher algo completamente diferente. Penso que farias melhor se permanecesses sossegado, pois, no que diz respeito à oração dos lacedemônios, na tua *exaltação de espírito* – para usar o mais belo eufemismo para a falta de senso – não desejarias, com certeza, servir-te dela. Aprender que atitude assumir diante dos deuses e dos seres humanos requer tempo.

**Alcibíades:** Quanto tempo levará, Sócrates? E quem será meu mestre? Como apreciaria saber quem é ele.

**Sócrates:** É aquele que se interessa por ti. Todavia, a meu ver, do mesmo modo que Atena, como conta Homero, dissipou a névoa que encobria os olhos de Diomedes...

...*para que ele se capacitasse a distinguir claramente se se tratava de deus ou de homem...*[26]

...é também preciso dissipar, primeiramente, a névoa que atualmente ofusca tua alma, para em seguida serem utilizados

---

26. *Ilíada*, Canto V, 127-128.

em ti os meios que te permitirão distinguir o bem do mal. De momento, és incapaz de fazê-lo.

**Alcibíades:** Que ele remova essa névoa, ou seja o que for. De minha parte, estou disposto a não me esquivar a nenhuma de suas instruções, não importa quem seja esse homem, contanto somente que isso me torne melhor.

151a **Sócrates:** Que se acrescente relativamente a esse homem que não poderias imaginar que disposição extraordinária o anima a teu respeito.

**Alcibíades:** Se assim é, penso que o melhor é adiar por enquanto o sacrifício.

**Sócrates:** E tua opinião é acertada. É mais seguro do que expor-se a um tal risco.

**Alcibíades:** Ora, Sócrates, já que parece que me aconselhaste sabiamente, oferecerei a ti essa coroa. Somente quando che-
b gar o dia ao qual aludiste daremos aos deuses suas coroas acompanhadas de seus usuais presentes. E se eles o quiserem, tal dia não tardará a chegar.

**Sócrates:** Aceito-a e aceitarei com prazer tudo que vier a mim procedente de ti. Tal como o Creonte de Eurípides, à vista de Tirésias coroado por grinaldas e ao saber que ele as recebera do inimigo como troféus por sua arte, diz:

*Vejo como um presságio tua coroa de vencedor,*

*Pois nós, como não o ignoras, somos assaltados pela tormenta...*[27]

c ...eu, do mesmo modo, diante dessa honra proveniente de ti, a vejo como um presságio. Parece-me não estar em meio a uma tormenta menor do que Creonte, e desejaria granjear a vitória sobre teus amantes.

---

27. *As Fenícias*, 863.

# HIPARCO
(ou O Ávido)

PERSONAGENS DO DIÁLOGO:
**Sócrates e Discípulo**

225a **Sócrates:** O que é, afinal, a avidez? O que são as pessoas ávidas e quem são elas?

**Discípulo:** A meu ver, são as que valorizam tirar proveito do que não possui valor algum.

**Sócrates:** E achas também que estão cientes de que não possui valor algum, ou o ignoram? Pois se ignoram, são os estúpidos que chamas de ávidos.

**Discípulo:** Não me refiro aos estúpidos, mas aos velhacos, tratantes, gente que se deixa dominar pelo ganho. Estão perfeitamente cientes de que as coisas de que se atrevem a tirar proveito não têm valor algum, a despeito do que uma impu-
b dência os faz ter a ousadia de serem ávidos.

**Sócrates:** Queres dizer que o indivíduo ávido é um tanto parecido com o agricultor que planta e, mesmo sabendo que o que plantou nada vale, conta em tirar algum proveito do que plantou, no momento em que esse vegetal estiver completamente desenvolvido? É a esse indivíduo que te referes?

**Discípulo:** A pessoa ávida, Sócrates, de uma forma ou outra, pensa que deve extrair lucro de todas as coisas.

**Sócrates:** Não respondas ao acaso, como se tivesses sido, de alguma forma, injustiçado. Presta atenção e responde como se
c eu estivesse retomando minhas interrogações do início. Não

admites que o indivíduo ávido está ciente do valor daquilo com que conta extrair ganho?

**Discípulo:** Admito.

**Sócrates:** Assim, quem é que conhece o valor das plantas e sabe em que estação e em que solo convém plantá-las, para empregarmos, nós também, as engenhosas expressões com as quais nossos sábios[1] embelezam seus discursos?

d **Discípulo:** Suponho que seja o agricultor.

**Sócrates:** Por "contar extrair ganho" entendes outra coisa além de julgar que se deve ganhar?

**Discípulo:** Não, é precisamente isso que entendo.

**Sócrates:** Não tentes, portanto, tu que és ainda tão jovem, enganar a mim, que já sou um velho, respondendo – como há pouco fizeste – aquilo que tu próprio não pensas. Diz-me a verdade. Será possível que aquele que classificas como um bom agricultor, consciente de que sua plantação nada vale, imagina que irá extrair ganho dela?

226a

**Discípulo:** Certamente não, por Zeus.

**Sócrates:** Ora, pensas que um cavaleiro que cientemente dá alimento sem valor ao seu cavalo desconhece que está prejudicando seu animal?

**Discípulo:** Não.

b **Sócrates:** Portanto, ele não espera obter ganho com esse alimento desprovido de valor.

**Discípulo:** De modo algum.

**Sócrates:** E achas que o capitão de um navio que equipa sua embarcação com velas e um leme que não valem nada ignora que sofrerá com isso e que se expõe ao risco de perder a si mesmo e o navio com toda sua carga?

**Discípulo:** Certamente não.

**Sócrates:** Assim, não pensa que obterá um ganho contando com
c um equipamento que de nada vale?

---

1. O tom é claramente irônico, a alusão sendo aos sofistas, sobretudo aos que atuavam como advogados e empregavam uma linguagem afetada e preciosista.

**Discípulo:** De fato, não.
**Sócrates:** Quanto ao general que está ciente de que seus soldados possuem armas imprestáveis, pensa ele em obter algum ganho dessas armas e conta com extrair ganho delas?
**Discípulo:** De maneira alguma.
**Sócrates:** Mas no que diz respeito ao flautista que só dispõe de uma flauta sem valor, ao tocador de lira e ao arqueiro que apenas possuem uma lira ou um arco igualmente imprestáveis – em síntese qualquer artesão, qualquer homem sensato que utiliza instrumentos ou qualquer outra espécie de equipamento sem valor   esperam com cles obter um ganho?

d **Discípulo:** É evidente que não.
**Sócrates:** Quais são, então, conforme o que pensas, os indivíduos ávidos? Decerto os que acabamos de mencionar não são aqueles que esperam tirar proveito do que sabem não ter valor algum. Entretanto, nesse caso, meu admirável amigo, com base no que dizes não há indivíduos ávidos.
**Discípulo:** Bem, Sócrates, o que quero dizer é que pessoas ávidas são as que, movidas por sua insaciável avidez, experimentam continuamente um apetite desmedido por coisas completamente irrisórias, e de pouco ou nenhum valor, buscando mesmo por
e   meio delas obter ganho.
**Sócrates:** Mas não, ao menos – meu caro – cientes de que não possuem valor, já que acabamos de nos convencer de que isso é impossível.
**Discípulo:** Também assim o creio.
**Sócrates:** Se, portanto, não estão cientes disso, evidentemente o ignoram. Contudo, consideram aquilo que não possui valor, ao contrário, como muito valioso.
**Discípulo:** É o que parece.
**Sócrates:** Não é verdade que os ávidos são aficionados do ganho?
**Discípulo:** Sim.
**Sócrates:** E chamas de ganho o oposto da perda?

227a **Discípulo:** Chamo.
**Sócrates:** Existiria alguma pessoa para a qual sofrer uma perda seria um bem?

**Discípulo:** Nenhuma.
**Sócrates:** Então é um mal?
**Discípulo:** Sim.
**Sócrates:** Aqueles que perdem sofrem então um dano?
**Discípulo:** Sofrem.
**Sócrates:** Consequentemente a perda é um mal?
**Discípulo:** Sim.
**Sócrates:** E o contrário da perda é o ganho?
**Discípulo:** O contrário.
**Sócrates:** Portanto o ganho é um bem.
**Discípulo:** Sim.
**Sócrates:** A conclusão é que chamas de ávidos aqueles que são aficionados do bem?
**Discípulo:** É o que parece.

b **Sócrates:** Bem, meu amigo, evidentemente não queres dizer que os indivíduos ávidos são loucos. Mas quanto a ti, amas o que é bom?
**Discípulo:** Decerto que sim.
**Sócrates:** Haveria um bem que não amasses e, ao contrário, um mal que amasses?
**Discípulo:** Por Zeus! Claro que não.
**Sócrates:** Assim, presume-se que amas igualmente todos os bens?
**Discípulo:** Sim.
**Sócrates:** E podes perguntar-me se quanto a mim não ocorre o mesmo. Dir-te-ei também que amo os bens. Todavia, além de tu e eu, não te parece que todos os outros seres humanos
c amam os bens e odeiam os males?
**Discípulo:** É a impressão que tenho deles.
**Sócrates:** E quanto ao ganho? Não o reconhecemos como um bem?
**Discípulo:** Sim.
**Sócrates:** Bem, assim o encarando, todos nós parecemos ávidos, enquanto do modo que encarávamos a questão anteriormente ninguém o era. Assim, à qual desses dois pontos de vista deveremos nos fiar para não sermos enganados?

**Discípulo:** Tenho comigo, Sócrates, que é necessário compreender com exatidão o que é o indivíduo ávido. A exata concepção da pessoa ávida indica-nos aquela que lança mão de todos os seus esforços para auferir – ao mesmo tempo o considerando uma boa ideia – ganho de coisas das quais pessoas virtuosas jamais ousariam extrair ganho.

**Sócrates:** Mas percebes, afabilíssimo amigo, que auferir um ganho – reconhecemo-lo há pouco – é obter um benefício.

**Discípulo:** E daí?

**Sócrates:** É que reconhecemos, por outro lado, que todos desejam os bens, e os desejam sempre.

**Discípulo:** Sim.

**Sócrates:** Consequentemente, as pessoas virtuosas desejam efetivar todo o tipo de ganhos, já que estes são bens.

**Discípulo:** Mas não auferir ganhos que os farão sofrer um dano, Sócrates.

**Sócrates:** Chamas de sofrer um dano experimentar uma perda, ou o entendes por outra coisa?

**Discípulo:** Não, eu o entendo por experimentar uma perda.

**Sócrates:** É então pelo ganho que as pessoas experimentam uma perda ou por meio da perda?

**Discípulo:** Pelos dois, pois se perde tanto pela perda quanto pelo mau ganho.

**Sócrates:** Mas pensas que uma coisa útil e boa seja má?

**Discípulo:** Certamente não.

**Sócrates:** Mas não reconhecemos instantes atrás que o ganho é o oposto da perda, a qual, por sua vez, é um mal?

**Discípulo:** Confesso que sim.

**Sócrates:** E que sendo oposto a um mal, ele é um bem?

**Discípulo:** De fato, reconhecemo-lo.

**Sócrates:** Percebes que tentas enganar-me afirmando expressamente o contrário daquilo que acabamos de firmar como consenso.

**Discípulo:** Não, por Zeus, Sócrates! É exatamente o contrário. És tu que me enganas, e não sei como na discussão pões os argumentos de cabeça para baixo!

b **Sócrates:** Tem cuidado com o que dizes! Meu comportamento seria deplorável se não obedecesse a um homem bom e sábio.
**Discípulo:** A que homem te referes e do que estás falando?
**Sócrates:** De um concidadão meu e teu, o filho de Pisístrato,[2] Hiparco, do demo de Filedes. Ele era o primogênito de Pisístrato e o mais sábio de seus filhos. Entre as numerosas e notáveis provas de sua sabedoria, registra-se ter sido ele o primeiro a introduzir nesta terra as obras de Homero, tendo obrigado os rapsodos a recitá-las nas Panateneias,[3] uns seguindo-se aos outros ininterruptamente, o que fazem até hoje. Ele enviou também um navio de cinquenta remos a Anacreonte de Teos[4]
c para trazê-lo à cidade. Manteve sempre junto de si Simônides de Ceos,[5] cumulando-o de recompensas e presentes. Realizou tudo isso com o fito de educar seus concidadãos, de modo que pudesse governar os melhores indivíduos possíveis. Honesto e bom como era, não julgava correto recusar a sabedoria a ninguém.

Tendo concluído a instrução dos cidadãos da cidade e os impressionado com sua sabedoria, concebeu o projeto de levar
d a educação aos habitantes do campo. Com esse objetivo, providenciou que fossem erigidas para eles Hermes[6] nas estradas entre a cidade e os diferentes demos. Em seguida, tomando do cabedal de sua sabedoria, tanto a que aprendera quanto a que descobrira por si mesmo, e selecionando os pensamentos que estimou como mais sábios, colocou-os em versos elegíacos e inscreveu seus poemas como documentos de sua sabedoria.[7]

---

2. Tirano de Atenas que viveu entre aproximadamente 605 e 527 a.C.
3. ...Παναθηναίοις... (*Panathenaíois*), festas celebradas em honra da deusa Atena (patrona de Atenas). Havia as *Grandes Panateneias* (realizadas a cada quatro anos) e as *Pequenas Panateneias* (que eram anuais ou trienais).
4. Poeta lírico e elegíaco que floresceu no século VI a.C.
5. Simônides de Ceos (556-468 a.C.), poeta elegíaco, lírico, de hinos e de epigramas.
6. ...Ἑρμᾶς... (*Hermâs*), estátuas do deus Hermes, porém não de corpo inteiro, mas apenas constituídas pela cabeça (e, às vezes, também o busto), apoiadas num bloco nu, retangular, ou seja, uma ἕρμα (*hérma*), objeto de apoio ou pedestal.
7. John Burnet acresce: ...*nos Hermes*... .

Assim agiu primeiramente para que seus concidadãos não se impressionassem mais com as sábias inscrições do templo de
e Delfos, como "Conhece a ti mesmo", "Nada em excesso"[8] e outras do gênero, mas atribuíssem maior sabedoria aos preceitos de Hiparco; em segundo lugar, em suas idas e vindas, lendo as máximas de sabedoria de Hiparco e por elas tomando gosto, seus concidadãos tornariam frequentes suas viagens provenientes do campo visando a completar sua instrução. Há duas inscrições: a do lado esquerdo de cada Hermes diz que
229a a [estátua de] Hermes está situada entre a cidade e o demo, enquanto a do lado direito proclama:

*Este é um monumento de Hiparco: caminha com a justiça em mente.*

Muitas outras belas inscrições estão em outros Hermes. A seguinte encontra-se na estrada de Estíria.[9] Diz:

b *Este é um monumento de Hiparco: não enganes teu amigo.*

Assim, visto que és meu amigo, não me atreveria jamais a enganar-te nem a desobedecer um homem de tal grandeza.

Depois de sua morte, os atenienses foram submetidos, por três anos, à tirania de seu irmão Hípias, e terás aprendido dos antigos que esses foram os três únicos anos de tirania em Atenas[10] – e que durante os outros períodos os atenienses viveram quase que como sob o cetro de Cronos.[11]

Pessoas instruídas contam que, no que concerne à sua
c morte, não foi causada pelo que normalmente se pensava, isto é, que foi devida à afronta sofrida por sua irmã[12] como por-

---

8. ...Γνῶθι σαυτόν... (*Gnôthi saytón*), Μηδὲν ἄγαν (*Medèn ágan*).
9. ...Στειριακῇ ὁδῷ... (*Steiriakeî hodôi*), estrada de Estíria, ou seja, um dos demos da Ática.
10. O autor aparentemente não considerava como tirânico o governo de Pisístrato.
11. Alusão ao período mítico e venturoso em que a humanidade teria sido governada pelo titã Cronos, pai de Zeus, tendo como auxiliares os *daímons*. Cf. *As Leis*, Livro IV, 713b-714. *As Leis* consta em *Clássicos Edipro*.
12. O texto de Souilhé não difere aqui do de Burnet, não constando neles o nome de Harmódio. Todavia, para Souilhé a irmã é de Harmódio e não de Hiparco.

*tadora do cesto,*[13] pois isso seria absurdo. Harmódio, porém, era amante de Aristógiton, tendo sido educado por ele. O fato é que Aristógiton, muito orgulhoso, ele próprio, de ter educado esse indivíduo, tinha Hiparco na conta de um rival. Naquela ocasião, Harmódio envolveu-se amorosamente com um
d   dos mais belos e nobres jovens daquela época – dizem qual o seu nome, porém, não o recordo. Ora, esse jovem, até então grande admirador da sabedoria de Harmódio e de Aristógiton, mais tarde passou a frequentar Hiparco e a desprezar os outros. O resultado foi Harmódio e Aristógiton não suportarem tal afronta e matarem Hiparco.

**Discípulo:** Receio, Sócrates, ou que não me tenhas realmente como amigo, ou, se me encaras como tal, que desobedeces a
e   Hiparco. Não consigo convencer-me que não estás me enganando nesta discussão, embora não saiba como o faças.

**Sócrates:** Muito bem, estou disposto, nesta discussão, a conduzir-me como se estivéssemos jogando gamão. Permitirei que retires tudo que quiseres daquilo que anteriormente foi proposto na discussão, para que não penses que estás sendo enganado. Queres que eu retire isto, a saber, *todos os seres humanos desejam os bens*?

**Discípulo:** Certamente não.

**Sócrates:** E quanto a isto: perder é um mal e a perda é um mal?

**Discípulo:** Certamente não.

**Sócrates:** E quanto a isto: a perda e sofrer uma perda têm como opostos o ganho e realizar um ganho?

230a   **Discípulo:** Tampouco isso.

**Sócrates:** E isto: uma vez que ganhar se opõe ao mal, ganhar é um bem?

**Discípulo:** Nem sempre. Retira isso.

**Sócrates:** Acreditas, pelo que parece, que há um ganho bom e um ganho mau.

**Discípulo:** Acredito.

---

13. ...κανηφορίας... (*kanephorías*): a jovem ateniense que, durante as Panateneias, portava sobre sua cabeça um cesto chato com diversos objetos, a saber, a grinalda, o bolo sagrado, o incenso e a faca do sacrifício.

**Sócrates:** Muito bem. Retirarei o que pediste. Digamos então que há um certo ganho que é bom e um certo ganho que é mau, mas desses dois ganhos, o bom não é mais ganho do que o mau?
**Discípulo:** O que estás, afinal, perguntando-me?
**Sócrates:** Vou explicar. Não há uma boa alimentação e uma má alimentação?
b **Discípulo:** Sim.
**Sócrates:** Uma é, portanto, mais alimentação do que a outra, ou ambas o são igualmente, não diferindo em nada uma da outra pelo fato de serem alimentação, mas somente pelo fato de uma ser boa e a outra má?
**Discípulo:** Sim, é isso.
**Sócrates:** Não sucede o mesmo com a bebida e todas as demais coisas que, possuidoras da mesma natureza, são, contudo, umas boas e outras más? Está claro que em nada diferem entre si pelo que possuem em si de idêntico. É como ocorre com o
c homem: este é bom, aquele é mau.
**Discípulo:** Sim.
**Sócrates:** Mas nenhum homem é, suponho, mais ou menos homem do que outro, nem o bom mais do que o mau, nem este mais do que o bom.
**Discípulo:** O que dizes é verdadeiro.
**Sócrates:** Não avaliaremos do mesmo modo o ganho e não são igualmente ganho tanto o mau quanto o bom?
**Discípulo:** Necessariamente.
**Sócrates:** Então aquele que aufere um ganho honesto não ganha mais do que alguém que aufere um ganho desonesto. Nenhum
d desses dois ganhos nos parece mais ganho um do que o outro, como admitimos.
**Discípulo:** Sim.
**Sócrates:** Isso porque nem um nem outro é suscetível de mais ou menos.
**Discípulo:** De modo algum.
**Sócrates:** E de que modo poderíamos fazer ou sofrer seja lá o que fosse mais ou menos no domínio de uma matéria que não é suscetível nem de mais nem de menos?

**Discípulo:** Impossível.

**Sócrates:** Pelo fato de ambos serem igualmente ganhos e serem lucrativos, cabe-nos agora examinar por que classificas como ganho um e outro, o que tens como idêntico em ambos. Seria como se me perguntasses agora por que chamo igualmente de alimento o bom e o mau. Eu te responderia que assim os chamo porque ambos constituem nutrição seca[14] para o corpo. Que seja essa a característica do alimento decerto concordas, não é mesmo?

**Discípulo:** Sim.

**Sócrates:** E no que diz respeito à bebida, a resposta seria idêntica. A nutrição líquida do corpo, quer boa quer má, tem o nome de bebida, o mesmo valendo para todo o resto. Tenta, portanto, por tua vez, imitar minhas respostas. Quando chamas igualmente de ganho o ganho honesto e o desonesto, o que observas neles de idêntico que constitui precisamente esse caráter de ganho? Se és incapaz de responder-me, atenta, ao menos, para o seguinte que vou dizer: chamas de ganho toda posse que se adquire nada se gastando ou gastando-se menos para receber mais?

**Discípulo:** Sim. Creio poder chamar isso de um ganho.

**Sócrates:** E dirias isso em relação àquele que, presente em um banquete, sem gastar nada e comendo até a saciedade, ficasse doente?

**Discípulo:** Por Zeus, claro que não!

**Sócrates:** E se é a saúde o que se obtém no banquete, se estaria obtendo um ganho ou uma perda?

**Discípulo:** Um ganho.

**Sócrates:** Não constitui, portanto, um ganho adquirir seja lá o que for?

**Discípulo:** Certamente não.

**Sócrates:** Não será porque seja um mal? Ou será que mesmo adquirindo um bem, não adquirirá um ganho?

**Discípulo:** Parece-me que sim, caso se trate de um bem.

---

14. ...ξηρὰ... (*xerà*).

c **Sócrates:** E se for um mal, não será uma perda que adquirirá?
**Discípulo:** É o que creio.
**Sócrates:** Percebes então que andas em círculo voltando sempre ao mesmo lugar? O ganho parece ser um bem e a perda, um mal.
**Discípulo:** Realmente não sei o que dizer.
**Sócrates:** E teu embaraço não deixa de ter razões, mas me responde ainda o seguinte: quanto a gastar menos e adquirir mais, disseste que se trata de um ganho?
**Discípulo:** Evidentemente não quando for um mal, mas se for ouro ou prata que se gasta em quantidade inferior para receber mais.
**Sócrates:** E, de minha parte, pergunto-te: se fosse gasto uma
d meia-libra de ouro, e se recebesse o dobro disso em prata, estaria realizando-se um ganho ou uma perda?
**Discípulo:** Certamente uma perda, Sócrates, já que ao invés de uma quantia equivalente a doze libras de ouro, receber-se-ia apenas o equivalente a duas.
**Sócrates:** E, ainda assim, recebeu-se mais. Mas o dobro não é mais do que a metade?
**Discípulo:** Do ponto de vista do valor, não... se comparamos a prata e o ouro.
**Sócrates:** Se assim é, parece que será necessário juntar ao ganho esse elemento, ou seja, o valor. Neste momento negas que a prata, mesmo em maior quantidade, tenha o valor do ouro. Sustentas, ao contrário, que o ouro possui valor, ainda que em quantidade inferior.
e **Discípulo:** Exatamente, pois assim realmente é.
**Sócrates:** Consequentemente, é o valor que produz o ganho, seja a coisa grande ou pequena, e aquilo que não possui valor não é lucrativo.
**Discípulo:** Sim.
**Sócrates:** E o que possui valor, a teu ver, não é aquilo cuja aquisição é valiosa?
**Discípulo:** Sim, aquilo cuja aquisição é valiosa.
**Sócrates:** Bem, aquilo cuja aquisição é valiosa tens na conta de útil ou inútil?

**Discípulo:** Na de útil, evidentemente.
**Sócrates:** Mas o útil é o bem?
**Discípulo:** Sim.
232a **Sócrates:** *Ó tu, o mais denodado de todos os homens*, não é, portanto, a terceira ou quarta vez que voltamos ao reconhecimento de que o ganho é um bem?
**Discípulo:** É o que parece.
**Sócrates:** Lembras qual foi o ponto de partida desta discussão?
**Discípulo:** Penso que sim.
**Sócrates:** Se não te lembras, eu te lembrarei. Sustentaste, contrariamente a mim, que as pessoas honestas não admitiam realizar toda espécie de ganho, mas apenas os ganhos bons, porém, não os maus.
**Discípulo:** Sim.
b **Sócrates:** Mas os argumentos não nos forçam agora a reconhecer que todos os ganhos, grandes e pequenos, são bons?
**Discípulo:** Mais me forças a reconhecê-lo, Sócrates, do que me persuades.
**Sócrates:** Talvez, mais tarde, venha a persuadir-te. De qualquer forma, de momento, não importa em que condição te encontres, persuadido ou não, concordas que todos os ganhos são bons, sejam estes grandes ou pequenos.
**Discípulo:** Concordo.
**Sócrates:** E que todas as pessoas honestas desejam todos os bens, com isso também concordas?
**Discípulo:** Concordo.
c **Sócrates:** Entretanto, quanto às pessoas desonestas, tu mesmo afirmaste, são aficionadas ao ganho, pequeno e grande.
**Discípulo:** Eu o afirmei.
**Sócrates:** Por conseguinte, com base em tuas próprias palavras, todos os seres humanos seriam ávidos, tanto os bons quanto os maus.
**Discípulo:** É o que parece.
**Sócrates:** Então é incorreto alguém reprovar alguém por ser ávido, já que, de fato, aquele que reprova também o é.

# AMANTES RIVAIS
## (OU DA FILOSOFIA)

132a    Ingressei na escola de Dionísio, o professor de leitura e escrita,[1] e ali avistei jovens[2] de excelente aparência física pertencentes a boas famílias. Seus amantes também ali estavam. Dois dos adolescentes[3] pareciam discutir sobre alguma coisa, mas não pude entender do que se tratava exatamente. Pareceu-me, entretanto, que
b o assunto era Anaxágoras e Enopides.[4] Traçavam círculos e simulavam inclinações com o auxílio de suas mãos, empenhando-se seriamente nisso. Eu me sentara próximo do amante de um dos dois e, tocando-o com meu cotovelo, indaguei-lhe do que, afinal, ocupavam-se tão seriamente os dois adolescentes. "Deve se tratar certamente de algo de grande importância e nobre, a julgar pelo sério empenho que demonstram", acrescentei.

"O quê? Algo de grande importância e nobre! Ora, tagarelam acerca dos astros e discorrem sobre frivolidades filosóficas."

c Surpreso com essa resposta, perguntei-lhe: "Meu jovem, consideras o filosofar tão desprezível? Por que te referes a ele tão asperamente?"

---

1. Um dos mestres do próprio Platão.
2. ...νέων... (*néôn*).
3. ...μειρακίων... (*meirakíon*): embora o termo possua também o sentido menos restrito de pessoas do sexo masculino na faixa de 14 a 21 anos de idade, o autor parece empregá-lo aqui no sentido específico e restrito de garoto com cerca de 14 anos, sugerindo que na escola de Dionísio havia jovens de idade variada, desde adolescentes até rapazes.
4. Anaxágoras de Clazômena (século V a.C.), filósofo da natureza pré-socrático. Enopides de Quios, célebre astrônomo e geômetra, contemporâneo de Anaxágoras.

Nesse momento, o outro jovem, seu amante rival que se achava sentado junto a ele, tendo ouvido minha pergunta e sua resposta, dirigiu a palavra a mim.

"Perdes teu tempo, Sócrates, perguntando-lhe se ele julga a filosofia desprezível. Ignoras que ele passa a vida lutando, se empanturrando e dormindo? Assim, o que esperas dele como resposta senão que a filosofia é algo desprezível?"

d     Esse último dos amantes se ocupava da *música*,[5] enquanto aquele que por ele fora criticado, dedicava-se exclusivamente à ginástica. Decidi-me a deixar de lado aquele que interrogara, uma vez que ele não tinha intenção alguma em adquirir habilidade nas palavras, mas somente nas ações, e me dispus a dirigir-me ao que se apresentava como mais sábio, visando a possibilidade de extrair dele algum benefício. Assim, eu lhe disse: "Minha pergunta foi dirigida a ambos e, se te julgas melhor capacitado do que ele para respondê-la, farei a mesma pergunta a ti: consideras nobre o filosofar, ou não?"

133a     Nesse exato ponto de nossa conversação, notei que os outros dois adolescentes, ao nos ouvirem, cessaram de falar e interrompendo sua discussão se puseram a nos escutar. Desconheço o que sentiram seus amantes diante dessa atitude, mas quanto a mim, fiquei totalmente perturbado, como sempre me ocorre quando me vejo diante da juventude e da beleza. Pareceu-me, porém, que o outro amante não ficara menos emocionado do que eu, o que não o impediu de me responder com imponência e desenvoltura: "Sócrates", disse, "se algum dia viesse a considerar a filosofia como algo desprezível, deixaria de considerar a mim mesmo um
b ser humano, tanto a mim quanto qualquer pessoa que exibisse semelhante disposição!" Enquanto falava, gesticulava na direção de seu rival e elevou a voz para se fazer entender àquele que era objeto de seu amor.

"Achas, portanto, que o filosofar é uma nobre ocupação?"

"Certamente", respondeu.

---

5. ...μουσικὴν... (*moysikèn*), ou seja, das artes e atividades presididas pelas Musas, a saber, principalmente a música, a literatura, a poesia e a filosofia.

"Bem, julgas possível saber a respeito de qualquer coisa se é nobre ou desprezível sem antes saber o que ela é?"
"Não", ele disse.
c "Concluo, portanto, que sabes o que é filosofar?"
"Certamente", respondeu.
"E o que é?" indaguei.
"E que mais poderia ser exceto o que Sólon[6] disse que é? Ele disse, de fato, em algum lugar:
*Prossigo aprendendo muitas coisas à medida que envelheço.*[7]
E creio realmente que a quem deseja tornar-se filósofo, seja jovem ou velho, deve manter-se aprendendo a fim de aprender o máximo possível durante a vida."
De início, não me pareceu que sua resposta era totalmente desprovida de sentido, mas após refletir um pouco sobre ela perguntei-lhe se por filosofia ele entendia erudição.[8]
d "Precisamente", respondeu.
"Mas pensas que a filosofia é tão-só nobre ou que também é boa?"
"Certamente, que também é boa."
"E consideras essa qualidade como característica da filosofia, ou pensas que está presente também em outras coisas? Por exemplo, acreditas que a ginástica, além de nobre também é boa? Sim ou não?"
Muito ironicamente ele apresentou duas respostas: "A *este aqui* eu diria que não é nem uma coisa nem outra, mas diante de ti, Sócrates, admito que é tanto nobre quanto boa, pois penso ser
e isso o correto."
Prossegui com minhas perguntas: "Crês que a ginástica é constituída pela grande quantidade de exercícios?"
"Certamente... do mesmo modo que no caso da filosofia, penso que esta é constituída pela erudição."

---

6. Sólon de Atenas (?639-559 a.C.), poeta, político e legislador.
7. Fragm. 18, Edmonds. Cf. *A República*, 536d e *Laques*, 189a.
8. ...πολυμαθίαν... (*polymathían*): *grande saber, acúmulo de saber, saber muitas coisas.* Cf. *As Leis*, Livro VIII, 811a.

E retomando a palavra, prossegui: "Achas então que tudo que os aficionados da ginástica desejam é a obtenção da boa condição física?"

"É exatamente o que desejam."

"Bem, é a quantidade de exercícios...", continuei, "que determina a obtenção da boa condição física?"

134a "Mas é óbvio", respondeu, "e como poderia alguém conseguir boa condição física fazendo poucos exercícios?"

A mim, afigurou-se apropriado, a essa altura da conversação, motivar o aficionado do atletismo para que me prestasse alguma ajuda, com base em sua experiência da ginástica. Com esse objetivo, dirigi-me a ele: "E quanto a ti, meu amigo, como podes conservar-te em silêncio o ouvindo fazer um tal discurso? Ou és, porventura, também da opinião de que os seres humanos conseguem boa condição física graças à quantidade dos exercícios? Ou seria graças a exercícios moderados?"

"Para mim, Sócrates", ele principiou a responder, "pensava
b que até um porco, como se costuma dizer, saberia que os exercícios moderados produzem boa condição física. Assim, por que não o deveria saber um homem que não dorme nem se alimenta, alguém de pescoço delicado e emaciado por força da meditação?"

Essas palavras divertiram os adolescentes, que desataram em um riso desenfreado. Quanto ao outro amante, só pôde enrubescer.

Retomei então a palavra: "Bem, concordas agora que não é nem o grande número de exercícios nem a quantidade demasiado reduzida de exercícios que produzem a boa condição física humana, mas sim uma quantidade moderada de exercícios? Ou insistes em sustentar tua opinião contra nós dois?"

c "Contra *ele*", ele começou a falar, "eu argumentaria de muito bom grado, e sei que estaria em condição de sustentar minhas proposições, ainda que minha posição tivesse ainda menos solidez – pois ele não é um competidor para mim –, mas não vejo necessidade de competir contigo acerca de minha opinião. Assim sendo, admito que não são os exercícios em grande número, mas os exercícios realizados moderadamente os responsáveis pela boa condição física humana."

"E no que tange à alimentação?", prossegui. "Seria uma alimentação moderada ou abundante?"

Ele assentiu também no que se referia à alimentação.

d   E eu também o constrangi a reconhecer, em caráter geral, quanto a tudo que diz respeito ao corpo, que o que há de mais útil é a moderação, e não a abundância ou a escassez. Admitiu que era a moderação.

"E no que toca à alma? O que é benéfico a ela será a moderação naquilo que lhe administramos, ou o excesso?"

"A moderação", ele respondeu.

"E entre o que administramos à alma não está também o aprendizado?"

Ele assentiu.

"E assim uma quantidade moderada de aprendizado é benéfica, mas não uma grande quantidade?"

Ele o reconheceu.

"Mas a quem devemos recorrer para nos informarmos quanto à quantidade moderada de exercícios e de alimentação que convém ao corpo?"

Nós três concordamos que deveríamos recorrer a um médico ou a um treinador de ginástica.

e   "E no caso de semear a terra, quem nos informará sobre a quantidade moderada?"

Concordamos que nesse caso era preciso recorrer ao agricultor.

"E no caso de plantar na alma e nela semear o aprendizado? A quem deveremos nos dirigir para saber da qualidade e quantidade das sementes capazes de constituir a justa medida, isto é, a quantidade moderada de aprendizado?"

Diante dessa questão, todos nós nos vimos em uma séria di-
135a ficuldade e eu, da minha parte, fiz-lhes uma pergunta em tom de gracejo: "Já que nos encontramos em meio a uma dificuldade, gostaríeis que perguntássemos isso a esses adolescentes? Ou talvez nos envergonhemos de fazê-lo, como os pretendentes dos quais nos fala Homero, que se recusavam a permitir que um outro distendesse o arco?"".

---

9. *Odisseia*, Canto XXI, 285 e segs.

Como pareciam mostrar sinais de perda de entusiasmo nessa discussão, procurei abordar a questão sob um outro ângulo e perguntei: "Quais são, a vosso ver, os principais tipos de aprendizado de que se deve ocupar o filósofo, porquanto não lhe é necessário ocupar-se nem de todos eles, nem de um grande número deles?"

b  Tomando a palavra, o mais sábio deles pôs-se a responder: "Os mais nobres e apropriados tipos de aprendizado são os que facultam adquirir o maior prestígio em filosofia. Ora, o caminho para granjear o maior prestígio seria mostrar-se alguém experiente em todas as artes, ou ao menos na maioria e, sobretudo, nas efetivamente importantes, aprendendo dessas artes o que convém a homens livres aprender, ou seja, o que diz respeito ao entendimento e não ao trabalho manual."

"Tu te referes", perguntei-lhe, "ao que nos mostra a arte da construção? É possível comprar um trabalhador por cinco ou seis
c  minas.[10] Entretanto, um arquiteto mestre de obras te custará milhares de dracmas. O fato é que são raros em toda a Grécia. Queres dizer alguma coisa assim?"

Após ter-me ouvido, ele concordou que era isso que queria dizer.

Na sequência disse-lhe de modo interrogativo que se fosse impossível para a mesma pessoa aprender somente duas artes dessa maneira, com maior razão o seria no caso de muitas artes e das artes importantes. E ele respondeu: "Não penses, Sócrates,
d  que é minha intenção dizer que aquele que cultiva a filosofia precisa possuir de cada uma dessas artes um conhecimento minucioso comparável ao do profissional. Basta a ele saber o que convém a um homem livre e educado, que lhe possibilite acompanhar melhor as explicações daquele que exerce o ofício do que todos os presentes e formar uma opinião própria, de modo a parecer o mais consumado conhecedor e o mais bem informado entre todos os que assistem qualquer aula sobre artes ou as veem serem postas em prática."

---

10. ...μνῶν... (*mnôn*). A *mina* era uma moeda de cem dracmas.

Quanto a mim, ainda não compreendendo o que ele queria dizer, voltei a interrogá-lo nos seguintes termos: "Será que compreendo bem o que entendes por filósofo? Parece-me que te referes a alguém como os atletas do pentatlo,[11] atletas que competem com os corredores e os lutadores. Os primeiros, de fato, são inferiores a estes últimos nos exercícios que lhes são peculiares e se colocam atrás deles, mas comparativamente aos demais atletas, ocupam o primeiro lugar e os vencem. Talvez seja um pouco isso que produz, segundo tua sugestão, a filosofia junto aos que a ela se dedicam – são inferiores aos que se devotam às artes no que concerne ao entendimento das artes; contudo, se posicionam no segundo lugar e são superiores aos demais. Desse modo, *aquele que cultiva a filosofia converte-se, em todos os aspectos, em um forte competidor*. É bem alguém com esse perfil que tenho a impressão que me descreves."

"A mim parece, Sócrates, que concebes acertadamente o que seja o filósofo", ele se pôs a responder, "ao compará-lo com o atleta do pentatlo. Ele é exatamente o tipo de homem que não se deixa escravizar por coisa alguma e nem se empenha por nada demasiado minuciosamente, por receio de que o cuidado concedido a uma só coisa o posicione, relativamente a todos os outros, em condição inferior, como ocorre com os profissionais. Em relação, porém, a tudo, ele possui o toque da moderação."

Após essa resposta, sentindo-me desejoso de captar com clareza seu pensamento, perguntei-lhe se as pessoas de bem eram, em sua opinião, úteis ou inúteis.

"Certamente úteis, Sócrates", respondeu.

"Se as pessoas de bem são úteis, devemos concluir que as más pessoas são inúteis?"

Ele assentiu.

"Mas então os filósofos são, a teu ver, homens úteis ou não?"

Concordou que não só eram úteis, como que os tinha entre os mais úteis dos homens.

---

11. ...οἱ φένταθλοι (*hoi péntathloi*): modalidade múltipla de atletismo composta por *cinco* formas simples, a saber: δρόμος (*drómos*), corrida; πάλη (*pále*), luta; πυγμή (*pygmé*), pugilismo; ἅλμα (*hálma*), salto e δίσκος (*dískos*), disco.

"Na suposição de dizeres a verdade, no que esses homens de segunda ordem são úteis? Afinal, temos como evidente que cada profissional, em seu ofício, supera o filósofo."

Ele deu seu assentimento a isso.

"Ora", voltei a falar, "se tu ou qualquer um de teus amigos a quem prezas muito adoecer, visando a obter a cura recorrerias a esse *homem de segunda ordem*[12] ou a um médico?"

d "Recorreria a ambos", foi sua resposta.

"Não", insisti, "não me diz que ambos, mas a qual dos dois darias preferência e precedência."

"Ninguém teria dúvida em dar preferência e precedência ao médico."

"E no caso de um navio açoitado pela tormenta, a quem, de preferência, confiarias a ti mesmo e os teus bens: ao piloto ou ao filósofo?"

"Certamente ao piloto."

"E não acontece o mesmo em relação a tudo o mais? Toda vez que está presente um profissional, o filósofo não é útil."

"É o que parece", ele disse.

e "Isso não significaria que o filósofo é inútil? Certamente dispomos sempre de profissionais. Ora, havíamos reconhecido que as pessoas de bem são úteis e as más pessoas, inúteis."

Ele se viu forçado a assentir.

"Assim sendo, qual a consequência disso? Deverei indagar-te em seguida qual é, ou seria rude de minha parte?"

"Indaga o que quiseres."

"Tudo que desejo é resumir o que foi por nós admitido, que é
137a o seguinte: concordamos que a filosofia é nobre,[13] que os filósofos são bons e que as pessoas de bem são úteis, ao passo que as más são inúteis. Por outro lado, concordamos igualmente que os filósofos são inúteis quando há profissionais, e que sempre há

---

12. Souilhé registra τὸν φιλόσοφον (*tòn philósophon*), o filósofo, entre colchetes.
13. Souilhé registra, entre colchetes, καὶ αὐτοὶ φιλόσοφοι εἶναι (*kaì aytoì philósophoi eînai*): e que os próprios filósofos o são.

profissionais. Não houve entre nós um consenso em relação a tudo isso?"

"Certamente", ele disse.

"Parece que concordamos então – ao menos conforme teu próprio discurso – que se a filosofia consiste no conhecimento das artes da maneira que sugeres, os filósofos são maus e inúteis enquanto houver homens que se ocupam das artes. Não, meu
b  amigo, é possível que os filósofos não o sejam, e filosofar poderia muito bem não consistir em se aplicar ao estudo das artes, nem em viver em uma preocupação constante com matérias estranhas, nem no aprendizado de uma vasta quantidade de conhecimentos, mas em algo completamente diferente – se for verdade, como creio que é, que tudo isso é bastante degradante e que os artesãos são considerados gente vulgar.[14] A propósito, para apurar com mais clareza se digo a verdade, responde esta pergunta: Quem
c  sabe como disciplinar adequadamente os cavalos? Aqueles que os tornam melhores ou alguém mais?"

"Aqueles que os tornam melhores."

*"E quanto aos cães? Os que sabem como os tornar melhores não são igualmente os que sabem adequadamente disciplina-los?"*[15]

"Sim."

"É portanto a mesma arte a que *torna melhor* e *disciplina adequadamente*?"

"Assim me parece." Ele disse.

---

14. O conceito τέχνη (*tékhne*), arte, é muito amplo, abrangendo desde as artes sofisticadas como a poesia, a oratória, a escultura, a pintura (que nós prosseguimos chamando em nossa língua de *artes*), aos ofícios *manuais* (ainda que a pintura e a escultura exijam o uso das mãos) *ordinários* como o do ferreiro, carpinteiro, oleiro, sapateiro etc., incluindo, de entremeio, atividades que não chamamos de "artísticas", como a profissão do piloto ou a do médico. A *tékhne* é, grosso modo e genericamente, toda atividade que envolve necessariamente um saber e uma habilidade, daí o nosso conceito moderno e contemporâneo de *técnica*.

15. Imediatamente antes desse período em *itálico*, Burnet registra: *"E como sucede com os cavalos, sucede com qualquer outro animal?" – "Concordo."*, trecho ausente no texto de Souilhé nesse ponto, mas que logo surgirá na sequência.

"Bem, essa arte que torna melhor e que disciplina adequadamente também é a mesma que distingue entre os bons e os maus, ou seria uma outra?"

"A mesma." Ele respondeu.

d "Concordarias igualmente que, no que respeita aos seres humanos, a arte que os torna melhores é a mesma que os disciplina e que distingue entre os bons e os maus?"

"Certamente." Respondeu.

"Aquilo que vale para um não vale para muitos e aquilo que vale para muitos não vale para um?"

"Sim."

"*E como sucede com os cavalos, sucede com qualquer outro animal?*"

"*Concordo.*"[16]

"Qual é, então, a ciência que, nos Estados, disciplina os indisciplinados e os transgressores das leis? Não é a ciência judiciária?"[17]

"Sim."

"Há uma outra distinta que chamas de justiça[18] ou é a mesma?"

"Não é uma outra. É a mesma."

e "Não é a mesma ciência a que serve para disciplinar e para distinguir os bons dos maus?"

"Sim, é a mesma."

"E todo aquele que distingue um seria capaz igualmente de distinguir muitos?"

"Sim."

"E aquele que não fosse capaz de distinguir muitos tampouco distinguiria um?"

"Concordo."

---

16. Ver nota anterior.
17. ...δικαστική... (*dikastiké*), ou jurisprudência, porém restringindo-se este termo à atividade do juiz.
18. ...δικαιοσύνην... (*dikaiosýnen*), aqui entendida como um *conhecimento* (ἐπιστήμη [*epistéme*]) e não uma *virtude* (ἀρετή [*areté*]), ou uma virtude que implica necessária e anteriormente um conhecimento.

"Se então um cavalo não fosse capaz de distinguir entre bons e maus cavalos, também seria incapaz de distinguir o que ele próprio é?"

"Admito."

"E um boi que fosse incapaz de distinguir entre bons e maus bois, não seria também incapaz de distinguir o que ele próprio é?"

"Sim." respondeu.

"E a mesma coisa no caso de um cão?"

Ele concordou.

138a "Bem, quando um ser humano é incapaz de distinguir entre seres humanos bons e seres humanos maus, não seria incapaz de distinguir se ele mesmo é bom ou mau, na medida em que ele também é ser humano?"

Ele o concedeu.

"Ora, não conhecer a si mesmo significa ser sábio ou não ser sábio?"

"Não ser sábio."

"Por conseguinte, conhecer a si mesmo significa ser sábio?"

"Concordo." Disse.

"E, então, pelo que parece, o que é recomendado pela inscrição de Delfos[19] é: praticar a sabedoria e a justiça."

"É o que parece."

"Mas não é precisamente essa última que nos ensina a disciplina?"

"Sim."

b "Assim, não seria correto dizermos que o que nos ensina a disciplina é a justiça e o que nos ensina a conhecer distintamente a nós mesmos e os outros é a sabedoria?"

"É o que parece."

"Consequentemente, justiça e sabedoria são a mesma coisa?"

"Aparentemente."

"E do mesmo modo, os Estados são bem governados quando os injustos são punidos."

---

19. Γνῶθι σαυτόν (*Gnôthi saytón*): Conhece a ti mesmo.

"Exprimes a verdade." ele disse.
"E isso é a política."
Ele concordou.
"Mas quando um só homem governa bem um Estado, não é chamado de tirano e rei?"
"Concordo."
"Não é por meio das artes da realeza e da tirania que ele governa?"
"Com certeza."
"E essas artes não são idênticas às anteriores?"
"Parecem sê-lo."

c "Mas quando um homem na vida privada dirige bem sua casa, como o chamamos? Não será de administrador e de senhor?"
"Sim."
"E será também por meio da justiça que ele dirige bem sua casa ou será recorrendo à outra arte?"
"[Por meio da] justiça."
"Então, pelo que tudo indica, todos são a mesma coisa: rei, tirano, político, administrador doméstico, senhor, sábio, homem justo. E a arte régia, do tirano, política, do senhor, do administrador doméstico, do justo e do sábio também é a mesma."
"É o que parece." Ele disse.

d "Então será vergonhoso para um filósofo, quando um médico discorre sobre pessoas enfermas diante dele, ser incapaz de acompanhar o que está sendo exposto e contribuir com sua opinião, no tocante ao que é dito e feito [nesse domínio], e encontrar-se em situação idêntica toda vez que qualquer outro profissional manifesta-se por atos ou palavras? Quando, porém, tratar-se de um juiz,[20] de um rei ou de qualquer um dos outros que acabamos de enumerar, não seria vergonhoso ser incapaz de acompanhá-los em seus discursos e não ter a capacidade de contribuir com a própria opinião acerca dos assuntos abordados?"

---

20. ...δικαστὴς... (*dikastès*). No contexto imediatamente anterior aparece δίκαιος (*díkaios*), justo e não precisamente *juiz*.

"Mas como não ser vergonhoso, Sócrates, em matérias de tal importância, não ter uma opinião a oferecer?"

e "Ora, em tudo isso", prossegui, "sustentaremos então que o filósofo deve ser um atleta do pentatlo, um homem de segunda ordem, o segundo em tudo, além de inútil toda vez que houver algum daqueles a que aludimos, ou, ao contrário, afirmaremos que deve ele primeiramente administrar sua casa, sem abandonar a sua direção à outra pessoa, e nisso não manter a segunda posição, mas que lhe cabe disciplinar e julgar com justiça, visando que sua casa seja bem administrada?"

Ele manifestou sua concordância comigo.

"Ademais, se seus amigos se remetessem à sua arbitragem, ou se o Estado lhe confiasse um negócio para ser investigado ou
139a julgado, não seria vergonhoso, meu amigo, que, nessa situação, ele se mostrasse um homem de segunda ou terceira ordem, ao invés de mostrar-se um líder?"

"É o que me parece."

"Assim, excelente amigo, estaríamos muito distantes da verdade se afirmássemos que a filosofia consiste na erudição e que é o estudo das artes."

Quando proferi essas palavras, o sábio, envergonhado pelo que dissera antes, ficou calado, ao passo que o ignorante declarou que eu estava certo e os demais aplaudiram meu discurso.

# TEAGES
(ou Da Sabedoria)

PERSONAGENS DO DIÁLOGO:
**Demódoco, Sócrates e Teages**

121a **Demódoco:**[1] Oh, Sócrates, necessito ter uma conversa contigo em particular, se dispuseres de tempo. E mesmo que estejas ocupado, a não ser que seja algo sumamente importante, por favor, disponibiliza-te para mim.
**Sócrates:** Acontece que estou disponível. E sendo para ti, de bom grado disponibilizo-me ainda mais. Assim, se desejas conversar, podes fazê-lo.
**Demódoco:** Importar-te-ias se desviássemos um pouco do caminho e nos dirigíssemos ao pórtico de Zeus, o Libertador?[2]
**Sócrates:** Como queiras.
b **Demódoco:** Então vamos. Sabe, Sócrates, tenho a impressão de que tudo que cresce tende a seguir um curso semelhante: plantas que se desenvolvem na terra, animais em geral e o ser humano, em particular. Para nós, agricultores, é algo bastante fácil preparar o solo para o plantio, e inclusive este é fácil, mas quando a vida se manifesta nas plantas, estas exigem muitos cuidados que envolvem um trabalho difícil e
c árduo. O mesmo parece valer para os seres humanos, supondo que os problemas que tenho enfrentado sejam os mesmos dos

---

1. Figura histórica inconteste, contemporânea de Sócrates. Pai de Teages.
2. ...Διὸς τοῦ ἐλευθερίου... (*Diòs toŷ eleytheríoy*), um dos epítetos de Zeus.

outros. Vê o caso do meu filho. Semeá-lo ou engendrá-lo – não importa o nome que se dê a isso – foi a coisa mais fácil do mundo, porém educá-lo tem sido difícil e temores contínuos assaltam-me por causa dele. Sem referir-me a outras coisas, o desejo que o move atualmente me assusta. De fato, não se trata de um desejo vulgar, mas é um desejo perigoso. Bem, Sócrates, segundo suas palavras deseja tornar-se um sábio. É provável que alguns de seus colegas do nosso demo, que vão à cidade,[3] transtornam seu juízo comunicando-lhe certos discursos que ouviram. Ele passou a invejá-los e tem me atormentado há tempo para que leve sua ambição a sério e pague algum sofista para que o torne sábio. No que me diz respeito, não é tanto a questão do dinheiro que me inquieta. Acho que o que ele pretende envolve grandes perigos. Até hoje o tenho refreado mediante palavras amenas. Todavia, não posso mais refreá-lo e penso que é melhor ceder ao seu desejo, para que não se ponha, sem que eu saiba, a frequentar alguém que o corrompa. Essa é a razão de eu ter vindo hoje à cidade. Tenciono pô-lo em contato com um desses homens que são chamados de sofistas.[4] E então apareceste diante de nós exatamente no momento certo. Eu ficaria imensamente feliz em ouvir teu conselho sobre o próximo passo a ser dado. Assim, se tens algum conselho a me dar, com relação ao que acabaste de ouvir de minha parte, peço-te que o faças.

**Sócrates:** Bem, Demódoco, dizem que conselho é algo sagrado[5] e se o é sempre, decerto também é nesse caso. Nada há de mais divino para um homem aconselhar-se do que para deliberar sobre sua educação ou a dos membros de sua família. Primeiramente, entretanto, convém nos entendermos acerca

---

3. ...ἄστυ... (*ásty*), aqui a acepção é específica: com referência a Atenas, a cidade em contraposição à região rural. Demódoco era agricultor.
4. ...σοφιστῶν... (*sophistôn*): ver os diálogos *Protágoras, Teeteto, Sofista, Górgias, Eutidemo, Hípias Maior* e *Hípias Menor*. Basicamente, os sofistas eram exímios oradores e atuavam como advogados, além do que, na sua maioria, ministravam aulas particulares remuneradas. Passaram a gozar de grande apreço e prestígio em Atenas a partir de meados do século V a.C.
5. Cf. Carta V, 321c.

do que acreditamos ser o objeto de nossa deliberação, para não nos arriscarmos a entendermos, cada um, uma coisa diferente e depois de muita conversação percebermos que caímos no ridículo – eu que aconselho, tu que fazes a consulta, os dois pensando em coisas inteiramente distintas.

**Demódoco:** Falas com propriedade, Sócrates. É assim que se deve proceder.

**Sócrates:** Sim, concordo que falei com propriedade, mas nem tanto. Tenho uma pequena mudança a fazer em minha proposição. Ocorre-me, com efeito, que este adolescente poderia realmente não desejar o que pensamos que ele deseja, mas algo completamente diverso, o que nos acarretaria uma situação extraordinariamente absurda ao deliberarmos sobre um objeto que não toca a ele. Diante disso, parece-me que o mais correto a ser feito é começar por ele e nos instruirmos sobre o objeto de seu desejo.

**Demódoco:** Sim, talvez seja melhor fazer como dizes.

**Sócrates:** Muito bem. Qual é o belo nome desse jovem? Como nos dirigiremos a ele?

**Demódoco:** Seu nome é Teages,[6] Sócrates.

**Sócrates:** Deste um belo nome a teu filho, Demódoco, e digno de uma coisa sagrada.[7] Bem, Teages, desejas tornar-te sábio e solicitas a teu pai que te ponha em contato com um homem[8] que te torne sábio?

**Teages:** Sim.

**Sócrates:** E a quem chamas de sábios? Aos que conhecem qualquer assunto ou aos que não conhecem?

**Teages:** Evidentemente aqueles que conhecem.

**Sócrates:** Ora, teu pai não providenciou tua educação e treinamento naquilo que todos os outros filhos de homens de bem

---

6. Teages, como podemos depreender da *Apologia de Sócrates*, 33e, morreu prematuramente, antes do próprio Sócrates. Cf. *A República*, Livro VI, 496b-c, onde Platão se refere à sua "condição física enfermiça".

7. *Teages* significa *aquele que é conduzido pelo deus*.

8. ...ἀνδρός... (*andrós*).

são aqui educados e treinados, ou seja, no ler e escrever, na arte da lira, na luta e demais atividades de ginástica?

123a **Teages:** Sim.

**Sócrates:** Acreditas, então, que a ti falta ainda uma ciência[9] e que caberia ao teu pai preocupar-se em torná-la acessível a ti?

**Teages:** Sim, sem dúvida.

**Sócrates:** E qual é ela? Informa-nos para que possamos atender-te.

**Teages:** Ele sabe muito bem qual é, Sócrates, pois tenho lhe dito frequentemente qual é, mas faz questão de falar contigo como se ignorasse o objeto de meus desejos. Na verdade, discute comigo argumentando contra isso e não quer confiar-me a ninguém.

b **Sócrates:** O fato, porém, é que até agora só falaste com ele acerca disso – sem testemunhas, por assim dizer. Ora, toma a mim como testemunha e, na minha presença, indica qual é esse saber[10] que almejas. Se desejasses o saber graças ao qual as pessoas pilotam navios e eu te perguntasse: "Teages, qual o saber que te faz falta e que te leva a criticar teu pai por não se dispor a confiar-te aos que te tornariam sábio?", o que responderias a mim? Qual é ele? Não é a arte do piloto?

**Teages:** Sim.

c **Sócrates:** E se criticasses teu pai porque desejasses o saber que proporciona a habilidade para dirigir bigas e, mais uma vez, eu perguntasse que saber é esse, qual seria tua resposta? Não é a arte do auriga?

**Teages:** Sim.

**Sócrates:** Ora, o saber que desejas atualmente possui um nome ou não?

**Teages:** A meu ver possui um nome.

**Sócrates:** Tu o conheces sem conhecer seu nome, ou conheces também o nome?

**Teages:** Conheço também o nome.

---

9. ...ἐπιστήμης... (*epistémes*).
10. ...σοφία... (*sophía*).

**Sócrates:** E qual é? Fala.

d **Teages:** Mas que outro nome lhe poderíamos dar, Sócrates, exceto o de saber?[11]

**Sócrates:** Mas a arte do auriga não é também um tipo de saber? Ou seria, em tua opinião, um tipo de ignorância?

**Teages:** É claro que não.

**Sócrates:** Então é um saber.

**Teages:** Sim.

**Sócrates:** Para que o utilizamos? Não nos ensina como dirigir uma parelha de cavalos?

**Teages:** Sim.

**Sócrates:** E quanto à arte do piloto? Não é também um tipo de saber?

**Teages:** Creio que sim.

**Sócrates:** E não é ele que nos ensina a dirigir navios?

**Teages:** Sim, é ele mesmo.

e **Sócrates:** Bem, e quanto ao tipo de saber que desejas? Qual é? O que nos ensina a dirigir?

**Teages:** Penso que os seres humanos.

**Sócrates:** Os doentes?

**Teages:** Claro que não.

**Sócrates:** Isso é função da medicina, não é mesmo?

**Teages:** Sim.

**Sócrates:** Por meio dela poderíamos dirigir os cantores do coro?

**Teages:** Não.

**Sócrates:** Afinal, essa é a função da música.

**Teages:** Certamente.

**Sócrates:** Ela não nos ensinaria a dirigir os atletas?

**Teages:** Não.

**Sócrates:** Isso cabe à ginástica?

**Teages:** Sim.

**Sócrates:** Bem, ensina-nos a dirigir seres humanos que fazem o quê? Tenta ser preciso, como fiz com os exemplos que dei.

---

11. ...σοφίαν... (*sophían*), saber, sabedoria.

124a **Teages:** Penso que os habitantes do Estado.
**Sócrates:** As pessoas doentes não habitam também o Estado?
**Teages:** Sim, mas não me refiro apenas a essas pessoas. Refiro--me também a todas as outras que estão no Estado.
**Sócrates:** Vejamos se consigo entender a que arte[12] te referes. Não acho que estás falando da arte que nos ensina a dirigir os ceifeiros, os vindimadores, os plantadores, os semeadores ou os debulhadores, já que é mediante a agricultura que os dirigimos, não é mesmo?
**Teages:** Sim.
b **Sócrates:** Tampouco àquela que nos ensina a dirigir os que manejam a serra, a broca, a plaina ou o torno, uma vez que essa é a arte da carpintaria.
**Teages:** Sim.
**Sócrates:** Talvez seja aquela que abrange a direção de todos esses, a saber, agricultores, carpinteiros – todos os artesãos – bem como as pessoas comuns, mulheres e homens. Não será esse o tipo de saber a que aludes?
**Teages:** Ele mesmo, Sócrates. É a ele que estou há tanto tempo me referindo.
c **Sócrates:** Poderias me dizer se Egisto, o assassino de Agamenon[13] dirigia em Argos essas pessoas que mencionaste, artesãos e pessoas comuns, homens e mulheres todos conjuntamente, ou se governava outras pessoas?
**Teages:** Não. Governava essas pessoas mesmo.
**Sócrates:** E quanto a Peleu,[14] filho de Éaco? Não governava na Ftia essas mesmas pessoas?
**Teages:** Sim.
**Sócrates:** E quanto a Periandro,[15] filho de Cipselos que governava em Corinto? Não ouviste falar?

---

12. ...τέχνην... (*tékhnen*).
13. Na mitologia, rei de Argos e Micenas e comandante dos gregos na Guerra de Troia.
14. Anteriormente rei de Egina, Peleu desposará mais tarde a divindade Tétis, que lhe dará como filho o herói Aquiles.
15. Tirano de Corinto e considerado um dos Sete Sábios da Grécia Antiga.

**Teages:** Ouvi.

**Sócrates:** E eram sempre essas pessoas que ele governava em seu Estado?

d **Teages:** Sim.

**Sócrates:** E o que me dizes de Arquelau,[16] filho de Perdicas, que recentemente passou a governar a Macedônia? Não achas que governa essas mesmas pessoas?

**Teages:** Acho.

**Sócrates:** E quem supões que Hípias,[17] filho de Pisístrato, governava quando foi governante deste Estado? Não era esse mesmo tipo de pessoas?

**Teages:** Evidentemente.

**Sócrates:** Poderias me dizer qual o nome que atribuímos a Bacis, a Sibila[18] e ao nosso Amfilitos?[19]

**Teages:** E qual outro poderia ser, Sócrates, senão *intérpretes de oráculos*?[20]

e **Sócrates:** O que dizes é correto, mas esforça-te para responder agora do mesmo modo nesse caso, a saber, qual o nome cabível a Hípias e a Periandro considerando o tipo de governo que exercem?

**Teages:** Suponho que tiranos. Afinal qual seria a outra forma de classificá-los?

**Sócrates:** Portanto, todo aquele que deseje governar todas as pessoas do Estado, não deseja o mesmo tipo de governo desses indivíduos que mencionamos, isto é, a tirania, e não deseja ser tirano?

**Teages:** É o que parece.

**Sócrates:** E não é isso que afirmas desejar?

---

16. Tirano da Macedônia, que governou de 413 a 399 a.C.
17. Tirano de Atenas. Ver *Hiparco*, 229b.
18. *Bacis* designa tanto um específico antigo intérprete oracular da Beócia como toda uma classe de intérpretes ou videntes. *Sibila* é um nome genérico para profetisas ou intérpretes femininas de oráculos.
19. Amfilitos de Acarnânia, intérprete de oráculo.
20. ...χρησμῳδοί... (*khresmoidoí*).

**Teages:** É o que parece ser, ao menos com base no que eu disse.

125a **Sócrates:** Oh, patife! É então o desejo de se tornar nosso tirano que há tanto tempo suscitava em ti as críticas endereçadas a teu pai, por ele não te enviar a algum mestre de tirania? E tu, Demódoco, que sabias há tanto tempo qual era o desejo de teu filho e sabias aonde enviá-lo, tu que podias transformá-lo em alguém habilitado no saber que aspirava, não te envergonhas, ciente de tudo isso, de não dar teu consentimento e negá-lo? Mas agora, uma vez que em minha presença ele te acusa, deliberemos juntos, tu e eu, a quem poderíamos enviá-lo, que mestre poderia frequentar para converter-se em um hábil tirano.

b **Demódoco:** Sim, por Zeus, Sócrates, deliberemos. Parece-me que nesse assunto necessitamos de uma meticulosa deliberação.

**Sócrates:** Mas, meu bom homem, primeiramente o interroguemos cuidadosamente.

**Demódoco:** Pois interroga.

**Sócrates:** O que acharias, Teages, se invocássemos o testemunho de Eurípides?[21] De fato, Eurípides em algum lugar diz:

*Companhia sábia produz tiranos sábios.*

Desse modo, se alguém indagasse a Eurípides: "Eurípides, c no que são sábios esses homens cuja companhia, afirmas, torna os tiranos sábios?" Por exemplo, se ele afirmasse:

*Companhia sábia produz agricultores sábios...*

...e perguntássemos: "sábios no quê?", qual seria a sua resposta? Não seria: *naquilo que é pertinente à agricultura*?

**Teages:** Nada salvo isso.

**Sócrates:** E se ele dissesse:

*Companhia sábia produz cozinheiros sábios...*

...e perguntássemos: "sábios no quê?", o que nos responderia ele senão *naquilo que é pertinente à culinária*, não é mesmo?

**Teages:** Sim.

---

21. Eurípides de Salamina (480-406 a.C.), poeta trágico.

**Sócrates:** E se nos dissesse:
*Companhia sábia produz lutadores sábios...*
...se perguntássemos "sábios no quê?", ele não diria *na luta*?
**Teages:** Sim.
**Sócrates:** Mas se ele dissesse:
*Companhia sábia produz tiranos sábios...*
...e perguntássemos "O que queres dizer, Eurípides? Sábios no quê?", o que ele responderia? De que forma explicaria esse saber?
**Teages:** Por Zeus! Eu não sei.
**Sócrates:** Bem, e queres que eu te diga?
**Teages:** Se assim o quiseres.
**Sócrates:** São os tipos de coisas que Anacreonte[22] dizia que Calícrite[23] conhecia. Não conheces a canção?
**Teages:** Conheço.
**Sócrates:** Ora, desejas a companhia de um homem que possui a mesma arte de Calícrite, a filha de Ciane,[24] e que *conhece o que é pertinente à tirania*, como disse o poeta, de sorte que tu também possas tornar-te nosso tirano e do Estado?
**Teages:** Ora, Sócrates, todo o tempo permaneces brincando e pilheriando comigo.
**Sócrates:** Realmente? Não afirmas almejar aquele saber que te permitiria governar todos teus concidadãos? Ora, se o alcançares e o utilizares, o que serás a não ser um tirano?
**Teages:** Bem, é verdade que eu poderia aspirar, sem dúvida, a tornar-me um tirano, se possível, submetendo todos os seres humanos ou, ao menos, o máximo possível. Acho que o mesmo se aplica a ti e a todas as outras pessoas. E talvez ainda mais tornar-se um deus! Não foi isso, contudo, que afirmei que desejava.

---

22. Anacreonte de Teos (século VI a.C.), poeta lírico e elegíaco.
23. Nome de uma ninfa.
24. Segundo a tradição, filha do antigo rei dos aussonianos, Líparo.

**Sócrates:** Então o que desejas? Não afirmaste que desejavas governar teus concidadãos?

**Teages:** Não pela força, à maneira dos tiranos, mas contando com seu pleno consentimento, como o fizeram outros, ou seja, os homens célebres do Estado.

**Sócrates:** Queres dizer como Temístocles, Péricles, Címon[25] e todos os que se consagraram na vida política?

**Teages:** Sim, por Zeus! É o que quero dizer.

b **Sócrates:** Bem, se desejasses tornar-te sábio na equitação, a quem achas que deverias procurar para ser um bom cavaleiro? Seria a outras pessoas e não aos cavaleiros?

**Teages:** Por Zeus, decerto que não.

**Sócrates:** Além disso, procurarias também aqueles que se destacam nessa arte, que são proprietários de cavalos e montam amiúde quer os seus próprios animais, quer os de muitas outras pessoas?

**Teages:** Isso é óbvio.

**Sócrates:** E se fosse no arremesso do dardo que desejasses tornar-te sábio? Não crês que obterias esse saber procurando bons arremessadores, os que possuem dardos e utilizam frequentec mente uma grande quantidade deles, sejam próprios ou pertencentes a outros indivíduos?

**Teages:** É o que parece.

**Sócrates:** Pois se assim é, diz-me o seguinte: visto que é na política que desejas tornar-se sábio, pensas em atingir essa meta dirigindo-te a ninguém mais senão aos políticos que se destacam, exercem cargos de direção em seu próprio Estado bem como em outros e mantêm intercâmbio tanto com Estados gregos quanto bárbaros? Ou és da opinião de que relacionando-te com pessoas distintas dessas, obterás o saber que esses homens competentes possuem, de preferência a relacionar-te com os próprios políticos?

d **Teages:** Ouvi dizer, Sócrates, com respeito aos discursos que dizem serem por ti proferidos, que os filhos dos políticos não

---

25. Três dos maiores líderes da democracia ateniense.

são melhores do que os filhos dos sapateiros. Com base no que tenho podido observar, só posso acreditar que o que dizes é realmente verdadeiro. Assim eu seria bem tolo se pensasse que um desses homens me transmitiria seu saber em lugar de amparar o próprio filho, se fosse capaz de com isso prestar serviço a algum mortal.[26]

**Sócrates:** Mas vejamos, ó melhor dos homens, como lidarias com a seguinte situação: supõe que tivesses um filho que te atormene tasse manifestando o desejo de tornar-se um talentoso pintor e criticasse a ti – seu pai – por negar-te a arcar com as despesas necessárias para que ele atingisse seu objetivo, e que, a despeito disso, não respeitasse os profissionais dessa arte, os pintores, e se recusasse, ele, a aprender com eles. Eu diria outro tanto dos flautistas, se ele desejasse tornar-se flautista, ou dos tocadores de lira. Saberias o que fazer com ele e aonde mais enviá-lo se ele se negasse a frequentar a escola dos profissionais?

**Teages:** Por Zeus, não!

127a **Sócrates:** Ora, considerando que estás agindo assim com teu pai, como podes mostrar surpresa e criticá-lo por ele estar confuso quanto ao que fazer quanto a ti e para onde te enviar? Todavia, nós te colocaremos em contato com quem quiseres entre os atenienses que se distinguem na política, e ele se associará a ti sem nada cobrar. Com isso, não gastarás dinheiro algum e conquistarás muito mais renome junto ao público, em geral, do que te associando a qualquer outro.

**Teages:** Ora, Sócrates, não és tu mesmo um desses homens que se distinguem? Se quisesses associar-me a ti, isso me satisfaria e eu não procuraria mais ninguém.

b **Sócrates:** O que queres dizer com isso, Teages?

**Demódoco:** Oh, Sócrates, na verdade não é, de modo algum, uma má ideia e, além disso, que alegria tu me proporcionarias! De fato, seria um tremendo lance de sorte para mim se ele se rego-

---

26. Sobre a dificuldade, ou mesmo incapacidade, de transmitir o talento político aos filhos, ou genericamente ensinar a virtude a outrem, ver *Alcibíades* 118c-119a, *Mênon* 93a-94e e *Protágoras* 319e-320b.

zijasse com tua companhia e concordasses em acolhê-lo. Chego a envergonhar-me de expressar quanto desejaria tal coisa. Só me resta implorar a ambos... a ti para que consintas em associar-te a ele... e a ti para que não te associes a outra pessoa exceto Sócrates. Com isso, ambos me livrariam de muitas inquietudes penosas, já que atualmente alimento um grande temor de que Teages caia em poder de alguém que o corrompa.

**Teages:** Se conseguires convencê-lo a me aceitar, pai, não terás agora mais razão para temer por minha causa.

**Demódoco:** Teu discurso é admirável, Sócrates, e o meu, a partir desse momento, é endereçado a ti. Para ser sucinto, estou disposto a entregar-te tanto minha própria pessoa quanto tudo que tenho de mais caro para que, em resumo, faças disso o uso que quiseres, se acolheres meu Teages e fizeres a ele todo o bem de que és capaz.

**Sócrates:** Demódoco, não me surpreendo com tua diligência a partir do momento em que demonstras acreditar que posso prestar uma grande ajuda a teu filho, mesmo porque ignoro realmente qual outro objeto poderia causar mais preocupação ao um homem sensato do que aquele de tornar seu filho o melhor possível. Todavia, pergunto-me, e nesse caso, surpreendo-me bastante, de onde tiraste a ideia de que eu estaria melhor capacitado e qualificado do que tu mesmo para ajudar teu filho a tornar-se um bom cidadão e como ele, de sua parte, supôs que eu o auxiliaria mais do que tu próprio poderias. Para começar, és mais velho do que eu. Além disso, exerceste vários cargos em Atenas, a propósito os principais; gozas de alta estima junto às pessoas do demo de Anagirunte,[27] e no resto da cidade a estima que te dedicam é superior a de qualquer outra pessoa. No meu caso, ao contrário, não há nenhuma dessas vantagens.

Devemos acrescentar que, se nosso Teages não tem interesse pelo convívio com os políticos e busca outros homens que afirmam ser capazes de educar a juventude, dispomos

---

27. Demo da Ática.

128a aqui de Pródico de Ceos, Górgias de Leontini, Pólo de Agrigento[28] e muitos outros. Essas pessoas são tão sábias que, nas cidades que visitam, revelam-se capazes de persuadir os jovens mais nobres e mais ricos, que poderiam associar-se com qualquer cidadão que quisessem sem pagar; e esses homens os convencem a deixar os outros para se associarem exclusivamente a eles, pagando muito dinheiro a título de honorários e testemunhando-lhes reconhecimento! Assim, no interesse de teu filho e teu, seria razoável que escolhêsseis
b um desses homens, não sendo razoável que vossa eleição contemplasse a mim. Não conheço nenhuma dessas ciências esplêndidas e admiráveis, por maior desejo que tivesse de conhecê-las, mas como não me canso de repetir, encontro-me, por assim dizer, destituído de todo conhecimento, salvo do pequeno conhecimento das coisas do amor,[29] no qual creio ser um grande especialista, superando a todos, sejam os que nos antecederam no passado, sejam os contemporâneos.

**Teages:** Vês, meu pai? Parece que Sócrates não está positivamente disposto a associar-se a mim, embora eu esteja pronto
c para isso se ele assentisse. Mas todo esse seu discurso é para fazer troça de nós. Conheço alguns indivíduos um pouco mais velhos do que eu que, antes de se associarem a ele, não tinham valor algum. Ora, depois de pouco tempo em sua companhia, revelam-se superiores aos que antes os superavam.

**Sócrates:** E sabes, então, o que significa isso, filho de Demódoco?

**Teages:** Por Zeus, sei que se quiseres, também eu poderei tornar-me como eles.

d **Sócrates:** Não, meu bom rapaz, não percebeste o que acontece e vou explicá-lo a ti. Ocorre em mim, por favorecimento dos

---

28. Pródico e Górgias foram renomados sofistas contemporâneos de Sócrates e Pólo de Agrigento ou Pólo da Sicília (Agrigento é a cidade, Sícilia a ilha), sofista menor e fervoroso discípulo de Górgias. Pólo é um dos interlocutores no *Górgias* de Platão. Ver em *Diálogos II*, em *Clássicos Edipro*, o *Górgias* e *Introdução: O Movimento Sofista*.

29. ...ἐρωτικῶν... (*erotikôn*). O costumeiro professar de ignorância por parte de Sócrates, precedido por suas declarações (não menos costumeiras) pretensamente elogiosas aos sofistas, pois saturadas de sua finíssima ironia. Quanto às *coisas do amor*, cf. *O Banquete*, 177e.

deuses, desde minha infância, um fenômeno divino. Trata-se de uma voz[30] que quando se manifesta sempre me orienta no sentido de desviar-me do que estou na iminência de fazer, embora essa voz jamais me indique qualquer coisa. Ora, se algum de meus amigos vem a mim com algum projeto e me consulta e a voz se manifesta, sucede o mesmo: ela me desvia e proíbe minha ação. Fornecerei a vós testemunhos desses fatos. Decerto conheceis Cármides, o belo Cármides, filho de

e  Gláucon.[31] Ora, em uma ocasião confidenciou-me que estava prestes a iniciar o treinamento para a corrida de Nemeia.[32] Mal começara ele a me falar desse projeto de treinamento e a voz se manifestou. E eu o dissuadi dizendo-lhe o seguinte: "Enquanto falavas, a voz, minha voz divina manifestou-se. Desiste desse treinamento."

"Talvez" ele disse, "ela queira dizer que não vencerei, mas mesmo que não vença, terei, ao menos, me beneficiado com o treinamento durante o tempo que treinar." Foi o que disse e participou do treinamento. Valeria a pena perguntar a ele o

129a  que lhe aconteceu como resultado desse treinamento. Ou, se preferires, perguntai a Clitômaco, irmão de Timarco,[33] o que este disse a ele quando rumava direto para sua morte,[34] ele e Evatlos, o famoso corredor que acolheu Timarco como um fugitivo. Ele vos informará que ele falou o seguinte...

**Teages:** O quê?

**Sócrates:** "Clitômaco", ele disse, "na verdade vou morrer agora por ter me negado a dar crédito ao que Sócrates me disse."

---

30. ...φωνή... (*phoné*), o *daímon* de Sócrates, outra tônica de sua doutrina e, sobretudo, de sua conduta. Ver *Apologia de Sócrates*, 40a-b e *Alcibíades*, 103a.
31. Cf. *Cármides* (Diálogos VI), especialmente 154b.
32. Local dos Jogos (na Argólida) realizados a cada dois anos.
33. Não dispomos de dados históricos sobre esses personagens, o que decerto não significa que sejam fictícios.
34. Souilhé registra aqui entre colchetes τοῦ δαιμονίου (*toŷ daimoníoy*), mas os helenistas em geral (inclusive Burnet) preferem conjecturalmente suprimi-lo. Se considerado, insinuaria a ideia suplementar de "de encontro ao *daímon* (voz divina)" (εὐθύ τοῦ δαιμονίου [*enthý toŷ daimoníoy*]).

Por que Timarco diria tais palavras? Explicarei. Quando Timarco, acompanhado de Filemon, filho de Filemonides,[35] levantou-se e deixou a mesa com a intenção de matar Nícias, filho de Heroscamandro, somente eles conheciam esse plano. Mas Timarco, já de pé, dirigiu a palavra a mim dizendo: "O que dizes, Sócrates? Continuai a beber, rapazes. Quanto a mim, preciso sair. Voltarei em breve... queira a sorte."

Foi então que minha voz se manifestou e eu disse a ele: "Não! Não sai, pois meu costumeiro sinal *divino* manifestou-se". E ele se deteve, mas pouco depois dispôs-se novamente a partir e me disse: "Bem, estou indo, Sócrates."

Uma segunda vez a voz se manifestou e novamente insisti que ele ficasse, mas da terceira vez, desejando que eu não notasse, levantou-se sem nada dizer a mim e, no intuito de me escapar, quando fiquei por um momento atento a outra coisa, safou-se... Foi assim que partiu para realizar o ato que o conduziria à morte. E essa foi a razão por que falou ao irmão nos termos que vos contei há pouco, ou seja, *que ia morrer por ter se negado a dar crédito ao que eu lhe dissera.*

Além disso, podeis vos informar ainda com os que foram a Sicília – e são muitos – sobre o que lhes disse com relação à destruição do exército.[36] Podeis ouvir, a respeito de acontecimentos passados, o depoimento daqueles que estão a par dos detalhes. É, contudo, ainda possível no presente submeter o sinal à prova para verificar se expressa algo. De fato, quando o belo Sânio partiu para juntar-se ao exército, o sinal manifestou-se a mim. Ele agora marcha com Trasilo rumo a Éfeso e à Jônia para o combate. Estou convencido de que ele ou morrerá ou sofrerá um mal que o colocará muito próximo da morte. Quanto ao resto do exército, estou realmente muito receoso quanto ao que venha a acontecer.[37]

---

35. Desconhecemos esses personagens.
36. Alusão à desastrosa expedição à Sicília (415-413 a.C.), da qual Alcibíades participou como general.
37. De fato, os atenienses foram derrotados em Éfeso.

e    Fiz esse longo discurso, contando-vos todas essas coisas, precisamente porque esse poder do *daímon* também é soberano no tocante às minhas relações com meus discípulos. Para muitos, ele se opõe e é impossível para eles tirar qualquer proveito de suas relações comigo, de modo que não posso insistir na associação com eles. Por outro lado, não me impede a associação com muitos outros, mas isso não representa ajuda alguma para eles. No que toca àqueles cujas relações comigo são favorecidas pelo poder do *daímon*, são os que mencionaste. Obtêm, de fato, grandes progressos em pouco tempo. Entre eles, alguns fazem desse resultado um patrimônio sólido e durável; outros, que são muitos, realizam um formidável progresso enquanto privam comigo, porém, mal se separam de mim e novamente são reduzidos à condição do primeiro dos novatos. Essa foi a experiência de Aristides, filho de Lisímaco e neto de Aristides. Enquanto foi meu discípulo, fez avanços extraordinários em pouco tempo. Entretanto, em seguida, houve uma expedição militar e ele embarcou. Quando retornou, encontrou no meu círculo Tucídides, filho de Melésias e neto de Tucídides.[38] Tucídides, um dia antes de chegada de Aristides, havia dirigido a mim algumas palavras hostis.

130a

b    Aristides, ao me ver, após ter me saudado e ter conversado comigo sobre coisas variadas, disse-me: "E quanto a Tucídides? Ouvi falar, Sócrates, que ele está um tanto indignado e irritado contigo, dando ares de importante."

"É verdade." Eu disse.

"Ora", disse, "...será que se esqueceu de sua condição de escravo em que estava antes de associar-te a ti?"

"Pelos deuses, parece-me que não." Repliquei.

c    "Vê, Sócrates", acrescentou, "em que ridícula situação também me encontro."

"E por quê?" perguntei-lhe.

"Porque", disse, "antes de embarcar para a expedição militar, era capaz de discutir com qualquer pessoa e não era

---

38. Sobre Aristides, seu pai Lisímaco, seu avô o grande Aristides, Tucídides, seu pai Melésias e seu avô o grande Tucídides, ver *Laques* (em *Diálogos VI*).

superado por ninguém na arte da argumentação. Assim, buscava a companhia das pessoas mais ilustres. Agora, ocorre exatamente o contrário. Esquivo-me de todas as pessoas que percebo que são educadas, de tanto que me envergonho de minha incompetência."

"E perdeste tua capacidade subitamente ou gradativamente?"

"Gradativamente." Disse.

d "E quando possuías tua capacidade", continuei, "a possuías por ter aprendido alguma coisa de mim, ou por qualquer outro meio?"

"Pelos deuses, Sócrates, vou dizer-te algo inacreditável, mas verdadeiro! Jamais aprendi alguma coisa de ti, como sabes, mas quando estava contigo fiz progressos, bastando para isso estar na mesma casa, sem necessidade de estar na mesma sala, embora muito mais quando estava na mesma sala, e tenho a impressão de que ainda muito mais quando, estando no mesmo aposento contigo, enquanto falavas eu te observava, muito mais do que quando voltava meu olhar para outros

e pontos. Entretanto, meus progressos se mostravam excepcionalmente notáveis quando, sentado junto a ti, postava-me bem próximo, podendo tocar-te. Mas agora", juntou, "toda essa condição evaporou-se."[39]

É esse, Teages, o efeito de minhas lições. Se for do gosto do deus, progredirás enormemente e depressa; se não for, não progredirás. Assim, reflete nisso. Não seria mais seguro para ti ser educado por mestres que podem, por sua própria vontade, prestar serviços às pessoas, do que ficares comigo e confiares na sorte?

131a **Teages:** Parece-me, Sócrates, que deveríamos fazer o seguinte: por meio de nossa mútua associação testaremos teu *daímon*. Se contarmos com sua permissão, ótimo; se não, pensaremos imediatamente sobre o que fazer: nos associarmos à outra

---

39. Ver *Teeteto* (*Diálogos I*), 150c-151b, para a necessária conexão disso com a maiêutica socrática.

pessoa, ou tentarmos encontrar uma conciliação com o deus que se manifesta a ti à força de orações, sacrifícios e por todos os outros meios indicados pelos praticantes da divinação.

**Demódoco:** Não negues mais isso a este adolescente, Sócrates, pois Teages fala com acerto.

**Sócrates:** Que seja! Se parece a vós que assim deve ser feito, façamo-lo.

# MINOS
## (OU DA LEI)

### PERSONAGENS DO DIÁLOGO:
**Sócrates e Discípulo**

313a **Sócrates:** O que é, para nós, a lei?[1]

**Discípulo:** Mas a respeito de que lei perguntas?

**Sócrates:** Ora, será possível que a lei difira da lei precisamente quanto a ser lei? Atenta, portanto, ao que indago a ti. Eu te interrogo como se, por exemplo, quisesse cientificar-me sobre o que é o ouro. Se me perguntasses também a que ouro me refiro, julgaria tua pergunta incorreta, uma vez que não há, suponho, diferença alguma entre ouro e ouro, pedra e pedra
b ao menos na medida em que um é ouro e o outro, pedra. Consequentemente, é indubitável que lei e lei em nada diferem, sendo todas a mesma coisa. Cada uma das leis é igualmente lei e não mais uma do que a outra. O que te pergunto, portanto, é: de uma maneira geral, o que é a lei? Se dispões de uma resposta, diz qual é.

**Discípulo:** O que poderia ser a lei, Sócrates, senão aquilo que é legalmente estabelecido?

**Sócrates:** Assim, em tua opinião, o discurso é o que é falado, a visão o que se vê, a audição o que se escuta? Ou é o discurso uma
c coisa, o que é falado uma outra, a visão uma coisa, o que é visto uma outra, a audição uma coisa, o que é escutado uma outra...

---

1. ...νόμος... (*nómos*).

e igualmente a lei uma coisa, o que é legalmente estabelecido uma outra? Seria isso ou de outro modo? O que te parece?
**Discípulo:** Sim, parece-me agora que se trata de coisas distintas.
**Sócrates:** Do que podemos inferir que a lei não é o que é legalmente estabelecido.
**Discípulo:** Parece-me que não.
**Sócrates:** Assim sendo, o que poderia, então, ser a lei? Investiguemos a questão da forma que se segue. Suponhamos que alguém nos indagasse a respeito do que dizíamos há pouco: "Uma vez que é por meio da visão, segundo vós, que se vê o que é visto, o que é a visão por meio da qual se vê?" Nós lhe responderíamos: é o sentido que, por meio dos olhos, revela-nos as coisas. E ele nos perguntasse ainda: "Bem, uma vez que, por meio da audição, escuta-se o que é escutado, o que é a audição?" Responderíamos: é o sentido que, por meio dos ouvidos, revelam-nos os sons. Assim, do mesmo modo, se nos perguntasse: "Uma vez que é a lei que estabelece as coisas legais, o que é a lei por meio da qual essas coisas são estabelecidas? É ela uma percepção ou demonstração – como a ciência que nos revela as coisas por nós aprendidas – ou uma descoberta como a realizada, por exemplo, no que se refere à saúde e à doença, pela medicina, ou ainda, no que toca aos pensamentos divinos – a nos expressarmos como os profetas – a divinação? Pois a arte é certamente, para nós, uma descoberta das coisas, não é mesmo?"
**Discípulo:** Decerto que sim.
**Sócrates:** Ora, em qual desses aspectos imaginaríamos estar situada a lei?
**Discípulo:** A meu ver, são as próprias resoluções e decretos.[2] Como designar de outra maneira a lei? Concluo que a defini-

---

2. O interlocutor de Sócrates parece não responder à pergunta, ou deveríamos supor aqui uma lacuna do manuscrito, que é o que pensam certos helenistas, como Pavlu. Nessa hipótese, a lacuna poderia ser preenchida, a título conjetural, com a resposta de que a lei se enquadraria na alternativa da descoberta, envolvendo decisões e decretos dos cidadãos. Souilhé não vê necessidade de supor-se tal lacuna, pois entende que o pronome ταῦτα (*taŷta*) refere-se à lei (νόμος [*nómos*]), o plural sendo justificado devido à atração do pronome.

c ção geral de lei que solicitas é muito provavelmente a seguinte: [a lei é] uma resolução do Estado.
**Sócrates:** Parece-me que defines a lei como um juízo político.
**Discípulo:** Sim.
**Sócrates:** E talvez seja uma boa definição, mas talvez também possamos obter uma melhor da seguinte maneira: há pessoas a quem chamas de sábios?
**Discípulo:** Sim.
**Sócrates:** E os sábios não são sábios graças à sabedoria?
**Discípulo:** Sim.
**Sócrates:** E quanto aos justos? Não o são graças à justiça?
**Discípulo:** Certamente.
**Sócrates:** E os que respeitam a legalidade? Não lhe conferem respeito graças à lei?
d **Discípulo:** Sim.
**Sócrates:** E os transgressores da lei não o são em virtude da ilegalidade?
**Discípulo:** Sim.
**Sócrates:** Bem, aqueles que respeitam a lei são justos?
**Discípulo:** Sim.
**Sócrates:** E os seus transgressores, injustos?
**Discípulo:** Injustos.
**Sócrates:** Não são a justiça e a lei coisas nobilíssimas?
**Discípulo:** Certamente.
**Sócrates:** E a injustiça e a transgressão da lei coisas muito vis?
**Discípulo:** Sim.
**Sócrates:** As primeiras preservam os Estados e tudo o mais, enquanto as segundas os destroem e subvertem. [Não é mesmo?]
**Discípulo:** Sim.
**Sócrates:** Então devemos conceber a lei como algo nobre e buscá-la entre os bens.
**Discípulo:** Evidentemente.
**Sócrates:** Ora, não dissemos que a lei era uma resolução[3] do Estado?

---

3. ...δόγμα... (*dógma*).

e **Discípulo:** De fato o dissemos.
**Sócrates:** E como ficamos? Não há boas e más resoluções?
**Discípulo:** Sim, há.
**Sócrates:** A lei, contudo, não poderia ser má.
**Discípulo:** De fato, não.
**Sócrates:** Consequentemente, não é correto respondermos simplesmente que a lei é uma resolução do Estado.
**Discípulo:** Não me parece.
**Sócrates:** E seria inconveniente, em consonância com isso, se afirmássemos que a má resolução é lei.
**Discípulo:** Obviamente.
**Sócrates:** Entretanto, é bem como uma opinião[4] que se afigura a lei para mim. E posto que não é a opinião má, não fica claro de imediato que é a boa, a crermos que a lei é uma opinião?
**Discípulo:** Sim.
**Sócrates:** Mas afinal, o que é a opinião boa? Não será o mesmo que a opinião verdadeira?
**Discípulo:** Sim.
315a **Sócrates:** E quanto à opinião verdadeira? Não é a descoberta *daquilo que é*?[5]
**Discípulo:** É.
**Sócrates:** Conclui-se que a lei pretende ser a descoberta *daquilo que é*.
**Discípulo:** Mas, Sócrates, supondo que a lei seja a descoberta *daquilo que é*, como explicar que nem sempre nos fazemos reger pelas mesmas leis se *as coisas que são*[6] foram descobertas por nós?
**Sócrates:** Não pretende a lei com isso ser menos a descoberta daquilo que é, porém, os seres humanos que, acreditamos,
b nem sempre são regidos pelas mesmas leis nem sempre estão capacitados a descobrir o que é exigido pela lei, *aquilo que é*.

---

4. ...δόξα... (*dóxa*).
5. ...τοῦ ὄντος ἐστὶν... (*toŷ óntos estìn*).
6. ...τὰ ὄντα... (*tà ónta*).

Todavia, investiguemos e empenhemo-nos em esclarecer a questão de saber se são as mesmas leis que nos regem continuamente, ou ora umas ora outras, e se todas as pessoas vivem submetidas a leis idênticas ou submetidas a leis diferentes.

**Discípulo:** De fato, Sócrates, não é difícil saber que as mesmas pessoas nem sempre são regidas pelas mesmas leis e que, por outro lado, as leis mudam com as pessoas. Por exemplo, no que diz respeito a nós, inexiste uma lei prescrevendo os sacrifícios humanos: seria, pelo contrário, sacrílego; enquanto isso, os cartagineses realizam tais sacrifícios como algo que é para eles santo e legal, alguns entre eles chegando, inclusive, a imolar seus próprios filhos a Cronos, como tu mesmo ouviste falar. Além disso, não são apenas os bárbaros que são regidos por leis distintas das nossas; isso inclui ainda os habitantes da Licaia[7] e os descendentes de Atamas.[8] Que sacrifícios não oferecem apesar de serem gregos! E no que se refere a nós mesmos, suponho que conheças, tu próprio por o ouvir dizer, quais eram outrora nossas leis no tocante aos mortos. Degolávamos vítimas sagradas antes de levarmos seus cadáveres em cortejo fúnebre e admitíamos mulheres que recolhiam o sangue das vítimas em uma urna. E em tempos ainda mais remotos, sepultávamos os mortos em suas próprias casas. Não fazemos, porém, nenhuma dessas coisas. Poderíamos dar mil exemplos desse gênero, já que há muitas maneiras de demonstrar que nem nós próprios, em nosso Estado, submetemo-nos aos mesmos costumes e leis, nem os outros seres humanos pertencentes a outros povos.

**Sócrates:** Não seria, de modo algum, surpreendente, meu caro amigo, que tivesses razão e isso houvesse me escapado. Con-

---

7. Cidade da Arcádia, onde os cultos de Zeus e de Pã se destacavam.
8. Rei de Orcômeno, próspera cidade do norte da Beócia. Segundo esse mito, pressionado por um falso oráculo que previa a fome em seu reino se um de seus filhos, Frixos, não fosse sacrificado, o desgraçado rei, também pressionado por seu povo (ou confortado pela resignação de Frixos) conduziu o filho ao altar e estava na iminência de imolá-lo, quando este foi resgatado por um miraculoso carneiro alado, o mesmo possuidor do tosão de ouro que figura na saga dos Argonautas.

e   tudo, enquanto te exprimires por meio de discursos prolixos e no teu estilo, e eu, por minha vez, fizer outro tanto, penso que jamais chegaremos a um acordo. Se, pelo contrário, fizermos de nossa discussão e de seu objeto um empreendimento comum, talvez acabemos por nos entender. Assim, se quiseres, formula a mim alguma questão e investiguemos a coisa conjuntamente, ou, se preferires, responde.

**Discípulo:** Ora, Sócrates, estou disposto a responder a tudo que queiras.

**Sócrates:** Ótimo. Vejamos. Achas que as coisas justas são injustas e as coisas injustas, justas, ou que as coisas justas são justas e as coisas injustas, injustas?

**Discípulo:** Tenho comigo que as coisas justas são justas e as coisas injustas, injustas.

316a **Sócrates:** E em todos os lugares, não é mesmo, pensa-se como aqui?

**Discípulo:** Sim.

**Sócrates:** Inclusive entre os persas?

**Discípulo:** Inclusive entre os persas.

**Sócrates:** E evidentemente sempre?

**Discípulo:** Sempre.

**Sócrates:** O que pesa mais tu o consideras aqui como mais pesado e o que pesa menos como mais leve, ou é precisamente o contrário?

**Discípulo:** Não... o que pesa mais é para nós mais pesado, e o que pesa menos, mais leve.

**Sócrates:** E não é assim igualmente em Cartago e na Licaia?

**Discípulo:** Sim.

**Sócrates:** O que é nobre é aparentemente julgado nobre em toda
b   parte, enquanto o que é vil é julgado vil, mas não o que é vil, nobre e o que é nobre, vil.

**Discípulo:** Assim é.

**Sócrates:** Portanto, para o resumirmos, considera-se como as *coisas que são* as coisas que são e não as *coisas que não são*, assim ocorrendo tanto entre nós quanto entre todos os outros povos.

**Discípulo:** É o que penso.

**Sócrates:** Portanto, quem erra sobre a *coisa que é*, erra sobre o que é legal.

**Discípulo:** Concluis, Sócrates, que as mesmas coisas parecem sempre reconhecidas como legais entre nós e entre os outros. Quando, porém, penso que estamos constantemente mudando as leis de todas as maneiras, vejo-me impossibilitado de persuadir-me do que dizes.

**Sócrates:** Talvez não tenhas refletido que apesar de movermos as peças no tabuleiro, elas permanecem as mesmas. A propósito, examina comigo a questão nos seguintes termos: já caiu em tuas mãos um tratado a respeito de cura de doentes?

**Discípulo:** Já.

**Sócrates:** E sabes a que arte pertence esse tipo de tratado?

**Discípulo:** Eu o sei. À medicina.

**Sócrates:** E chamas de médicos aqueles que são competentes nessas matérias, não é mesmo?

**Discípulo:** Concordo.

**Sócrates:** Pessoas competentes têm opiniões idênticas a respeito de objetos idênticos, ou cada uma tem uma opinião diferente?

**Discípulo:** Parece-me que opiniões idênticas.

**Sócrates:** Os gregos só se entendem entre si, ou os bárbaros tanto se entendem entre si quanto com os gregos no que tange a exibir uma opinião idêntica quanto ao que sabem?

**Discípulo:** Decididamente aqueles que sabem devem possuir uma opinião comum: gregos e bárbaros.

**Sócrates:** Respondeste bem. E isso sempre, não é mesmo?

**Discípulo:** Sim, sempre.

**Sócrates:** Os médicos também não registram, por escrito, aquilo que acreditam ser verdadeiro sobre a saúde?

**Discípulo:** Sim.

**Sócrates:** Então esses tratados dos médicos são de cunho médico e leis médicas.

**Discípulo:** Certamente leis médicas.

**Sócrates:** E os tratados sobre agricultura são também leis agrícolas?

**Discípulo:** Sim.

**Sócrates:** Mas quem, então, redige os tratados e os preceitos[9] relativos à jardinagem?

**Discípulo:** Os jardineiros.

**Sócrates:** São então as leis da jardinagem.

**Discípulo:** Sim.

**Sócrates:** Formuladas por pessoas competentes na arte de cuidar dos jardins?

**Discípulo:** Evidentemente.

**Sócrates:** E são os jardineiros que são competentes.

**Discípulo:** Sim.

**Sócrates:** E quem redige os tratados e os preceitos referentes ao preparo dos alimentos?

**Discípulo:** Os cozinheiros.

**Sócrates:** São essas, consequentemente, as leis culinárias?

**Discípulo:** Leis culinárias.

**Sócrates:** Formuladas, sem dúvida, por indivíduos competentes na arte de administrar a preparação dos alimentos?

317a **Discípulo:** Sim.

**Sócrates:** E os indivíduos competentes são, segundo o que se diz, os cozinheiros?

**Discípulo:** Sim. São eles os indivíduos competentes.

**Sócrates:** Muito bem. De quem são os tratados e os preceitos que tocam ao governo do Estado? Não será das pessoas que possuem competência para administrar os Estados?

**Discípulo:** É o que penso a respeito.

**Sócrates:** Bem, e quem teria competência para isso senão os políticos [em geral] e os membros das realezas?[10]

**Discípulo:** São eles mesmos que a têm.

---

9. ...νόμιμα... (*nómima*).

10. A respeito desta associação, cf. *Eutidemo*, 291c.

**Sócrates:** Então esses escritos políticos a que se dá o nome de
b   leis são escritos de reis e de homens bons.
**Discípulo:** Dizes a verdade.
**Sócrates:** A conclusão é que os que possuem competência não escrevem coisas diferentes sobre o mesmo assunto em ocasiões distintas.
**Discípulo:** Não.
**Sócrates:** E jamais tampouco indicarão preceitos diferentes no que toca às mesmas matérias?
**Discípulo:** Obviamente não.
**Sócrates:** Portanto, se presenciarmos pessoas, onde quer que seja, assim agindo, declararemos que os indivíduos que assim agem são competentes ou incompetentes?
**Discípulo:** Incompetentes.
**Sócrates:** Em relação a tudo, não dizemos que o correto é o legal, quer se trate de medicina, de culinária ou de jardinagem?
**Discípulo:** Sim.
c   **Sócrates:** E negaremos a legalidade do que não é correto?
**Discípulo:** Nós a negaremos.
**Sócrates:** E é, portanto, ilegal.
**Discípulo:** Necessariamente.
**Sócrates:** Consequentemente, mesmo nos tratados que abordam o justo e o injusto e, de um modo geral, a organização do Estado e a forma de governá-lo, tudo que é correto constitui lei régia, e não o que não é correto, ainda que pareça legal pelos ignorantes. De fato, é ilegal.
**Discípulo:** Sim.
d   **Sócrates:** Estávamos, portanto, certos ao concordar que a lei é a descoberta *daquilo que é*.[11]
**Discípulo:** É o que parece.
**Sócrates:** Dediquemos a atenção, porém, a este aspecto de nosso assunto, ou seja, quem é competente para semear a terra?
**Discípulo:** O agricultor.

---

11. ...τοῦ ὄντος... (*toŷ óntos*).

**Sócrates:** É ele que utiliza em cada tipo de terra a semente que lhe é apropriada?

**Discípulo:** Sim.

**Sócrates:** O agricultor é, assim, um bom distribuidor[12] de sementes e suas leis, bem como sua distribuição de sementes, são, nesse domínio, exatas?

**Discípulo:** Sim.

**Sócrates:** E no que se refere às canções, quem é o bom distribuidor das notas sonoras, que sabe como reparti-las em conformidade com seu valor? E quem é aquele cujas leis são corretas?

e **Discípulo:** O flautista e o citarista.

**Sócrates:** E, nesse âmbito, aquele que melhor se conforma a essas leis é, inclusive, o flautista mais talentoso.

**Discípulo:** Sim.

**Sócrates:** E quem é o melhor para distribuir a alimentação aos corpos humanos? Não é aquele que sabe o que lhes é apropriado?

**Discípulo:** Sim.

**Sócrates:** Consequentemente, suas distribuições e suas leis são excelentes e quem é a maior autoridade nessa esfera é também o melhor distribuidor.

**Discípulo:** Seguramente.

**Sócrates:** E quem é ele?

**Discípulo:** É o mestre de ginástica.

318a **Sócrates:** É ele que se revela o mais excelente no apascentar[13] o rebanho humano?[14]

---

12. ...νομεὺς... (*nomeỳs*), distribuidor, aquinhoador. O sentido primordial de νόμος (*nómos*) é precisamente aquinhoamento. O autor deliberadamente trabalha com a variação semântica da palavra.

13. ...νέμειν... (*némein*), do verbo νέμω (*némo*), aquinhoar a pastagem a um rebanho, fazer apascentar.

14. Souilhé registra τοῦ σώματος (*toŷ sómatos*), "do corpo", entre colchetes como suspeito e provável adição inconveniente ao texto. Pavlu é de opinião que deve ser eliminado e Burnet efetivamente o elimina. C.F. Hermann o mantém. Não vimos por que mantê-lo.

**Discípulo:** Sim.
**Sócrates:** E quanto ao rebanho de ovelhas? Quem é o melhor para apascentá-lo? Qual é seu nome?
**Discípulo:** O pastor.
**Sócrates:** Portanto, as leis do pastor são as melhores para as ovelhas?
**Discípulo:** Sim.
**Sócrates:** E as leis do vaqueiro para o gado?
**Discípulo:** Sim.
**Sócrates:** E quem dispõe das melhores leis para as almas humanas? Não é o rei? Responde.
**Discípulo:** Concordo.

b **Sócrates:** Estás te saindo bem em tuas respostas. Poderias indicar-me agora quem, na antiguidade, mostrou ser um bom legislador no âmbito das leis da execução da flauta? Talvez não o tenhas em mente neste momento. Gostarias que te lembrasse?
**Discípulo:** Sem dúvida.
**Sócrates:** Não é, segundo se diz, Mársias e seu amante Olimpos, o frígio?
**Discípulo:** É verdade.
**Sócrates:** Suas harmonias são absolutamente divinas e somente elas são capazes de agitar e levar à manifestação os que têm necessidade dos deuses[15] – e até hoje só elas subsistem devido ao seu caráter divino.

c **Discípulo:** É precisamente isso.
**Sócrates:** E quem é, entre os antigos reis, aquele que tem a reputação de ter sido um bom legislador e cujos preceitos nos alcançaram graças ao seu caráter divino?
**Discípulo:** Não me ocorre quem seja.
**Sócrates:** Não sabes qual é o povo grego que utiliza as leis mais antigas?
**Discípulo:** Aludes aos lacedemônios e ao legislador Licurgo?

---

15. Cf. *O Banquete*, 215c.

**Sócrates:** Fazes referência a instituições que talvez não tenham ainda trezentos anos de existência, ou pouco mais do que isso.
d Qual a origem de seus melhores preceitos? Sabes?
**Discípulo:** Dizem que se originam de Creta.
**Sócrates:** É, portanto, lá que se encontram as mais antigas leis da Grécia?
**Discípulo:** Sim.
**Sócrates:** Então estás ciente de quem foram seus bons reis? Minos e Radamanto,[16] filhos de Zeus e Europa. Foram eles os autores dessas leis.
**Discípulo:** Quanto a Radamanto, dizem ter sido um homem justo, Sócrates, mas o que dizem de Minos é que era um homem brutal, cruel e injusto.
**Sócrates:** Meu caro, tu te referes a um mito da Ática, uma lenda ligada à tragédia.
e **Discípulo:** Ora, não é isso que contam de Minos?
**Sócrates:** Não em Homero nem em Hesíodo. Aliás, eles são mais convincentes do que todo esse grupo de trágicos a que dás ouvidos.
**Discípulo:** E o que dizem, afinal, de Minos?
**Sócrates:** Eu o repetirei a ti para que também tu, como a maioria, não te reveles um ímpio.[17] Nada há, com efeito, de mais ímpio e em relação a que seja mais necessário guardar-se do que incorrer em erro mediante palavras e atos contra os deuses

---

16. Mitologicamente Minos e Radamanto (semideuses) foram tão sábios, especialmente na administração da justiça, que Zeus os transformou, juntamente com Eaco, em juízes das almas dos mortos no Hades. Cf. *As Leis*, Livro I, 624a-625a. Historicamente, tudo indica que *Minos* foi um título comum de toda uma dinastia de reis de Creta e não o nome de um determinado soberano, semelhantemente à designação *Faraó* aplicada aos monarcas do Antigo Egito ou a designação de *César* aos imperadores romanos. Essa dinastia estabeleceu em Creta, em meio ao avanço das instituições e à prosperidade o que se convencionou chamar de civilização ou cultura *minóica* ou *minoana* (extremamente duradoura: 3000-1100 a.C.), anterior à própria civilização grega clássica.

17. ...ἀσεβῆς... (*asebêis*), ou seja, alguém destituído de devoção religiosa, sacrílego, que desrespeita os deuses ou os pais. Aqui o sentido se limita aos deuses.

e, em segundo lugar, contra os seres humanos divinos.[18] O que, entretanto, é necessário evitar com máximo cuidado e continuamente é, ao censurar ou louvar um homem,[19] dizer coisas infundadas. Assim, convém aprender a discernir entre homens bons e homens maus. O deus se irrita, de fato, quando alguém censura aquele que a ele se assemelha ou se louva quem a ele se opõe. O primeiro destes é o homem bom. Não deves pensar que embora pedras e pedaços de madeira, aves e serpentes possam ser sagrados, homem algum o possa ser. Ao contrário, de todas as coisas, a mais sagrada é o homem bom e a mais impura o homem perverso.

No que respeita a Minos, verás como Homero e Hesíodo entoam seus louvores. A ti farei esse relato para que tu, homem, filho do homem, não incorras em erro no que dizes acerca de um herói, filho de Zeus. Homero, dizendo de Creta que possui numerosos habitantes e noventa cidades, acrescenta:

*Entre elas está Cnossos, grande cidade onde Minos*
*Foi rei, a cada nove anos confidente do grande Zeus.*[20]

Eis aí o elogio que Homero, concisamente, faz a Minos – elogio que não faz a qualquer outro herói. Que Zeus seja hábil[21] e que sua arte seja excelentíssima, ele o mostrou amiúde

---

18. ...θείους ἀνθρώπους... (*theíoys anthrópoys*), o que abrangeria também os inspirados ou possuídos pelos deuses (videntes, intérpretes de oráculos, profetas, sibilas, bacantes, a pítia de Delfos etc.), mas aqui a acepção é restrita, referindo-se aos semideuses.
19. ...ἄνδρα... (*ándra*), ser humano do sexo masculino.
20. *Odisseia*, Canto XIX, 178-179. Cf. *As Leis*, Livro I, 624b.
21. ...σοφιστής... (*sophistés*), ou mesmo *sábio* e mestre, qualificado, proficiente, ou seja, consideramos os significados originais e genéricos da palavra. Entretanto, muitos tradutores não hesitam em registrar *sofista*, o que é perfeitamente correto do ponto de vista linguístico, mas acarreta uma crucial diferença do prisma interpretativo. Se tivermos o *Minos* na conta de um diálogo suspeito ou apócrifo, seria, ao menos, cabível. Na imediata sequência percebemos até a insistência do autor em classificar Zeus como "sofista". Se cogitada, porém, a autenticidade deste *diálogo*, seria sumamente improvável que Platão (a despeito de sua sutileza literária e da ironia socrática) classificasse Zeus como *sofista* de uma maneira tão enfática, apesar de haver empregado esse termo no *Crátilo*, 403e (*Diálogos VI*), em *A República*,

em outras passagens. Contudo, mostra-o aqui particularmente. Diz, de fato, que Minos, a cada nove anos, conversava com Zeus e o visitava para dele receber lições, o que significava que Zeus era mestre.[22] Ora, esse benefício de ter sido educado por Zeus, Homero não o atribuiu a nenhum de seus heróis exceto a Minos e representa um elogio extraordinário. Além disso, no sacrifício de evocação dos mortos, narrado na *Odisseia*, é Minos e não Radamanto que ele representou atuando como juiz, com um cetro de ouro à mão. Ele não representa Radamanto julgando nessa passagem, nem como associado de Zeus em qualquer passagem. Daí minha afirmação de que Minos, de todos, é o que Homero mais louvou. O fato de, entre os filhos de Zeus, ter sido o único educado por ele constitui um louvor insuperável. Realmente, o verso...

*Foi rei, a cada nove anos confidente do grande Zeus*

...significa, na verdade, que Minos foi o discípulo[23] de Zeus. *Conversas íntimas* são discussões e *alguém que conversou intimamente* é o confidente. Minos passava um ano, a cada nove, na caverna de Zeus, quer para se instruir, quer para em seguida ensinar o que aprendera com Zeus nesse último período aos outros. Há quem suponha que alguém que *conversou intimamente* seja o comensal e o companheiro de folguedos de Zeus, mas podemos aduzir a prova de que os que assim supõem incorrem na tolice. Entre todos os muitos povos gregos e bárbaros, não existe nenhum que se abstenha dos banquetes incluindo o vinho e folguedos, exceto os cretenses e, em segundo lugar, os lacedemônios, que herdaram essa tradição dos cretenses. Em Creta, entre as leis promulgadas por Minos, há uma que é formulada nos seguintes termos: *não beber até a ebriedade nas reuniões.*

---

Livro X, 596d, e no *Mênon*, 85b (*Diálogos V*). De nossa parte, *mesmo* considerando o *Minos* como um apócrifo, não optamos na tradução pelo termo *sofista*. Se desejar, o leitor poderá consultar em *Diálogos I* ou *II*, "Introdução: O Movimento Sofista".

22. Ver nota anterior.
23. ...ὄαροι... (*óaroi*).

Ora, evidentemente o que ele admitia como nobre sancionava como leis para seus próprios concidadãos. Minos, certamente, como o faria uma pessoa desonesta, não pensava de uma maneira e agia de uma outra inteiramente diferente. Sua forma de associação era, como o afirmei há pouco, educar para a virtude por meio de discursos. E assim estabeleceu para seus concidadãos essas leis que produziram sempre a felicidade de Creta e a da Lacedemônia desde que esta começou a adotá-las, pois são leis divinas.[24]

No que se refere a Radamanto, era indubitavelmente um *homem*[25] bom, uma vez que foi educado por Minos. Entretanto, não foi em absoluto formado na totalidade da arte régia, mas parcialmente e em caráter de auxiliar, ou seja, para presidir nos tribunais, de onde provém sua reputação de bom juiz. Foi a ele que Minos confiou a vigilância das leis na cidade.[26] Quanto ao resto de Creta, essa função foi confiada a Talos. De fato, Talos percorria os povoados três vezes por ano, zelando para que neles as leis fossem observadas, apresentando-as gravadas em plaquetas de bronze, o que lhe valeu o nome de [homem de] bronze.[27]

Também Hesíodo declara coisas semelhantes a respeito de Minos. Após mencionar seu nome, ele ajunta:

*Foi ele o mais régio dos reis mortais;*

*Governava multidões de pessoas do campo que o cercavam,*

*Empunhando o cetro de Zeus, com o qual reinava também sobre cidades.*[28]

---

24. Cf. *As Leis*, Livro I, 631b.
25. ...ἀνήρ... (*anér*): note-se que o autor não se refere a Radamanto como herói ou semideus.
26. ...ἄστυ... (*ásty*), isto é, a região urbana.
27. Segundo a mitologia, Talos é um gigante de bronze, concedido por Zeus a Europa ou ao seu filho Minos para proteger Creta. Em sua viagem de retorno à Grécia, os Argonautas e Medeia tiveram que enfrentá-lo.
28. Fragm. 144 (Merkelbach-West).

Ora, para Hesíodo esse cetro não era outra coisa senão o ensinamento de Zeus do qual se servia Minos para governar Creta.

**Discípulo:** Mas então, Sócrates, por que se difundiu a fama de um Minos rústico e cruel?

**Sócrates:** Por uma razão que te ensinará, meu bom amigo, se fores sábio – a ti e a todo aquele que prezar sua reputação – a tomar muito cuidado para não incorrer no ódio de poeta algum. Os poetas têm grande influência no que respeita à reputação, não importa que modalidade – louvor ou censura – utilizem na composição de seus poemas para se referirem às pessoas. Ora, Minos cometeu um erro ao fazer a guerra contra este Estado,[29] onde é grande a quantidade, entre todos os tipos de sábios, de poetas de todos os gêneros, mas sobretudo poetas trágicos. Aqui a tragédia é antiga. Sua origem não está, como se crê, em Tespis e Frinicos;[30] se te dispuseres a refletir nesse assunto, constatarás que a tragédia é uma invenção antiquíssima de nosso Estado. Bem, entre todos os gêneros de poesia, a tragédia é o mais popular e o que exerce maior poder sobre as almas. E, assim, é na tragédia que, representando Minos, vingamo-nos daquele tributo que nos constrangeu a pagar.[31] Foi esse, portanto, o erro de Minos que atraiu nosso ódio e como foi produzida essa má reputação da qual indagaste a causa. Mas que, bom e justo como era, ele foi, como o dizíamos há pouco, um bom *distribuidor*, o que melhor o demonstra é que suas leis subsistem inalteradas, como as leis de um homem que descobriu a verdade *daquilo que é* para a administração do Estado.

---

29. Atenas.
30. Considerados representantes das primeiras gerações dos autores da poesia trágica (século V a.C.).
31. Eurípides, por exemplo, na tragédia *Os Cretenses* (peça perdida) representava Minos como um tirano impiedoso. O autor de *Minos* se refere ao tributo sangrento exigido por Minos após derrotar Atenas, ou seja, o envio a cada nove anos a Creta de catorze jovens virgens (sete de cada sexo) para serem devorados no labirinto pelo Minotauro. Em *Sabedoria da Mitologia* (Edipro) narro essa história pormenorizadamente.

**Discípulo:** A meu ver, Sócrates, há probabilidade nas explicações por ti apresentadas.

**Sócrates:** E se o que digo é verdade, não te parece que os cretenses, concidadãos de Minos e de Radamanto, dispõem das leis mais antigas?

**Discípulo:** É o que parece.

c **Sócrates:** Eles foram, consequentemente, entre os antigos, os melhores legisladores e os melhores aquinhoadores e *pastores de homens*,[32] no sentido em que Homero designa também o bom general do exército como *pastor de povos*.[33]

**Discípulo:** Certamente assim é.

**Sócrates:** Ora, por Zeus, protetor da amizade, se nos perguntam: no que toca ao corpo, o que distribuirá a este o bom legislador, o bom aquinhoador, para tornar o corpo melhor? Poderíamos responder com precisão e brevidade: a nutrição e os exercícios físicos – a primeira para o desenvolvimento do corpo, os segundos para assegurar sua boa compleição.

**Discípulo:** Correto.

d **Sócrates:** Se então, a seguir, nos perguntam: e o que distribuirá o bom legislador e o bom aquinhoador para o aprimoramento da alma?, o que responderíamos a fim de não nos envergonharmos nem de nós mesmos nem de nossa idade?

**Discípulo:** Nesse caso, eu não estaria mais capacitado a responder.

**Sócrates:** É, contudo, verdadeiramente uma vergonha para a alma em cada um de nós ser encontrada numa condição de ignorância do que constitui nela aquilo de que dependem seu bem e seu mal, ao passo que o descobriu no tocante ao corpo e a todo o resto.

---

32. ...ποιμένες ἀνδρῶν... (*poiménes andrôn*).
33. ...ποιμένα λαῶν... (*poiména laôn*).

# Definições

**411a** *(001)* **eterno** (ἀΐδιον [*aídion*]): O que existe em todo o tempo, outrora e agora, sem ser destruído.

*(002)* **deus** (θεός [*theós*]): Ser vivo imortal, autossuficiente para a felicidade; ser eterno, causa da natureza do bem.

*(003)* **geração** (γένεσις [*génesis*]): Movimento para o ser; participação no ser; passagem ao ser.

*(004)* **sol** (ἥλιος [*hélios*]): O único fogo celeste visível aos mesmos observadores desde que nasce até que se põe; o astro diurno; **b** o maior dos seres animados eternos.

*(005)* **tempo** (χρόνος [*khrónos*]): Movimento do sol; medida de sua trajetória.

*(006)* **dia** (ἡμέρα [*heméra*]): Trajetória do sol do seu nascer ao seu poente; luz que se opõe à noite.

*(007)* **aurora** (ἕως [*héos*]): Princípio do dia; primeira luz proveniente do sol.

*(008)* **meio-dia** (μεσημβρία [*mesembría*]): Momento em que a sombra dos corpos é a mais curta.

*(009)* **crepúsculo** (δείλη [*deíle*]): Fim do dia.

*(010)* **noite** (νύξ [*nýx*]): Obscuridade que se opõe ao dia; ausência do sol.

*(011)* **acaso (sorte)** (τύχη [*týkhe*]): Passagem do incerto ao incerto, e causa espontânea de uma ação prodigiosa.

**c** *(012)* **velhice** (γῆρας [*gêras*]): Deterioração do ser animado devida ao decorrer do tempo.

*(013)* **vento** (πνεῦμα [*pneŷma*]): Movimento do ar na região da Terra.

*(014)* **ar** (ἀήρ [*aér*]): Elemento para o qual todo movimento no espaço é natural.

*(015)* **céu** (οὐρανός [*oyranós*]): Corpo que circunda todas as coisas perceptíveis exceto o próprio ar superior.

*(016)* **alma** (ψυχή [*psykhé*]): O que se move a si mesmo; causa dos processos vitais dos seres vivos.

*(017)* **potência (capacidade, faculdade)** (δύναμις [*dýnamis*]): Aquilo que produz por si mesmo.

*(018)* **visão** (ὄψις [*ópsis*]): Faculdade de discernir os corpos.

*(019)* **osso** (ὀστοῦν [*ostoŷn*]): Tutano endurecido pelo calor.

*(020)* **elemento** (στοιχεῖον [*stoikheîon*]): Aquilo de que as coisas complexas são compostas e no que se decompõem.

*(021)* **virtude (excelência)** (ἀρετή [*areté*]): A disposição mais excelente; estado de um ser vivo mortal que é em si mesmo louvável; estado em função do qual quem nele se encontra é considerado bom; justa observância das leis comuns; disposição por conta da qual quem assim se dispõe é considerado perfeitamente bom; estado gerador do acato à lei.

*(022)* **prudência (sabedoria prática)** (φρόνησις [*phrónesis*]): Capacidade que habilita a produzir por si mesma a felicidade humana; ciência do bem e do mal; conhecimento que produz a felicidade; disposição que nos faculta avaliar aquilo que se deve fazer e aquilo que não se deve fazer.

*(023)* **justiça** (δικαιοσύνη [*dikaiosýne*]): Harmonia da alma consigo mesma e perfeita disciplina das partes da alma entre si e em tudo que concerne às suas relações recíprocas; estado que leva a dar a cada um segundo seu mérito; estado que leva a preferir aquilo que parece justo; estado que predispõe a uma conduta de subordinação à lei em nossas vidas; igualdade social; estado que predispõe à obediência das leis.

*(024)* **temperança (autocontrole)** (σωφροσύνη [*sophrosýne*]): Moderação da alma no que se refere aos seus apetites naturais e prazeres; harmonia e disciplina da alma no que toca aos

412a prazeres e dores que a natureza comporta; concórdia da alma quanto a mandar e obedecer; liberdade de ação de acordo com a natureza; disciplina da alma em conformidade com a razão; acordo racional da alma em torno do que é nobre e vil; estado que leva a escolher e a evitar conforme o que é conveniente.

*(025)* **coragem** (ἀνδρεία [*andreía*]): Estado da alma no qual esta não se deixa abalar pelo medo; confiança guerreira; conhecimento das coisas da guerra; firmeza da alma diante do temível e do perigoso; arrojo a serviço da prudência; intrepidez ante a morte; estado da alma em que esta conserva o correto discernimento em situações de perigo; força que contrabalança o perigo; força que persevera na virtude; tranquilidade da alma diante daquilo que, aos olhos do correto discernimento, parece temível ou destituído de perigo; preservação
b de opiniões isentas de covardia a respeito do perigo e a experiência da guerra; estado constante de acato à lei.

*(026)* **autodomínio** (ἐγκράτεια [*egkráteia*]): Capacidade de suportar a dor; obediência ao correto discernimento; poder invencível da convicção baseada no correto discernimento.

*(027)* **autonomia (autossuficiência)** (αὐτάρκεια [*aytárkeia*]): Posse perfeita dos bens; estado que transmite aos que o experimentam o completo controle de si mesmos.

*(028)* **equidade** (ἐπιείκεια [*epieíkeia*]): Condescendência no sentido de abrir mão dos próprios direitos e interesses; moderação nas relações que envolvem negócios; justa medida da alma racional no que toca ao que é nobre e vil.

c *(029)* **fortaleza (firmeza)** (καρτερία [*kartería*]): Resistência à dor em vista do que é nobre; suportar dos esforços árduos e penosos em vista do que é nobre.

*(030)* **confiança** (θάρσος [*thársos*]): [Predisposição de] não prever o mal; imperturbabilidade diante do mal.

*(031)* **impassibilidade (ausência de dor)** (ἀλυπία [*alypía*]): Estado em que nos encontramos insuscetíveis de experimentar dor ou aflição.

*(032)* **laboriosidade (amor ao trabalho)** (φιλοπονία [*philoponía*]): Estado que permite levar a bom termo o que se pro-

pôs; firmeza voluntária; disposição irrepreensível no tocante ao trabalho.

*(033)* **pudor** (αἰδώς [*aidós*]): Abstenção voluntária da temeridade de acordo com a justiça e em função do que é considerado melhor; disposição voluntária para apegar-se ao melhor; o cuidado em evitar as censuras justificadas.

*(034)* **liberdade** (ἐλευθερία [*eleythería*]): Estar no controle da própria vida; direito de em tudo dispor de si mesmo; faculdade de viver como se queira; prodigalidade no uso e posse dos bens.

*(035)* **liberalidade** (ἐλευθεριότης [*eleytheriótes*]): Disposição para enriquecer na medida conveniente; gasto e poupança apropriados das riquezas.

*(036)* **brandura** (πραότης [*praótes*]): Repressão dos impulsos motivados pela cólera; combinação harmoniosa da alma.

*(037)* **decoro** (κοσμιότης [*kosmiótes*]): Submissão voluntária ao que parece melhor; disciplina nos movimentos do corpo.

*(038)* **felicidade** (εὐδαιμονία [*eydaimonía*]): Bem composto de todos os bens; recursos plenamente suficientes para viver bem; perfeição na virtude; no que diz respeito a um ser vivo, ter o que lhe é necessário para ser autossuficiente.

*(039)* **magnificência (grande distinção)** (μεγαλοπρέπεια [*megaloprépeia*]): Dignidade em consonância com o correto julgamento dos homens mais respeitáveis.

*(040)* **argúcia** (ἀγχίνοια [*agkhínoia*]): Qualidade da alma que capacita seu possuidor a discernir o que convém a cada um; perspicácia da mente.

*(041)* **honestidade** (χρηστότης [*khrestótes*]): Sinceridade moral associada à prudência; excelência de caráter.

*(042)* **nobreza (beleza moral)** (καλοκἀγαθία [*kalokagathía*]): Estado que determina a preferência pelo melhor.

*(043)* **magnanimidade (grandeza de alma)** (μεγαλοψυχία [*megalopsykhía*]): Nobreza no trato dos acontecimentos; magnificência de alma unida à razão.

*(044)* **filantropia (amor à humanidade)** (φιλανθρωπία [*philantropía*]): Disposição natural para a afeição pelo ser huma-

no; disposição para ser benéfico ao ser humano; benevolência habitual; lembrança que se manifesta por meio de um benefício.

*(045)* **piedade (devoção religiosa)** (εὐσέβεια [*eysébeia*]): Justiça relativamente aos deuses; capacidade de servir voluntariamente os deuses; concepção correta da honra devida aos deuses; conhecimento das honras devidas aos deuses.

*(046)* **bem** (ἀγαθόν [*agathón*]): O que é em função de si mesmo.

*(047)* **destemor** (ἀφοβία [*aphobía*]): Estado no qual não estamos sujeitos ao medo.

*(048)* **apatia** (ἀπάθεια [*apátheia*]): Estado no qual não estamos sujeitos às paixões.

*(049)* **paz** (εἰρήνη [*eiréne*]): Período de tranquilidade relativamente aos conflitos militares.

*(050)* **indolência** (ῥᾳθυμία [*raithymía*]): Inércia da alma; apatia na parte irascível.

*(051)* **habilidade** (δεινότης [*deinótes*]): Aptidão para alcançar o objetivo particular proposto.

*(052)* **amizade** (φιλία [*philía*]): Acordo sobre o que é nobre e justo; harmonia na vida que se escolheu; harmonia entre nossas opiniões e nossos atos; acordo de vida; permuta de benevolência; permuta de benefícios.

*(053)* **nobreza** (εὐγένεια [*eygéneia*]): Virtude de um caráter generoso; boa orientação da alma no que toca ao discurso e à ação.

*(054)* **escolha** (αἵρεσις [*hairesis*]): Avaliação correta.

*(055)* **benevolência** (εὔνοια [*eýnoia*]): Amabilidade de um ser humano por outro.

*(056)* **parentesco** (οἰκειότης [*oikeiótes*]): Comunidade de raça.

*(057)* **concórdia** (ὁμόνοια [*homónoia*]): Comunidade de todos os seres; harmonia dos pensamentos e das suposições.

*(058)* **contentamento** (ἀγάπησις [*agápesis*]): Acolhida incondicional.

*(059)* **política** (πολιτική [*politiké*]): Ciência do nobre e do útil; ciência que realiza a justiça no Estado.

c (060) **camaradagem** (ἑταιρεία [*hetaireía*]): Amizade entre pessoas da mesma idade formada pelo hábito do relacionamento mútuo.

(061) **bom aconselhamento** (εὐβουλία [*eyboylía*]): Virtude inata do discernimento racional.

(062) **fé** (πίστις [*pístis*]): Concepção correta de que as coisas são como parecem; firmeza de caráter.

(063) **verdade** (ἀλήθεια [*alétheia*]): Estado expresso na afirmação e negação; conhecimento das coisas verdadeiras.

(064) **vontade** (βούλησις [*boýlesis*]): Pendor conforme a correta razão; desejo razoável; desejo natural fundado na razão.

(065) **conselho** (συμβούλευσις [*symboýleysis*]): Advertência feita a uma outra pessoa, relativa a uma ação, com o intuito de indicar-lhe como deve agir.

(066) **oportunidade** (εὐκαιρία [*eykairía*]): O fato de captar o momento propício para sofrer algo ou fazer algo.

d (067) **cautela** (εὐλάβεια [*eylábeia*]): Fuga do mal; cuidado que se tem para se estar vigilante.

(068) **ordem** (τάξις [*táxis*]): Similaridade funcional entre todos os objetos que, em um todo, experimentam relações recíprocas; harmonia na comunidade; causa das relações recíprocas entre a totalidade dos objetos; harmonia no tocante ao aprendizado.

(069) **atenção** (πρόσεξις [*prósexis*]): Esforço realizado pela alma para aprender.

(070) **talento** (εὐφυΐα [*eyphyía*]): Presteza para o aprendizado; boa disposição natural; virtude natural.

(071) **perspicácia** (εὐμάθεια [*eymátheia*]): Talento da alma para aprender com rapidez.

(072) **julgamento** (δίκη [*díke*]): Decisão soberana relativa a algo
e controvertido; controvérsia legal acerca do que é ou não injusto.

(073) **legalidade** (εὐνομία [*eynomía*]): Obediência às boas leis.

(074) **júbilo** (εὐφροσύνη [*eyphrosýne*]): Regozijo vinculado às ações do sábio.

*(075)* **honra** (τιμή [*timé*]): Atribuição de recompensas aos atos virtuosos; dignidade conferida pela virtude; conduta nobre; cultivo da própria dignidade.

*(076)* **zelo** (προθυμία [*prothymía*]): Manifestação de uma vontade ativa.

*(077)* **caridade** (χάρις [*kháris*]): Beneficência voluntária; ação de fazer o bem; auxílio oportuno.

*(078)* **concórdia** (ὁμόνοια [*homónoia*]): Modo de ver comum entre governantes e governados a respeito da forma de governar e ser governado.[1]

*(079)* **república** (πολιτεία [*politeía*]): Comunidade de muitos seres humanos, autossuficientes para viverem com felicidade; comunidade de muitos regidos pela lei.

414a *(080)* **previdência** (πρόνοια [*prónoia*]): Medidas tomadas em vista de acontecimentos futuros.

*(081)* **deliberação** (βουλή [*boylé*]): Exame sobre a forma de tirar proveito de eventos futuros.

*(082)* **vitória** (νίκη [*níke*]): Capacidade de vencer em uma competição ou combate.

*(083)* **destreza** (εὐπορία [*eyporía*]): Discernimento que triunfa sobre algo que foi dito.

*(084)* **dádiva (dom)** (δωρεά [*doreá*]): Permuta de benevolência.

*(085)* **oportunidade** (καιρός [*kairós*]): Momento ideal para obter um proveito; ocasião favorável para obter um bem.[2]

*(086)* **memória** (μνήμη [*mnéme*]): Disposição da alma para conservar a verdade que nela reside.

*(087)* **reflexão** (ἔννοια [*énnoia*]): Empenho do pensamento.

*(088)* **inteligência** (νόησις [*nóesis*]): Princípio do conhecimento.

*(089)* **pureza** (ἁγνεία [*hagneía*]): Vigilância no sentido de evitar
b   as faltas contra os deuses; culto em conformidade com a natureza em honra dos deuses.

*(090)* **interpretação oracular (divinação)** (μαντεία [*manteía*]): Ciência que prevê eventos futuros sem prova.

---

1. Ver o verbete nº 057.
2. Ver o verbete nº 066.

*(091)* **divinação** (μαντική [*mantiké*]): Ciência que especula o presente e o futuro dos seres mortais.

*(092)* **sabedoria** (σοφία [*sophía*]): Ciência sem hipóteses; ciência dos seres eternos; ciência que especula a causa dos seres.

*(093)* **filosofia** (φιλοσοφία [*philosophía*]): Desejo de conhecer os seres eternos; estado no qual se especula o verdadeiro e o que o constitui como tal; aplicação da alma acompanhada da correta razão.

*(094)* **ciência (conhecimento)** (ἐπιστήμη [*epistéme*]): Concepção da alma que não pode ser abalada pela razão; capacidade de conceber uma ou múltiplas coisas sem sofrer abalo da parte da razão; discurso verdadeiro que o pensamento não pode abalar.

*(095)* **opinião** (δόξα [*dóxa*]): Concepção sujeita a ser abalada pela razão; flutuação do pensamento; pensamento que a razão conduz indiscriminadamente tanto ao falso quanto ao verdadeiro.

*(096)* **sensação (percepção)** (αἴσθησις [*aísthesis*]): flutuação da alma; movimento da mente por intermédio do corpo; anúncio concedido aos seres humanos para sua utilidade, do que resulta uma faculdade irracional na alma de cognição por meio do corpo.

*(097)* **estado** (ἕξις [*héxis*]): Disposição da alma graças à qual nos qualificamos desta ou daquela maneira.

*(098)* **voz (som articulado)** (φωνή [*phoné*]): Emissão da boca originária do pensamento.

*(099)* **discurso** (λόγος [*lógos*]): Som articulado em letras capaz de indicar as coisas que existem; linguagem composta de nomes e verbos, mas sem música.

*(100)* **nome** (ὄνομα [*ónoma*]): Locução destituída de conexão que serve para designar aquilo que é predicado na essência e tudo aquilo que é[3] expresso por si.

---

3. Souilhé registra o μή (*mé*) entre colchetes no seu texto e o desconsidera em sua tradução. Burnet o mantém e Hutchinson o traduz em conformidade, ou seja, na negativa. Entendemos que não é ...*não* é expresso por si..., mas sim sem a partícula negativa, o que nos levou a ficar com Souilhé.

*(101)* **locução** (διάλεκτος [*diálektos*]): Voz humana representada por letras; signo comum comunicativo para a compreensão, mas sem música.

*(102)* **sílaba** (συλλαβή [*syllabé*]): Articulação da voz humana representada por letras.

*(103)* **definição** (ὅρος [*hóros*]): Discurso constituído por diferença e gênero.

e *(104)* **prova** (τεκμήριον [*tekmérion*]): Demonstração daquilo que não é evidente.

*(105)* **demonstração** (ἀπόδειξις [*apódeixis*]): Discurso silogístico verdadeiro; argumento elucidativo através de proposições já conhecidas.

*(106)* **elemento do som articulado** (στοιχεῖον φωνῆς [*stoikheîon phonês*]): O som simples que é causa da formação dos demais sons.

*(107)* **útil** (ὠφέλιμον [*ophélimon*]): O que resulta em benefício; a causa do bem.

*(108)* **benéfico** (συμφέρον [*symphéron*]): O que conduz ao bem.

*(109)* **belo (nobre)** (καλόν [*kalón*]): O bem.[4]

*(110)* **bem** (ἀγαθόν [*agathón*]): A causa da preservação dos seres; a causa para a qual tudo tende, do que deriva o que deve ser escolhido.[5]

*(111)* **autocontrolado** (σῶφρον [*sôphron*]): O ordenado da alma.

*(112)* **justo** (δίκαιον [*díkaion*]): Ordem legal que produz justiça.

*(113)* **voluntário** (ἑκούσιον [*hekoýsion*]): Aquilo que se conduz à ação; aquilo que é escolhido por si mesmo; aquilo que é realizado com o pensar;

*(114)* **livre** (ἐλεύθερον [*eleýtheron*]): O que governa a si mesmo.

*(115)* **moderado** (μέτριον [*métrion*]): O meio (mediania) entre o excesso e a insuficiência, constituindo precisamente o que é requerido pela arte.

*(116)* **medida** (μέτρον [*métron*]): A mediania entre o excesso e a insuficiência.

---

4. Burnet não registra esse verbete.
5. Ver o verbete nº 046.

(117) **recompensa da virtude** (ἆθλον ἀρετῆς [*âthlon aretês*]): Recompensa desejável por si mesma.

(118) **imortalidade** (ἀθανασία [*athanasía*]): Substância animada e duração eterna.⁶

(119) **santo** (ὅσιον [*hósion*]): Serviço divino que é agradável ao deus.

(120) **festividade** (ἑορτή [*heorté*]): Tempo sagrado fixado pelas leis.

(121) **ser humano** (ἄνθρωπος [*ánthropos*]): Animal não alado, bípede, de unhas largas; o único ser capaz de receber conhecimento de base racional.

b (122) **sacrifício** (θυσία [*thysía*]): Oferenda de uma vítima a um deus.

(123) **oração** (εὐχή [*eykhé*]): Pedido dirigido aos deuses pelos seres humanos visando à obtenção do que é bom, ou parece sê-lo.

(124) **rei** (βασιλεύς [*basileýs*]): Soberano que governa segundo leis que dispensam prestação de contas; chefe supremo da organização política.

(125) **comando (governo)** (ἀρχή [*arkhé*]): Administração de tudo.

(126) **magistratura (autoridade legal)** (ἐξουσία [*exoysía*]): Poder discricionário dado pela lei.

(127) **legislador** (νομοθέτης [*nomothétes*]): Criador das leis segundo as quais o Estado será governado.

(128) **lei** (νόμος [*nómos*]): Decisão política de muitas pessoas não limitada a um determinado tempo.

(129) **hipótese** (ὑπόθεσις [*hypóthesis*]): Princípio indemonstrável; síntese de um discurso.

(130) **decreto** (ψήφισμα [*pséphisma*]): Decisão política limitada a um tempo determinado.

c (131) **político (estadista)** (πολιτικός [*politikós*]): Aquele que sabe organizar o Estado.

---

6. Hutchinson sugere uma alteração razoável e convincente: em lugar de οὐσία ἔμψυχος ἀκαὶ ἴδιος μονή (*usía émpsykhos kaì aídios moné*), οὐσίας ἔμψυχου ἀΐδιος μονή (*usias émpsykhu aídios moné*): duração eterna de substância animada.

*(132)* **Estado (cidade-Estado, cidade)** (πόλις [*pólis*]): Lugar de residência de muitos seres humanos que obedecem a decisões tomadas em comum; conjunto de muitos seres humanos que vivem submetidos à mesma lei.

*(133)* **excelência do Estado** (πόλεως ἀρετή [*póleos areté*]): Estabelecimento de uma correta Constituição.

*(134)* **arte bélica** (πολεμική [*polemiké*]): Experiência na guerra.

*(135)* **aliança militar** (συμμαχία [*symmakhía*]): União para a guerra.

*(136)* **preservação (salvação)** (σωτηρία [*sotería*]): Ação de se conservar íntegro e seguro.

*(137)* **tirano** (τύραννος [*týrannos*]): Governante que rege um Estado de acordo com suas próprias ideias pessoais.

*(138)* **sofista** (σοφιστής [*sophistés*]): Caçador remunerado de jovens ricos e ilustres.

*(139)* **riqueza** (πλοῦτος [*ploŷtos*]): Posse suficiente para uma vida feliz; abundância de bens conduzente à felicidade.

*(140)* **depósito** (παρακαταθήκη [*parakatathéke*]): Algo entregue em confiança.

*(141)* **purificação** (κάθαρσις [*kátharsis*]): Separação do pior do melhor.

*(142)* **vencer** (νικᾶν [*nikân*]): Levar a melhor em uma luta.

*(143)* **pessoa boa** (ἀγαθὸς ἄνθρωπος [*agathòs ánthropos*]): Aquela que realiza o bem ao ser humano.

*(144)* **autocontrolado** (σώφρων [*sóphron*]): Aquele que tem desejos moderados.[7]

*(145)* **autodisciplinado** (ἐγκρατής [*egkratés*]): Aquele que domina as partes da alma que entram em conflito com a correta razão.

*(146)* **probo** (σπουδαῖος [*spoydaîos*]): Aquele que é plenamente bom; aquele que possui a virtude que lhe é própria.[8]

*(147)* **preocupação** (σύννοια [*sýnnoia*]): Pensamento penoso destituído de razão.

---

7. Ver o verbete nº 111, inclusive com diferença ortográfica.
8. Burnet: ...*aquele que possui a virtude própria aos seres humanos...* .

*(148)* **dificuldade (no aprendizado)** (δυσμαθία [*dysmathía*]): Lentidão para aprender.

*(149)* **despotismo** (δεσποτεία [*despoteía*]): Autoridade sem responsabilidade, porém justa.

*(150)* **antifilosofia** (ἀφιλοσοφία [*aphilosophía*]): Estado no qual aquele que o experimenta odeia argumentos.

*(151)* **medo** (φόβος [*phóbos*]): Terror da alma na expectativa de um mal.

*(152)* **paixão** (θυμός [*thymós*]): Impulso violento e irrefletido da alma irracional...[9]

*(153)* **terror** (ἔκπληξις [*ékplexis*]): Medo na expectativa de um mal.

*(154)* **lisonja** (κολακεία [*kolakeía*]): Fazer companhia com o objetivo de agradar sem ater-se ao que é o melhor; o estado de se relacionar por prazer excedendo o moderado.

*(155)* **cólera** (ὀργή [*orgé*]): Impulso para a vingança da parte passional da alma.

*(156)* **insolência** (ὕβρις [*hýbris*]): Injustiça que leva a atitudes insultuosas.

*(157)* **desregramento** (ἀκρασία [*akrasía*]): Estado violento que, desprovido da correta razão, norteia-se para o que parece ser prazeroso.

*(158)* **preguiça** (ὄκνος [*óknos*]): Fuga do trabalho; covardia paralisante dos impulsos.

*(159)* **princípio** (ἀρχή [*arkhé*]): Causa primeira do ser.[10]

*(160)* **calúnia** (διαβολή [*diabolé*]): Discurso que divide os amigos.

*(161)* **oportunidade** (καιρός [*kairós*]): Momento apropriado para sofrer uma ação ou produzir uma ação.[11]

*(162)* **injustiça** (ἀδικία [*adikía*]): Estado que leva ao desprezo das leis.

---

9. ...*sem ser ordenado pela inteligência*..., que é acrescentado, embora com reservas, por Burnet. Souilhé registra νοῦς τάξεως (*noŷs táxeos*) entre colchetes, mas o rejeita.

10. Ver o verbete nº 125.

11. Ver os verbetes n[os] 066 e 085.

*(163)* **pobreza** (ἔνδεια [*éndeia*]): Escassez de bens.

*(164)* **vergonha** (αἰσχύνη [*aiskhýne*]): Medo na expectativa da má reputação.

*(165)* **pretensão** (ἀλαζονεία [*alazoneía*]): Estado no qual nos atribuímos um bem ou bens que não possuímos.

*(166)* **erro** (ἁμαρτία [*hamartía*]): Ato que contraria a correta razão.

*(167)* **inveja** (φθόνος [*phthónos*]): Dor produzida pelos bens dos quais fruem ou fruíram os amigos.

*(168)* **impudência** (ἀναισχυντία [*anaiskhyntía*]): Estado da alma que leva a suportar a desonra por amor ao ganho.

*(169)* **temeridade** (θρασύτης [*thrasýtes*]): Audácia excessiva diante de perigos que não devem ser enfrentados.

*(170)* **prodigalidade do ambicioso** (φιλοτιμία [*philotimía*]): Estado da alma que induz a agir prodigamente com relação a despesas de maneira irracional.

*(171)* **má natureza** (κακοφυΐα [*kakophyía*]): Maldade natural e erro do que é natural; enfermidade do que é natural.

*(172)* **esperança** (ἐλπίς [*elpís*]): Expectativa do bem.

*(173)* **loucura** (μανία [*manía*]): Estado destrutivo do juízo verdadeiro.

*(174)* **tagarelice** (λαλιά [*laliá*]): Desregramento irracional no discurso.

*(175)* **contrariedade** (ἐναντιότης [*enantiótes*]): A maior distância entre objetos de gênero idêntico que incorrem em alguma diferença.

*(176)* **involuntário** (ἀκούσιον [*akoýsion*]): O que é realizado sem pensar.

*(177)* **educação** (παιδεία [*paideía*]): Capacidade que serve à alma.

*(178)* **obra educativa** (παίδευσις [*paídeysis*]): Transmissão de educação.

*(179)* **arte legislativa** (νομοθετική [*nomothetiké*]): Conhecimento de como produzir um bom Estado.

*(180)* **admoestação** (νουθέτησις [*noythétesis*]): Censura feita ponderadamente; discurso que visa a desviar do erro.

*(181)* **socorro** (βοήθεια [*boétheia*]): Prevenção de um mal presente ou iminente.

*(182)* **castigo** (κόλασις [*kólasis*]): Tratamento dado à alma devido a um erro passado.

*(183)* **potência (capacidade)** (δύναμις [*dýnamis*]): Superioridade na ação ou no discurso; estado que torna capaz aquele que o experimenta ou possui; força natural.[12]

*(184)* **preservar (salvar)** (σῴζειν [*sóizein*]): Conservar são e salvo.

---

12. Ver o verbete nº 017.

# Da Justiça

PERSONAGENS DO DIÁLOGO:
**Sócrates e um anônimo**

372a  Podes dizer-me o que é o justo? Não achas que vale a pena discutir essa questão?

Acho positivamente que sim.

Pois então o que é?

Bem, o que poderia ser exceto o que é estabelecido como justo pelo costume?

Não me respondas desse modo. Se me perguntasses o que é o olho, eu te responderia que é aquilo por meio do que vemos; e se me pedisses para demonstrá-lo, eu o demonstraria. Se me perguntasses ao que damos o nome de alma, eu responderia que é àquilo por meio do que apreendemos o conhecimento, e se me perguntasses ainda o que é a voz, eu responderia que é aquilo por meio do que falamos. Dessa mesma maneira, diz-me agora o que é o justo por referência a como o usamos, tal como acabei de perguntar-te.

Possivelmente eu não possa responder-te desse modo.

Bem, visto que não podes fazê-lo desse modo, talvez seja mais fácil para nós o conseguirmos deste outro modo, a saber, ao que nos referimos quando queremos distinguir o que é mais longo do que é mais curto. Nossa referência não é um instrumento de medida?

Sim.

E, munidos do instrumento de medida, recorremos a que arte? Não será à arte da medição?

373a    Sim, é à arte da medição.

E para distinguir aquilo que é leve daquilo que é pesado? Não o fazemos com uma balança?

Sim.

E usando a balança, a que arte recorremos? À arte da pesagem, não é mesmo?

Certamente.

E, agora, para distinguir o que é justo do que é injusto, qual o instrumento que utilizamos para examiná-los, e tendo o instrumento, à que arte recorremos para lidarmos com eles? Ou este modo também não te parece claro?

Não.

Retomemos a questão desta outra maneira. Quando discordamos sobre o que é maior ou menor, que é que decide por nós? São os medidores, não é mesmo?

Sim.

b    E quando se trata da quantidade, grande ou pequena, quem é que decide? Não são os calculadores?

Evidentemente.

E quando é a questão do justo e do injusto que constitui nosso objeto de discordância, a quem recorremos? Quem são aqueles que decidem por nós em todos esses casos? Responde.

Tu te referes aos juízes, Sócrates?

Muito bem. Agora, tenta responder a esta outra pergunta. O que fazem os medidores quando estimam o que é grande e o que é pequeno? Medem, não é mesmo?

Sim.

E para distinguir o que é pesado do que é leve, o que fazem os instrumentos de pesagem? Pesam, não é mesmo?

Certamente pesam.

E quanto ao que toca às grandes ou pequenas quantidades, o que fazem os calculadores? Não calculam?

Sim.

c    E no que diz respeito ao que é justo e o que é injusto? Responde.

Não sei.
*Falam,* não é mesmo?
Sim.
É, portanto, falando que os juízes decidem por nós ao se pronunciarem sobre o justo e o injusto?
Sim.
E é medindo que os medidores decidem no que respeita a dimensões grandes ou pequenas, uma vez que é por meio do instrumento de medida que avaliam nessas matérias.
Certamente.
É pesando que se decide a respeito dos objetos pesados e leves, visto que é por meio da balança que se avalia em tal matéria.
De fato é.
É contando que os calculadores determinam as quantidades maiores ou menores, uma vez que é pelo número que se julga nessas matérias.
Decerto.
E é falando, como acabamos de concordar, que os juízes decidem por nós quanto ao justo e o injusto, posto que é por meio da palavra que se julga nessas matérias.
Dizes bem, Sócrates.
Sim, porque foi verdadeiramente dito: o discurso, aparentemente, decide o que é justo e o que é injusto.
Certamente é o que parece.
O que são, afinal, o justo e o injusto? Por exemplo, se nos perguntam: "Visto que o instrumento de medida, a mensuração, o medidor decidem o que é maior ou menor, o que são então o maior e o menor?" Responderemos: o maior é o que supera, ao passo que o menor é o que é superado. "Visto que a determinação do pesado e do leve é feita por meio da balança, da estática e do indivíduo que pesa, o que são o pesado e o leve?" Responderemos: é pesado o que faz baixar o prato da balança, enquanto é leve o que o faz subir. Analogamente e por via de consequência, se nos dizem: "Visto que é o discurso, a arte do juiz e o juiz que decidem para nós quanto ao justo e o injusto, o que devemos

entender por justo e injusto?" Que teremos neste caso para dar como resposta? Seremos incapazes de responder?

Somos incapazes de fazê-lo.

374a Achas que é voluntariamente que as pessoas cometem injustiça, ou é involuntariamente? O que quero dizer é se pensas que cometem injustiça e são injustos o desejando ou sem desejá-lo?[1]

Sem dúvida, o desejando, Sócrates, posto que são más.

Portanto, para ti os seres humanos são maus e injustos voluntariamente?

Sim... para ti não?

Não, ao menos a crermos no poeta.

Que poeta?

Aquele que disse:

*Ninguém é voluntariamente perverso*[2] *ou involuntariamente bem-aventurado.*[3]

Mas, Sócrates, há o velho provérbio que diz que os bardos[4] mentem com frequência.

b  Ficaria surpreso se nesse caso o nosso bardo fosse falso. De resto, se dispões de tempo, poderíamos averiguar se ele mente ou diz a verdade.

Disponho de tempo.

Ora, a teu ver o que é justo: mentir ou dizer a verdade?

Obviamente dizer a verdade.

Do que concluímos que mentir é injusto?

Sim.

---

1. Ver *Hípias Menor* (Diálogos II) e *As Leis*, Livro IX, 860d e seguintes.
2. ...πονηρός... (*ponerós*). Como assinalado por Souilhé, o autor emprega a palavra no sentido que se ajusta à teoria socrática ou platônica de que *o ser humano não pode cometer a injustiça voluntariamente*, e não no sentido primordial de *poneros* contemplado pelo poeta, ou seja, o de *infeliz, desventurado*.
3. A identidade deste poeta chega a ser polêmica. É possível que o autor se refira a Sólon de Atenas, o mesmo grande legislador. Souilhé o classifica de desconhecido. Há quem o indique e nomeie explicitamente: Epicarmo de Siracusa, poeta cômico.
4. ...ἀοιδοί... (*aoidoí*), literalmente cantores, mas por extensão, poetas, já que os bardos gregos geralmente declamavam ou cantavam seus poemas.

E no caso de enganar ou não enganar?
Evidentemente não enganar.
Enganar, portanto, é injusto?
Sim.
E, ainda, causar dano é justo, ou o que é justo é prestar ajuda?
Prestar ajuda.
E, portanto, causar dano é injusto?
Sim.

c A conclusão é que dizer a verdade, não enganar, prestar ajuda são atos justos, enquanto mentir, causar dano, enganar são ações injustas.
Por Zeus, é decididamente isso.
E mesmo se tratando dos inimigos?
Certamente não!
É justo, porém, causar dano aos inimigos e injusto prestar-lhes ajuda?
Sim.[5]
Consequentemente, é justo enganá-los tanto quanto causar-lhes dano?
E por que não o seria?
Além disso, mentir para enganá-los e para causar-lhes dano, não é justo?
Sim.

d E ajudar os amigos? Não admites ser isso justo?
Evidentemente.
Quer não os enganando, quer os enganando, desde que seja do interesse deles?
Por Zeus! Também os enganando.
É, portanto, justo ser-lhes útil enganando-os, mas não mentindo, ou inclusive mentindo?
Mesmo mentindo é justo.

---

5. Ver Xenofonte, *Ditos e Feitos Memoráveis de Sócrates*, Livro IV, e Platão, *A República*, Livro I, 332d-336, quanto à divergência doutrinária entre o Sócrates de Xenofonte e aquele de Platão. Ambas essa obras constam em *Clássicos Edipro*.

Do que se evidencia que mentir e dizer a verdade é simultaneamente justo e injusto.

Sim.

E, analogamente, não enganar e enganar é justo e injusto.

É o que se evidencia.

E do mesmo modo causar dano e prestar ajuda é justo e injusto.

Sim.

e  Assim, parece que essas coisas são todas justas e injustas.

É o que me parece.

Escuta: tenho um olho direito e um esquerdo como todas as pessoas?

Sim.

Uma narina direita e uma esquerda?

Com certeza.

Uma mão direita e uma esquerda?

Sim.

Ora, embora os chame pelo mesmo nome, dizes que uns são direitos e outros esquerdos. Se te pergunto qual é qual, não serias capaz de dizer que estes, deste lado, são direitos e os do outro são esquerdos?

Sim.

Voltemos, pois, ao nosso ponto. Embora designes as mesmas ações tanto como justas quanto injustas, podes dizer-me quais

375a  são justas, quais são injustas?

Na minha opinião, todas as que são executadas oportunamente e no momento favorável são justas, ao passo que as que são executadas não oportunamente são injustas.

Tua ideia é boa. Assim, toda aquele que realiza todas essas ações oportunamente age justamente, enquanto aquele que as realiza não oportunamente age injustamente?

Sim.

Por conseguinte, aquele que realiza as ações justas é justo, ao passo que aquele que realiza ações injustas é injusto?

É isso.

Bem, e quem é capaz de oportunamente cortar, cauterizar, ou produzir emagrecimento?

O médico.

Por que ele sabe como fazê-lo ou por alguma outra razão?

Porque ele sabe como fazê-lo.

E quem é capaz de oportunamente cultivar, arar e plantar?

O agricultor.

b Por que ele sabe como fazê-lo ou por que não sabe?

Porque sabe.

E isso não é aplicável a todas as outras coisas? Aquele que sabe é capaz de realizar o que convém, se e quando convém, enquanto aquele que não sabe é incapaz disso?

É assim.

E então no que diz respeito a mentir, enganar, causar dano, aquele que sabe é capaz de executar todas essas ações de maneira
c oportuna e favorável, enquanto aquele que não sabe, não?

Dizes a verdade.

E, por conseguinte, aquele que realiza tudo isso oportunamente é justo?

Sim.

E realiza tudo isso graças ao conhecimento?

Não há a menor dúvida.

Então uma pessoa justa é justa devido ao seu conhecimento.

Sim.

Entretanto, quanto à pessoa injusta, não é devido ao contrário do justo que é injusta?

É o que me parece.

Bem, o justo é justo devido à sabedoria.

Sim.

É, portanto, devido à ignorância que a pessoa injusta é injusta.

Suponho que sim.

Consequentemente, parece que justiça é aquilo que nossos ancestrais nos legaram como sabedoria, ao passo que injustiça é o
d que nos legaram como ignorância.

Parece que sim.
Todavia, os seres humanos são ignorantes voluntária ou involuntariamente?
Involuntariamente.
E, portanto, também involuntariamente que são injustos?
É o que parece.
E os injustos são maus?
Sim.
Então é involuntariamente que são maus e injustos?
Sim, inteiramente.
E é porque são injustos que cometem injustiça?
Sim.
E, portanto, involuntariamente?
Não há dúvida.
Bem, não é pelo involuntário que é produzido o voluntário.
Com certeza, não.
E é porque se é injusto que se produz a ação injusta.
Sim.
O fato de ser injusto é involuntário?
Involuntário.
A conclusão é que é involuntariamente que se comete injustiça e que somos injustos e maus involuntariamente.
Involuntariamente – ao menos é o que parece.
Portanto, no que se refere a isso o poeta não mentiu.
Parece que não.

# Da Virtude

## PERSONAGENS DO DIÁLOGO:
### Sócrates e o treinador de cavalos[1]

376a   A virtude é passível de ser ensinada? Se não é, os *homens*[2] se tornam bons por natureza ou de alguma outra maneira?

b   Não posso, de momento, dar-te uma resposta, Sócrates.

Bem, abordemos da seguinte forma a questão: se alguém desejasse adquirir a virtude[3] que produz os cozinheiros hábeis, como a adquiriria?

Obviamente ingressando na escola onde os bons cozinheiros ensinam.

E se desejasse tornar-se um bom médico, a quem se dirigiria para se tornar um bom médico?

Evidentemente a algum dos bons médicos.

E se desejasse adquirir a virtude que produz os hábeis carpin-
c   teiros?

Aos carpinteiros.

---

1. Ἱπποτρόφος (*Hippotrófos*).
2. ...ἄνδρες... (*andres*), ou seja, a referência de Sócrates é aos seres humanos do sexo masculino. Em todo este diálogo (com apenas três exceções), o autor usa sempre ἀνήρ (*anér*) e nunca ἄνθρωπος (*ánthropos*), vinculando assim a virtude exclusivamente ao homem.
3. ...ἀρετήν... (*aretén*), genericamente qualidade pela qual alguém se destaca com grande competência em qualquer arte ou atividade (excelência). A palavra *aqui* não tem sentido estritamente moral.

E se quisesse adquirir a virtude que produz *homens*[4] bons e sábios, aonde deveria ir para aprendê-la?

Essa virtude, se realmente puder ser aprendida, encontra-se, suponho, junto aos *homens* bons, pois onde mais poderia estar?

Vejamos então quais foram esses *homens* bons entre nós a fim de descobrirmos se são eles que tornam os homens bons.

Tucídides, Temístocles, Aristides e Péricles.[5]

d   É possível para nós indicarmos o nome do mestre de cada um deles?

Não, não é possível. Jamais ouvi falar de qualquer um deles.

Todavia, poderíamos indicar o nome de um discípulo, estrangeiro ou concidadão, ou qualquer outra pessoa, livre ou escravo, que tenha se tornado sábio e bom graças à companhia deles?

Não ouvi falar de ninguém.

Terá sido, então, o zelo extremado ou ciúme que os impediu de comunicar a virtude aos outros seres humanos[6]?

Talvez.

[Teriam agido assim] para não ter rivais, como os cozinheiros, os médicos, os carpinteiros? De fato, não é vantajoso para eles ter muitos rivais e viver entre muitas pessoas semelhantes. É analogamente desvantajoso para *homens* de bem viver entre homens como eles próprios?

É provável.

Os homens de bem, contudo, não são ao mesmo tempo justos?

Sim.

Haveria alguém para quem fosse vantajoso viver não entre homens bons, mas entre os maus?

---

4. Ver nota 2.
5. Tucídides: ilustre político ateniense contemporâneo e opositor de Péricles (não confundir com o famoso historiador), ver *Mênon*, 94c, *Laques*, 179a e *Teages*, 130a; Temístocles (527?-460? a.C.): insigne político e general ateniense, ver *Mênon*, 93c; Aristides (530?-468? a.C.): renomado político e general ateniense, ver *Mênon*, 93a e *Laques*, 179a; Péricles (495?-429 a.C.): conceituadíssimo político e general ateniense e principal instaurador da democracia, ver *Mênon*, 93b.
6. ...ἀνθρώποις... (*anthrópois*).

Não saberia dar uma resposta para essa pergunta.

Será que não poderias também responder a esta: é próprio dos bons causar dano e próprio dos maus serem úteis, ou é exatamente o contrário?

O contrário.

377a  Consequentemente, os bons são úteis e os maus prejudiciais?

Sim.

Haveria alguém que preferisse sofrer um dano a ser ajudado?

Claro que não.

Portanto, ninguém prefere viver entre os maus a viver entre os bons?

Correto.

Portanto nenhum homem de bem se recusará, por excesso de zelo ou ciúme, a tornar um outro homem bom e semelhante a ele.

Parece-me que não, ao menos após ter escutado esse discurso.

Ouviste dizer, não é mesmo, que Temístocles tinha um filho chamado Cleofanto?

Ouvi dizer.

b  Ora, fica patente que Temístocles não se furtou, devido a excesso de zelo ou ciúme, a tornar seu filho o melhor possível – Temístocles, um homem que não se recusaria a prestar seus serviços a ninguém, a julgarmos que era verdadeiramente bom. E admitimos que era.

Sim.

Sabes, também, que Temístocles instruiu o filho para que fosse um bom e hábil cavaleiro. Ele tornou-se capaz de cavalgar firme e ereto e, dessa posição, arremessar um dardo, além de realizar todos os tipos de proezas impressionantes. Temístocles também lhe ensinou muitas outras coisas e providenciou para que recebesse instrução em todas as ciências que bons mestres podiam ensinar. Não ouviste a respeito disso da geração mais velha?

Ouvi.

c  A conclusão é que ninguém poderia apontar criticamente a capacidade natural desse filho como má.

Depois do que tu disseste, isso não seria justo.

E quanto a isso? Algum dia ouviste alguém – jovem ou velho – declarar que Cleofanto, o filho de Temístocles, era um homem bom e sábio da maneira que seu pai era sábio?

Jamais.

Entretanto, seria cabível imaginarmos que esse pai tenha querido construir a educação de seu filho, mas que não tenha procurado o tornar melhor do que o último de seus vizinhos na sabedoria da qual ele próprio desfrutava, na hipótese da virtude poder realmente ser ensinada?

Isso seria improvável.

E, no entanto, ele foi precisamente o tipo de mestre da virtude que sugeriste. Mas passemos agora a um outro homem, Aristides, que educou Lisímaco. Proporcionou-lhe a melhor educação que Atenas podia possibilitar através de seus mestres, mas não o tornou com isso melhor do que qualquer outro indivíduo. Tanto tu quanto eu conhecemos e convivemos com essa pessoa.

Sim.

Estás ciente de que Péricles também educou seus filhos Páralo e Xantipo. Na verdade, acho que estavas apaixonado pelo segundo deles. Bem, desses dois jovens, como sabes, ele fez cavaleiros comparáveis a qualquer ateniense; providenciou que aprendessem as artes das Musas e o atletismo: em síntese, todas as artes passíveis de serem ensinadas. Assim, não eram indivíduos inferiores a ninguém. Não era, portanto, sua vontade fazer deles homens bons?

Talvez tivessem se tornado homens bons, Sócrates, se não houvessem morrido jovens.

Vens em socorro de teu namorado... o que é justo, mas se a virtude pudesse ser ensinada e se ele tivesse sido capaz de transformar seus filhos em homens de bem, Péricles teria começado por ensinar-lhes sua própria virtude, de preferência a ensinar-lhes as artes das Musas ou o atletismo. Contudo, parece que a virtude não é ensinável, visto que Tucídides, de sua parte, educou dois filhos, Melésias e Estéfano, não podendo tu, nesse caso, declarar a favor deles o que declaraste a respeito dos filhos de Péricles, já que um deles, como estás ciente, atingiu o limiar da velhice, enquanto o outro o ultrapassou. Bem, indiscutivelmente, o pai deles lhes ofereceu perfeita instrução em todas as coisas. Particularmente no que toca à luta, entre todos os atenienses, ninguém recebeu melhor formação do que eles. Xantias foi o instrutor de um deles, enquanto Eudoro foi o instrutor do outro, esses dois mestres tendo sido os mais hábeis lutadores dessa época.

Sim.

b Seria de se crer, então, que ele providenciasse para seus filhos o aprendizado de conhecimentos, que representava para si um custo tão alto quando, sem nada gastar, teria podido deles fazer homens de bem? Não teria ele lhes ensinado a ser bons se isso pudesse ser ensinado?

Isso parece bastante provável.

Talvez, então, Tucídides fosse um indivíduo insignificante e não dispusesse de muitos amigos em Atenas e entre seus aliados. Talvez negássemos que ele pertencia a uma família ilustre e que seu prestígio foi grande tanto nesta cidade quanto em toda a Grécia. Assim, se a virtude pudesse ser ensinada, ele teria descoberto
c alguém entre seus concidadãos ou entre os estrangeiros que teria feito homens bons de seus filhos, caso ele próprio não dispusesse de tempo para isso devido a estar ocupado com seus negócios políticos. Entretanto, meu amigo, de fato receio seriamente que a virtude não possa ser ensinada.

Talvez não possa.

E na hipótese de não podermos ensiná-la, será que nascemos naturalmente virtuosos? Se examinarmos esta questão da maneira que se segue, talvez o descubramos. Ora, há cavalos naturalmente bons?

Há.

Há também seres humanos[7] cujo ofício é o reconhecimento de
d cavalos de bom pendor natural, aqueles que são fisicamente bem constituídos tornando-se aptos para a corrida, e quanto à sua natureza, aqueles que são fogosos ou destituídos de impetuosidade?

Sim.

---

7. ...ἄνθρωποι... (ánthropoi).

E qual é esse ofício? Que nome lhe damos?

Hípica.[8]

No caso dos cães, do mesmo modo há um ofício ou arte que têm a função de distinguir os cães de bom pendor natural daqueles de mau pendor?

Há.

Qual é?

A arte venatória.[9]

e No que diz respeito ao ouro e à prata, há examinadores que os inspecionam e julgam se são de boa qualidade ou não [para a fabricação de moedas]?

Sim, há.

E como os chamas?

Ensaiadores de minérios.[10]

E os instrutores de ginástica, após o devido exame, reconhecem os pendores naturais dos corpos humanos, julgam os que são apropriados ou não aos vários exercícios e, no tocante aos velhos ou jovens, quais são os corpos detentores de algum valor e dos quais se pode esperar o bom desempenho das atividades que lhes cabem.

É verdade.

Bem, o que tem maior importância para os Estados: bons cavalos, bons cães e similares, ou homens de bem?

Homens de bem.

379a  Ora, achas que se houvesse naturezas bem dotadas para a virtude humana, os seres humanos não reuniriam todos os seus esforços para descobri-las?

---

8.  ...Ἱππική... (*Hippiké*), a rigor, conceito mais amplo do que equitação, que é fundamentalmente a arte de cavalgar. A hípica inclui a equitação, porém abrange quase tudo o que diz respeito ao cavalo, tal como domá-lo, cuidar dele, alimentá-lo etc.

9.  ...κυνηγετική... (*kynegetiké*), ou seja, tanto a arte de caçar com matilha quanto o ofício paralelo e, na prática, exercido anteriormente, de selecionar e cuidar dos cães.

10. ...ἀργυρογνώμονας... (*argyrognómonas*), literalmente *conhecedores ou julgadores da prata* (as primeiras moedas confeccionadas – quer dizer, o primeiro *dinheiro* fabricado – eram de *prata*).

É muito provável que sim.

E podes, então, indicar-me uma arte que tenha sido criada para se ocupar das próprias naturezas desses homens virtuosos e que nos facultasse distingui-los?

Não posso.

E, contudo, ela seria valiosíssima, tanto quanto aqueles que a possuíssem, pois estes seriam capazes de nos apontar os jovens, ainda na infância, promissores para se tornarem homens bons.

b Nós os tomaríamos e os guardaríamos na acrópole em nome e às expensas do Estado, tão ciosamente quanto a prata, e ainda com maior zelo, para que não sofressem mal algum nas batalhas e não se expusessem a qualquer outro perigo – mas que reservados para o Estado, se tornassem guardiões e benfeitores quando atingidos pela velhice.

Todavia, receio muito que nem a natureza nem o ensino transmitem aos seres humanos[11] a virtude.

E como então, Sócrates, na tua opinião, eles a obterão, se não a possuem naturalmente nem pode ser ensinada? Qual o outro
c meio disponível para se tornar bom?

Creio não ser fácil explicá-lo. Todavia, suspeito que se trata, sobretudo, de uma espécie de dom divino e que os homens se tornam bons como os profetas e os intérpretes de oráculos. Não é graças à natureza ou à arte que se tornam o que são, mas sim graças à inspiração divina. Assim, do mesmo modo, os homens bons, por força de uma inspiração divina, anunciam para seus
d Estados qual deverá ser o desfecho dos acontecimentos e tudo o que deverá ocorrer muito melhor, e com muito maior clareza, do que os intérpretes de oráculos. As mulheres expressam-se assim: aquele é um homem divino,[12] enquanto os lacedemônios, quando desejam louvar formidavelmente alguém, chamam-no de homem divino. Homero, tanto quanto os outros poetas, costumam utilizar essa expressão. De fato, quando um deus deseja a felicidade de um Estado, faz nele surgirem homens de bem;

---

11. ...ἀνθρώποις... (*anthrópois*).
12. ...Θεῖος ἀνήρ. (*Theios anér*).

quando, ao contrário, um Estado deve sofrer a infelicidade, o deus suprime tais homens dele.

Assim, a conclusão, pelo que parece, é que nem o ensino, nem a natureza conferem a virtude. Aos seus possuidores foi concedida uma graça divina.

# DEMÓDOCO
## (OU DO ACONSELHAMENTO)

380a   Tu me solicitas,[1] Demódoco,[2] que vos aconselhe acerca das questões que desejais discutir em vossa reunião. Ocorreu-me, entretanto, examinar qual o significado de vossa própria assembleia, do zelo daqueles que pretendem aconselhar-vos e do voto[3] que cada um de vós tenciona dar.

Por um lado, se é impossível proporcionar um aconselhamento correto e competente acerca das questões pelas quais vos reunis com a intenção de deliberar, não seria ridículo compor b uma assembleia para deliberar sobre essas questões diante da impossibilidade de proporcionar, com respeito a elas, um aconselhamento correto? Por outro lado, na hipótese de ser possível fornecer um aconselhamento correto e competente, como deixar de ser despropositado não haver nenhum conhecimento que permitisse fornecer esse aconselhamento correto e competente? E caso haja um conhecimento que possibilita fornecê-lo, não seria necessário que houvesse igualmente pessoas detentoras do conhecimento requerido para proporcionar um aconselhamento acerca dessas mesmas matérias? E se houver pessoas detentoras do conhecimento requerido para vos fornecer um aconselhamen-

---

1. É presumível que, embora não nomeado, o autor tenha em mente Sócrates.
2. Figura historicamente real, pai de Teages. Ver *Apologia de Sócrates*, 33e.
3. ...ψῆφος... (*psêphos*), literalmente pequena pedra polida pelo efeito da fricção provocada pela água, seixo. Os antigos gregos a utilizavam como se fosse uma cédula de votação, depositando-a em uma urna.

to sobre as matérias que desejais discutir em vossa assembleia,
c   não é necessário que vós mesmos possuam tal conhecimento, ou
que não o possuam, ou que entre vós alguns o possuam, outros
não? Se todos vós possuís esse conhecimento, qual a utilidade
de vos reunirdes para deliberar? Cada um de vós já é competente para dar aconselhamento. Mas se nenhum de vós possui
esse conhecimento, como poderíeis deliberar? E qual seria para
vós a utilidade de uma assembleia composta de pessoas incapazes de deliberar? Contudo se, entre vós, alguns possuem o
conhecimento, enquanto outros não o possuem e, consequentemente, necessitam aconselhamento, no caso em que seja possível
d   a um homem prudente aconselhar pessoas inexperientes, bastaria
um só obviamente para vos conceder tal aconselhamento, quero
dizer, a vós que careceis de conhecimento. Não é verdade, afinal, que aqueles que sabem disponibilizam conselhos idênticos?
Tudo que deveríeis fazer seria ouvir esse homem e depois disso
dissolverdes a assembleia e vos separardes. Ao contrário, quereis ouvir muitos conselheiros. Imaginais, no entanto, que todos
os que se prestam a contribuir no sentido de vos dar seu aconselhamento desconhecem as matérias a respeito das quais estão
aconselhando, pois se imaginásseis que realmente as conhecessem, dar-vos-ia por satisfeitos por ter escutado apenas um deles.
381a   Ora, não é verdadeiramente absurdo vos reunirdes para escutar
indivíduos que carecem de conhecimento e que creem com isso
realizar algo de útil?

É isso que me causa perplexidade em relação a vossa assembleia.

Por outro lado, alimento certas dúvidas no que tange ao zelo
dos que pretendem vos aconselhar. Imaginai que, embora estejam
aconselhando sobre os mesmos objetos, não fornecem o mesmo
conselho. Nesse caso, como podem todos eles estar proporcionando correto aconselhamento se não estão proporcionando o
b   aconselhamento proporcionado pelo conselheiro que tem razão?
E como não encarar como absurdo esse zelo de pessoas prontas
a proporcionar conselhos sobre questões para as quais não têm
competência?

Pois obviamente, se tiverem competência, não se prestarão a dar um aconselhamento que não seja correto. Por outro lado, se seu aconselhamento é idêntico, qual a necessidade de todos o darem? Bastará que um entre eles transmita esse aconselhamento idêntico. E não será ridículo mostrar zelo com relação a coisas completamente inúteis? Portanto, esse zelo de indivíduos ignorantes, como tal, não pode deixar de ser absurdo, não cabendo a

c homens sensatos, que sabem que um só entre eles produzirá o mesmo efeito no aconselhamento necessário. Assim, como não julgar ridículo o zelo dos que pretendem fornecer-vos seu aconselhamento? Disso sou incapaz.

A significação do voto que vos propondes a lançar é o que me causa maior pasmo. Julgais, de fato, pessoas que têm competência para aconselhar? Não mais do que um deles fornecerá aconselhamento, nem fornecerão conselhos diferentes acerca do mesmo assunto. Consequentemente, não haverá necessidade de

d lançardes quaisquer votos relativamente a eles. Ou estais julgando homens incompetentes e que dão maus conselhos? Mas não seria conveniente afastar tais indivíduos da função de conselheiros, como insensatos? E se não julgais nem os competentes nem os incompetentes, quem afinal julgais? E, acima de tudo, qual a necessidade de outros vos darem conselhos, se sois capazes vós próprios de os julgar? E se não sois capazes de o fazer, que valor

e tem vossos votos? E não será ridículo vos reunir para deliberardes, como se tivésseis necessidade de conselhos e não fôsseis autossuficientes e então, uma vez reunidos imaginardes que é necessário votar, como se fôsseis capazes de julgar? Com efeito, dificilmente será o caso de, sozinhos, faltar-vos conhecimento, mas que coletivamente vos torncis pessoas esclarecidas; nem que individualmente vos encontreis perplexos, mas que reunidos vossas dúvidas se dissipem e que adquiris capacidade de compreender o que deve ser feito, isso sem o aprender de ninguém e sem o ter descoberto por vosso próprio esforço, o que é o que há de mais espantoso no mundo. Não vos disporeis, de fato, a dizer que

382a na impossibilidade de perceber o que cumpre fazer, sereis capazes de julgar quem é que vos dará um conselho acertado nesses

assuntos. Nem esse único conselheiro vos prometerá tampouco ensinar-vos qual deverá ser vossa ação e como distinguireis, segundo vosso critério, entre os bons e os maus conselheiros, isso em um tempo tão curto e dizendo respeito a um número tão grande, uma coisa não sendo menos surpreendente do que a outra. E se, por conseguinte, nem o fato de estar reunidos, nem o conselheiro vos transmitem a capacidade de julgar, qual seria possivelmente a utilidade de vossos votos? E como não estará vossa reu-
b nião em contradição com vossos votos, assim como estes com o zelo de vossos conselheiros? A razão disso é vos reunirdes como se, sendo incompetentes, tivésseis necessidade de conselheiros. O fato é que votais como se, ao invés de necessitar de conselheiros, pudésseis julgar e proporcionar conselhos. No que toca ao zelo de vossos conselheiros, é o de pessoas competentes, e votais como se vossos conselheiros nada representassem. E se alguém
c perguntasse a vós que votastes, e ao conselheiro cujo conselho aprovastes para vosso voto: sabeis se o objetivo que decidistes atingir através de vosso voto concretizar-se-á?... penso que não poderíeis responder a essa pergunta. Por outro lado, se o objetivo em prol do qual tencionais agir vem a se concretizar, saberíeis que ele seria em vosso interesse? Suponho que, mesmo no tocante a esse ponto, nem vós nem vosso conselheiro seríeis capazes de fornecer uma resposta. E que ser humano – crede – estaria em condições de saber algo acerca disso? E se alguém, ademais, vos perguntasse se pensais que alguma pessoa conhece algo sobre essas matérias, não acho que admitiríeis que pensais.

Quando, portanto, os objetos sobre os quais deliberais mostram-
d -se naturalmente obscuros para vós, e quando vós que lançais os votos, bem como vós que dais os conselhos sois incompetentes, fica patente – e vós próprios o admitis – que se cai na incerteza e que ocorre frequente arrependimento quanto aos conselhos que foram dados ou dos votos que foram lançados. Entretanto, tal coisa não deve acontecer com pessoas de bem, as quais conhecem a natureza das coisas que aconselham e que aqueles que foram por elas persuadidos com certeza atingirão a meta a favor da qual aconselharam, e que nem elas nem os por elas persuadidos jamais virão a se arrepender.

e  Assim, considerei que era apropriado a pessoas sensatas proporcionar aconselhamento em torno de tópicos como esses, mas não sobre as questões para as quais me convidavas a dar conselhos. No primeiro caso, o aconselhamento atinge o êxito, ao passo que esses tipos de tagarelice estão fadados ao fracasso.

● – ● – ●

Presenciei uma pessoa censurar seu companheiro por dar crédito ao acusador sem haver ouvido o acusado, mas exclusivamente o acusador. "Ages", dizia ele, "indignamente ao condenar de antemão uma pessoa sem tê-la conhecido, e sem tampouco
383a ouvir seus amigos que a conhecem e informar-te das razões nas quais deverias fiar-te. Entretanto, sem ouvires ambas as partes, deste crédito temerariamente ao acusador. Ora, a justiça exige que ouçamos o defensor ou réu antes de louvar ou censurar, tanto quanto o acusador. Como pode então alguém decidir um caso convenientemente ou julgar seres humanos apropriadamente se não ouve ambas as partes? É através da comparação dos
b discursos, tal com se compara a púrpura e o ouro que se consegue melhor julgar. Afinal por que se concede tempo a ambos os adversários, ou por que os juízes devem jurar conferir a mesma atenção aos dois se o legislador não supusesse que as casos seriam dessa forma melhor julgados e com maior justiça? Mas transmites a mim a impressão de que jamais ouviste falar de uma tal máxima tão repetida."

"Qual?" ele indagou.

c  "Não julga nenhum caso antes de haver ouvido ambos os discursos.[4] Essa máxima certamente não seria tão divulgada se não fosse correta e apropriada. Aconselho-te, portanto", acrescentou, "que no futuro não censures ou louves mais as pessoas de maneira temerária."

O companheiro replicou, na sequência, que se lhe afigurava bastante estranho estarmos impossibilitados de distinguir a verdade ou a falsidade quando ouvíamos o discurso de uma só

---

4. Máxima atribuída a Hesíodo, fragm. 338, Merkelbach-West.

pessoa e isso nos ser possibilitado quando duas pessoas dis-
d cursavam. Não se poderia saber a verdade a partir daquele que
a diz, mas se poderia instruir-se a respeito dela ouvindo essa
própria pessoa em conjunto com uma outra que mente? E se
uma *única* pessoa, a que profere coisas corretas e verdadeiras,
é incapaz de fornecer a evidência do que afirma, por que *duas*
– entre as quais o enganador que discursa falsamente – serão
capazes de fornecer essa evidência que aquela que declarava a
verdade era incapaz de fornecer?

"Há, de resto, ainda", ele disse, "uma outra dificuldade, a saber, como forneceriam a evidência? Calando-se ou falando? Se é
através do silêncio, não há sequer a necessidade de ouvir uma só
pessoa, e muito menos de ouvir ambas; se é através do discurso,
e como de algum modo as duas não discursam juntas, simultaneamente, pois solicitamos a cada uma, ao seu turno, que se manifes-
te, como podem ambas ao mesmo tempo fornecer a evidência?
De fato, se ambas a fornecerem ao mesmo tempo, será necessário
também que falem ao mesmo tempo. Bem, é o que não fazem.
Conclui-se, portanto, se é através do discurso que fornecem a
evidência, que cada uma das pessoas a forneça falando por sua
vez e que será quando cada uma falar que cada uma fornecerá
essa evidência. Assim, uma pessoa falará primeiramente, em seguida a outra e primeiramente uma fornecerá a evidência, depois
a outra. Todavia, se cada uma em particular proporciona a mesma evidência, qual o proveito de ouvir também a segunda? Com
384a o discurso da primeira, o esclarecimento já foi conquistado. Além
disso", acresceu, "se ambas fornecem essa evidência, como explicar que uma delas não a forneceria? De fato, se uma das duas
não a fornece, como ambas simultaneamente o poderiam fazer?
E se cada uma delas a fornece, fica claro que aquela que se mani-
festará em primeiro lugar também a fornecerá em primeiro lugar.
Diante disso, não seria suficiente ouvir somente essa pessoa para
poder conhecer a verdade?"

Bem, quanto a mim, ouvindo-os, fiquei confuso e incapacitado
de decidir entre eles. Os outros que a isso assistiam declararam que
o primeiro estava com a verdade. Se, então, está ao teu alcance,

ajuda-me a solucionar essas questões, quais sejam: basta ouvir a
b primeira pessoa que discursa, ou é necessário, além disso, ouvir
a parte adversária para descobrir quem tem razão? Ou é desnecessário ouvir ambas? O que pensas a respeito?

● — ● — ●

Há pouco tempo atrás, alguém criticou uma pessoa por esta não estar disposta a emprestar-lhe dinheiro e por nele não confiar. O indivíduo que era objeto da crítica defendia-se. Ora, uma das pessoas presentes perguntou a quem criticava se o criticado que dele desconfiara e se negara a lhe fazer o empréstimo estava
c errado.

"Ou", acrescentou, "és tu que estás errado, tu que não foste capaz de persuadi-lo a fazer-te o empréstimo?"⁵

"E no que cometi eu um erro?" ele disse.

"Qual dos dois", voltou a se manifestar o primeiro, "a ti parece que errou: aquele que não consegue atingir o objetivo ou aquele que consegue?"

"Aquele que não consegue", o outro respondeu.

"Ora", disse seu interlocutor, "não foste tu que não conseguiste [atingir teu objetivo], tu que querias dinheiro emprestado, enquanto ele, que o recusou, de modo algum deixou de conseguir o que pretendia?"

"Sim", ele respondeu, "mas visto que ele nada me deu, no que eu errei?"

"Bem, se pediste a ele o que não devias ter pedido, como não percebes no que erraste? Quanto a ele, que o recusou a ti, estava
d correto. E se tivesses pedido a ele o que devias ter pedido, então com certeza ao não conseguir obtê-lo, terás necessariamente cometido um erro."

"Talvez", ele disse, "Mas certamente ele estava errado em não confiar em mim?"

"Se tivesses agido com ele como devias, não terias de modo algum incorrido no teu erro, não é mesmo?"

---

5. Sobre a persuasão, ver *Górgias*, sobretudo 452d-458b.

"De modo algum."

"Então, de fato não agiste com ele como era conveniente que o fizesses."

"Aparentemente não", ele disse.

"Consequentemente, se ele não foi convencido por ti porque não agiste da maneira como devias, da maneira conveniente, como tens como legítimas as críticas que a ele diriges?"

"Nada tenho a declarar."

e "Nem sequer que não há necessidade de ter qualquer consideração por aqueles que se comportam mal?"

"Sim", ele disse, "certamente isso posso declarar."

"Mas precisamente não agindo em relação a alguém como se deve não te parece que se está agindo mal?"

"Acredito que sim", ele respondeu.

"Então no que ele errou se não devia a ti consideração quando te comportaste mal?"

"Pelo que parece, não errou em nada", respondeu.

"Então, por que, afinal", o primeiro retomou a palavra, "as pessoas se criticam entre si dessa maneira, e por que às que não se soube persuadir são dirigidas críticas por não se deixarem ser persuadidas enquanto aquelas mesmas que fracassaram na persuasão das outras não se censuram em absoluto por esse fracasso?"

385a Um dos presentes interveio: "Mas supõe que tenhas te comportado bem com alguém e lhe tenhas prestado um serviço, e, contudo, quando pedes a ele que se comporte de maneira idêntica em relação a ti, ele se recusa... penso que certamente em tal situação seria razoável que o censurasses. Não é mesmo?"

"A pessoa a que solicitas que se comporte da mesma maneira", o interpelado respondeu, "ou é capaz de fazê-lo ou não é. Se não é, como conceber que a própria solicitação seja justa na medida em que se solicita a ela aquilo de que não é capaz? E se é capaz de fazê-lo, como explicar que não conseguiste persuadir uma tal pessoa? E como pode se conceber que convenha às pessoas dizer tais coisas e como podem elas ter razão?"

b "Mas por Zeus", retrucou o outro, "é necessário sim criticar tal conduta para que futuramente ela se comporte melhor contigo, e inclusive com seus outros amigos que tenham ouvido tuas críticas."

"Achas que as pessoas se comportam melhor", o interlocutor perguntou, "se ouvirem alguém discursar corretamente e formular solicitações corretas ou se ouvirem alguém incorrer em erros?"

"Ouvindo alguém que discursa corretamente", ele respondeu.

"Mas pensaste que ele não estava formulando uma solicitação correta?"

"Sim", ele disse.

"Poderão então as pessoas ter uma melhor conduta se ouvirem tais críticas?"

"Não", ele respondeu.

c  "Mas então qual a justificativa para fazer essas críticas?"

Ele confessou não ser capaz de encontrar uma justificativa para isso.

● – ● – ●

Alguém acusava alguém de ingenuidade pelo fato dessa última pessoa estar sempre pronta a confiar em qualquer indivíduo que lhe dirigisse a palavra.

"É razoável confiar nos teus concidadãos e nos teus amigos, porém confiar em indivíduos que nunca viste ou ouviste antes – e isso ciente de que a maioria dos seres humanos são fanfarrões e perversos – não constitui pequena marca de candidez." Um dos presentes tomou então a palavra:

d  "Eu pensei", disse, "que tinhas o indivíduo capaz de rápida compreensão de não importa o que em muito maior conta do que o dotado de inteligência lenta?"

"É precisamente o que penso", respondeu o outro.

"Por que então", obtemperou o outro, "criticares aquele que está sempre pronto a dar crédito aos que lhe dizem a verdade?"

"Mas não é isso que critico, mas ao contrário o dar crédito a pessoas que mentem."

"Mas supõe que ele leve mais tempo para depositar sua confiança em alguém e não tenha confiado em qualquer um, mas que mesmo assim tenha sido ludibriado. Não o criticarias ainda mais?"

"Certamente", ele disse.

"E seria porque demorou para depositar confiança em alguém e porque não acreditou em qualquer pessoa?"

"Por Zeus, claro que não."

"Não creio, de fato, que seja por esse motivo que na tua opinião, uma pessoa mereça ser censurada, mas, ao contrário, porque crê em indivíduos que dizem o que não é digno de crédito."

"É exatamente isso."

"Não é, portanto, porque ele se demorou e porque depositou confiança em pessoas que não são as que viu pela primeira vez que faz jus, em tua opinião, à censura, mas devido à sua presteza e sua facilidade em crer em qualquer pessoa?"

"Evidentemente", ele respondeu.

"Então, afinal por que o criticas?"

"Seu erro está em dar crédito de imediato a quem quer que seja antes de examinar a questão."

386a "Mas se ele desse tal crédito depois de muito tempo antes de examinar a questão, não estaria errado?"

"Certamente, por Zeus. Mesmo assim seu erro não seria menor. O ponto que defendo é que não se deve confiar em pessoas que se vê pela primeira vez."

"Se pensas que não se deve confiar em qualquer um, ou seja, naqueles que se vê pela primeira vez", o outro começou, "então certamente não se deveria confiar de pronto em desconhecidos. Pelo contrário, pensas que se deveria primeiramente investigar se dizem a verdade?"

"Sim, certamente", ele disse.

"E caso se trate de parentes e amigos, não seria necessário investigar se dizem a verdade?"

"Eu diria que não", ele respondeu.

"O problema é que talvez mesmo entre esses hajam os que dizem coisas pouco dignas de crédito."

"Sim, de fato", ele disse.

"Então, por que", o outro indagou, "é mais razoável dar crédib to aos parentes e aos amigos do que a qualquer pessoa?"

"Não saberia como responder-te", ele disse.

"Ora, se devemos nos fiar mais nos parentes e amigos do que em quaisquer pessoas, não será porque é necessário julgá-los também mais dignos de crédito do que quaisquer outras pessoas?"

"É claro que sim."

"Então se são parentes de algumas pessoas e desconhecidos para outras, como não considerar os mesmos indivíduos como sendo mais e menos dignos de crédito, já que, como o disseste, não covém lhes conferir o mesmo crédito, sejam eles parentes ou desconhecidos."

"Isso não é para mim aceitável."

"E igualmente alguns darão crédito às suas palavras, ao passo que outros não lhes conferirão nenhum crédito, com o que ninguém estará errado."

"O que também é absurdo", ele afirmou.

"Ademais, se os parentes e quaisquer pessoas (as que vemos pela primeira vez) concordam em suas afirmações, não serão as mesmas coisas igualmente dignas e indignas de crédito?"

c "Necessariamente", ele disse.

"Às mesmas afirmações teremos que atribuir o mesmo crédito, não é verdade?"

"É provável que sim", foi a resposta.

Ao ouvir esses discursos vi-me bastante confuso, não sabendo a quem se deve dar crédito e a quem não se deve o dar, ou seja, às pessoas dignas de crédito e que conhecem o assunto que é objeto de seus discursos, ou aos parentes e amigos? E o que pensas de tudo isso?

# SÍSIFO
## (OU DA DELIBERAÇÃO)

PERSONAGENS DO DIÁLOGO:
**Sócrates e Sísifo**[1]

387b **Sócrates:** Nós te esperamos por um longo tempo ontem, Sísifo, para o discurso de Estratônico.[2] Queríamos que te juntasses a nós para ouvirmos esse homem sábio fazer uma exposição sobre tantas coisas admiráveis que envolvem tanto a teoria quanto a prática.[3] Quando, contudo, percebemos que não virias, fomos ouvir sozinhos o homem.

**Sísifo:** Sim, por Zeus, é verdade! Todavia, surgiu um assunto mais importante que não pude descurar. Nossos magistrados
c reuniram-se ontem e desejaram que eu participasse de suas deliberações. Bem, entre nós farsalianos, a própria lei determina que obedeçamos aos magistrados quando convocam um de nós para deliberarmos juntamente com eles.

**Sócrates:** Ora, é algo certamente admirável o acato à lei, tanto quanto ser tido como um bom conselheiro por nossos concidadãos, tal como ocorre contigo entre os farsalianos. Entre-

---

1. Certamente personagem real. Provavelmente o mesmo Sísifo de Farsália, cidadão ilustre e influente contemporâneo de Aristóteles, Demóstenes e de Felipe da Macedônia, ou seja, Felipe II, pai de Alexandre.
2. Igualmente personagem real. Provavelmente o autor se refere ao célebre e versátil Estratônico, músico (mestre da cítara), orador e satirista. Também floresceu no século IV a.C. Cf. Aristóteles, *Ética a Eudemo*, Livro III, 1231a11.
3. ...καὶ λόγῳ καὶ ἔργῳ... (*kaì lógoi kaì érgoi*), literalmente *discursos e ações*.

tanto, Sísifo, não estou nesse momento em condições de encetar contigo uma conversação sobre o que se entende por uma boa deliberação.[4] Penso que isso exigiria, sem dúvida, muito tempo e uma longa discussão. A despeito disso, gostaria de propor-te uma discussão primeiramente acerca da própria deliberação,[5] ou seja, acerca do que ela é. Poderias dizer-me o que se deve entender por deliberar? Não desejo que me digas o que é deliberar bem ou mal, ou deliberar admiravelmente. Quero que simplesmente definas a própria ação de deliberar. Com certeza isso é para ti muito fácil, sendo tu o bom conselheiro que és, não é mesmo? Espero não estar sendo demasiado indiscreto ao interrogar-te assim a respeito desse assunto.

**Sísifo:** Não sabes realmente o que é deliberar?

**Sócrates:** Realmente não sei, Sísifo, a menos que não passe de proferir oráculos – sem qualquer conhecimento – sobre o que se deve fazer e improvisar, ao sabor da sorte, fazendo para si mesmo conjecturas, precisamente como pessoas que jogam par ou ímpar. Essas pessoas, de fato, ignoram se têm par ou ímpar na mão[6] e, contudo, constata-se que sua resposta é correta. Com frequência, deliberar corresponde a algo semelhante a isso. Alguém nada sabe sobre o próprio objeto da deliberação e, por sorte, acontece de estar dizendo a verdade. Se é isso, percebo o que é a deliberação; se nada tem a ver com isso, confesso que me falta a devida compreensão a respeito.

**Sísifo:** Não, a deliberação não é idêntica à completa ignorância de um assunto, mas corresponde a conhecer uma parte da questão sem, entretanto, ainda conhecer o resto.

**Sócrates:** Por Zeus! Talvez queiras dizer que a deliberação – pois creio de alguma forma adivinhar também teu pensamento acerca da boa deliberação – é para ti algo como buscar descobrir aquilo que se tem como o melhor a ser feito sem o

---

4. ...εὖ βουλεύεσθαι... (*eŷ boyleýesthai*).
5. ...αὐτοῦ τοῦ βουλεύεσθαι... (*aytoŷ toŷ boyleýesthai*).
6. Ou seja, se têm um número par ou ímpar de objetos (nozes, amêndoas, ossinhos etc.) na mão.

conhecer ainda com clareza, mas dispondo em parte de uma ideia dele? É isso que queres dizer?

**Sísifo:** Exatamente.

**Sócrates:** O que as pessoas procuram descobrir? Coisas que conhecem ou também coisas que não conhecem?

**Sísifo:** Ambas.

**Sócrates:** Ao dizer que "as pessoas procuram descobrir ambas: coisas que conhecem e coisas que não conhecem", entendes, por exemplo, que alguém, no que toca a Calístrato,[7] sabe quem é Calístrato, mas ignora onde ele se encontra. Reside nisso teu pensamento ao dizer *procuram descobrir ambas*?

**Sísifo:** Sim.

**Sócrates:** Então o que esse alguém procuraria não seria precisamente conhecer Calístrato, uma vez que o conhece?

**Sísifo:** É claro que não.

**Sócrates:** Mas ele procuraria onde ele se encontra.

**Sísifo:** Sim, é o que penso.

**Sócrates:** Não procuraria tampouco onde poderia encontrá-lo, se o soubesse, mas o encontraria imediatamente?

**Sísifo:** Sim.

**Sócrates:** Pelo que parece, então, não se procura descobrir o que se conhece, mas o que não se conhece, porém, se esse argumento a ti parece erístico, Sísifo, tendo como exclusivo objetivo o prazer de discutir e não a descoberta da verdade,[8] vê dessa outra maneira se isso não te parece ser como afirmamos que é: evidentemente sabes o que ocorre na geometria. No tocante à diagonal, o que os geômetras ignoram não é se é ou não é diagonal, também não sendo isso que procuram descobrir. Perguntam-se, sim, qual é sua extensão relativamente aos lados das superfícies divididos por ela. Não é isso que procuram descobrir quanto a ela?

---

7. Alusão provável a Calístrato de Afidne, renomado orador político contemporâneo de Demóstenes e de Aristóteles (século IV a.C.). Ver Aristóteles, *Retórica*, 1364a19, 1374b26 e 1418b10.

8. Sobre a *erística* ou disputa, ver o *Eutidemo* (presente em *Diálogos II*, *Clássicos Edipro*).

**Sísifo:** Assim me parece.
**Sócrates:** E isso é algo desconhecido, não é mesmo?
**Sísifo:** Certamente.
**Sócrates:** Além disso, sabes que a duplicação do cubo constitui objeto das pesquisas e dos raciocínios dos geômetras. No que respeita ao próprio cubo, não procuram descobrir se ele é cubo ou não, algo que sabem, não é mesmo?
**Sísifo:** Sim.
389a **Sócrates:** Do mesmo modo no que concerne ao ar, Anaxágoras, Empédocles[9] e todos os outros visionários loquazes – como o sabes – procuravam descobrir se é infinito ou finito.
**Sísifo:** Sim.
**Sócrates:** Mas não se o ar existe, não é mesmo?
**Sísifo:** Certamente não.
**Sócrates:** Diante disso, admitirás que assim ocorre relativamente a todo o resto. Ninguém jamais procura aquilo que conhece, mas sim aquilo que desconhece. Concordas comigo nisso?
**Sísifo:** Concordo.
b **Sócrates:** Bem, deliberar nos pareceu consistir no seguinte: procurar descobrir o melhor curso de ação quando somos intimados a agir.
**Sísifo:** Sim.
**Sócrates:** Contudo, esse procurar descobrir que é a deliberação atua sobre os fatos, não é?
**Sísifo:** Com toda a certeza.
**Sócrates:** Por conseguinte, cabe-nos verificar agora o que impede aqueles que procuram de descobrir o que procuram.
**Sísifo:** Acho que sim.
**Sócrates:** Poderíamos afirmar que se trata de alguma coisa distinta da falta de compreensão?
c
**Sísifo:** Por Zeus, examinemos a matéria.
**Sócrates:** Sim, o melhor que pudermos e, como se diz, *soltemos todas as velas e elevemos nossas vozes*. E, portanto,

---

9. Filósofos da natureza pré-socráticos.

acompanha-me no seguinte exame: pensas que seja possível a uma pessoa deliberar sobre música se nada conhece de música, não sabe tocar a cítara nem como executar qualquer outro tipo de música?

**Sísifo:** Decerto que não.

**Sócrates:** E quanto ao comando militar e à arte da navegação, o que terias a declarar? Aquele que nada conhece desses assuntos estaria, em tua opinião, em condição de deliberar relativamente a uma ou outra dessas artes? Seria capaz de deliberar quanto a como comandar um exército ou um navio se lhe faltasse todo o conhecimento da arte bélica e da náutica?

**Sísifo:** De modo algum.

**Sócrates:** Não crês que isso seja válido para tudo? No tocante às coisas que não conhecemos, não saberíamos nem poderíamos deliberar porquanto as desconhecemos.

**Sísifo:** Concordo inteiramente.

**Sócrates:** Podemos, porém, procurar descobrir o que ignoramos, não é mesmo?

**Sísifo:** Com toda a certeza.

**Sócrates:** Então procurar descobrir não é idêntico a deliberar.

**Sísifo:** Por que não?

**Sócrates:** Porque a procura da descoberta diz respeito exatamente ao que não se conhece, e não nos parece possível que se delibere sobre o que não se conhece. Não foi isso que dissemos?

**Sísifo:** Certamente foi.

**Sócrates:** Consequentemente, vós[10] ontem procurastes descobrir o que havia de melhor para o Estado, mas o desconhecíeis. Se o conhecêsseis, não o estaríeis mais procurando descobrir, visto que não procuramos descobrir seja o que for que já conhecemos. Não é verdade?

**Sísifo:** De fato é.

**Sócrates:** E a teu ver, Sísifo, que medida se deve tomar quando não se sabe: procurar descobrir ou aprender?

---

10. Burnet: ...*vós farsalianos*... .

**Sísifo:** Por Zeus, aprender!

390a **Sócrates:** Estás certo, mas por que pensas que é aprender e não procurar descobrir? Será porque descobriremos com maior facilidade e mais rapidez aprendendo dos que sabem do que procurando descobrir sozinhos quando ignoramos? Ou será por uma outra razão?

**Sísifo:** Não, é por essa mesma.

**Sócrates:** Mas então, por que afinal vós ontem, em lugar de deliberar em torno do que desconheceis e procurar descobrir o que há de melhor a ser realizado no Estado, não tivestes a iniciativa de aprender de pessoas competentes a forma pela b qual poderíeis realizar o que há de melhor a favor do Estado? Na verdade, a mim parece que passastes todo o dia de ontem improvisando e vaticinando a respeito de matérias que eram para vós desconhecidas, em lugar de aprendê-las, tanto os magistrados da cidade quanto tu. Talvez digas que faço troça contigo, que tudo isso não passa de pretexto para uma discussão e que eu não quis apresentar-te uma demonstração séria.

c Entretanto, por Zeus, deves examinar o seguinte seriamente, Sísifo: se concordarmos que a deliberação é algo distinto e não, como o concebemos até há pouco, algo idêntico à pura falta de compreensão, conjectura ou improvisação – para me servir desse nome mais elevado em lugar de um outro, acreditarás que algumas pessoas são superiores a outras na arte de deliberar bem e de ser bom conselheiro, como ocorre em todas as outras ciências, uns diferindo de outros – por exemplo, alguns carpinteiros de outros carpinteiros, alguns médicos de d outros médicos, ou alguns flautistas de outros flautistas e em geral todos os profissionais da arte que diferem mutuamente? E do mesmo modo que esses profissionais, nas suas artes, achas que na deliberação uns sejam superiores aos outros?

**Sísifo:** Acho que sim.

**Sócrates:** Mas informa-me: não é verdade que todos, tanto os que são bons na arte de deliberar quanto os que não o são, deliberam sobre coisas futuras?

**Sísifo:** Com toda a certeza.

**Sócrates:** E também não é verdade que as coisas futuras não existem ainda?
**Sísifo:** Certamente.
**Sócrates:** Se existissem, não seriam mais futuras, mas já presentes. Não é mesmo?
**Sísifo:** Sim.
**Sócrates:** Portanto, se não existem ainda, tampouco vieram a ser.
**Sísifo:** Não.
**Sócrates:** E se não vieram a ser, não é possível, consequentemente, que tenham tampouco qualquer natureza que lhes seja própria.
**Sísifo:** Absolutamente nenhuma.
**Sócrates:** Assim, todos os que deliberam – bem ou mal – não deliberam sobre coisas que não existem, que não vieram a ser, que não têm natureza alguma, na medida em que deliberam sobre coisas futuras?
**Sísifo:** É o que parece ser.
**Sócrates:** Pensas que é possível a alguém descobrir, bem ou mal, o que não existe?
**Sísifo:** O que queres dizer com isso?
**Sócrates:** Vou explicar-te o que estou pensando. Entre muitos arqueiros, como distinguirias os hábeis dos inábeis? Não seria fácil fazê-lo? Não há dúvida que pedirias que mirassem um alvo, não é mesmo?
**Sísifo:** Certamente.
**Sócrates:** E proclamarias como vencedor aquele que com mais frequência atingisse o alvo?
**Sísifo:** É o que eu faria.
**Sócrates:** Entretanto, se nenhum alvo lhes fosse indicado e cada um disparasse suas flechas como lhe aprouvesse, seria possível para ti distinguir os bons arqueiros dos maus?
**Sísifo:** De modo algum.
**Sócrates:** Ora, também para distinguires entre os que deliberam bem e os que o fazem mal, quando não conhecem o objeto de sua deliberação, não te sentirias confuso?

**Sísifo:** Sem dúvida.

**Sócrates:** E se deliberam sobre coisas futuras deliberam sobre o que não existe?

**Sísifo:** Certamente.

**Sócrates:** E não é impossível a quem quer que seja descobrir o que não existe? É, a teu ver, possível descobrirmos o que não existe?

**Sísifo:** De maneira alguma.

**Sócrates:** Portanto, diante da impossibilidade de atingir o inexistente, ninguém tampouco, que delibere sobre o que não existe, poderia atingir seu objetivo, posto que o futuro se acha na categoria das coisas que não existem. Não é verdade?

**Sísifo:** É o que me parece.

**Sócrates:** A conclusão é que, impossibilitado de atingir o inexistente, indivíduo algum poderia ser um bom ou mau conselheiro.

**Sísifo:** Parece que não.

**Sócrates:** E nenhum será melhor ou pior conselheiro do que o outro, já que nenhum está nem mais apto nem menos apto a atingir o inexistente.

**Sísifo:** Realmente não.

**Sócrates:** Assim, qual a norma utilizada pelos seres humanos para declarar alguns entre eles como sendo bons conselheiros ou outros como maus? Não achas, Sísifo, que essa matéria mereceria nossa reflexão em uma outra oportunidade?

# HÁLCION[1]

## PERSONAGENS DO DIÁLOGO:
### Querefonte e Sócrates

1   **Querefonte:** Que som foi aquele, Sócrates, que nos atingiu quando descíamos ao longo da praia sob o promontório? Soou-me de maneira tão doce aos ouvidos! Que ser vivo seria capaz de produzir tal som? Não há dúvida que criaturas de vida marinha são silenciosas.

**Sócrates:** É um tipo de ave marinha, Querefonte, chamada hálcion (alcíone), bastante propensa ao lamento e ao pranto. Dispomos de uma narrativa antiga sobre essa ave, narrativa essa transmitida como um mito por nossos ancestrais. Declaram que ela foi, no passado, uma mulher, filha de Eolo (o filho de Heleno[2]) que sofreu por amor e lamentou a morte de seu marido, Ceíx de Traquis, o filho da Estrela Matutina[3] – belo filho de um belo pai. Então, graças a um ato produzido por vontade divina, ela desenvolveu asas como uma

---

1. Ἀλκυών (*Alkyón*) é o nome da figura mitológica feminina, filha do rei Eolo, guardião dos ventos (função a ele concedida por Zeus) e de Enarete ou Egiale, ou de Eolo, filho de Heleno. Hálcion casou com Ceíx de Traquis e sua união era muito feliz. A caminho de Delfos, Ceíx foi vítima de um naufrágio e afogou-se. Atingida por uma angústia terrível, Hálcion acabou por cair no mar, mas não pereceu, sendo sim transformada em um ἁλκυών (*alkyón*), ave mitológica identificada com o martim-pescador. É nesse mito (o qual sofre, como a maioria dos mitos, variações nos seus detalhes dependendo da fonte mitográfica) que o autor deste diálogo se inspira.
2. Heleno, pai comum de todos os gregos (seu epônimo), filho de Deucalião e Pirra.
3. Ἑωσφόρος (*Heosphóros*), o planeta Vênus.

ave e atualmente, na busca por ele, voa mar afora, uma vez que foi incapaz de encontrá-lo em suas andanças por toda a superfície da Terra.

2 **Querefonte:** Estás aludindo ao hálcion? Jamais ouvira esse som antes; o fato é que realmente me impressionou como algo exótico. De um modo ou outro, é certo que essa criatura efetivamente produz um som lúgubre. E qual é o seu tamanho, Sócrates?

**Sócrates:** Não é de grandes proporções. A despeito disso, grande é a honra a ela concedida pelos deuses devido ao amor devotado ao marido. De fato, quando os hálcions estão fazendo seus ninhos, o universo nos traz os chamados *dias do hálcion* no solstício do inverno, dias caracterizados pelo tempo bom, do que hoje constitui um exemplo particularmente positivo. Percebes quão resplandecente está o céu acima de nós e quão límpido e calmo está todo o mar, semelhante, por assim dizer, a um espelho?

**Querefonte:** Estás certo. Não há dúvida de que hoje parece um dia de hálcion e ontem foi muito semelhante a hoje, mas, pelos deuses, Sócrates, como de fato crer nesses antigos contos que relatam que houve um tempo em que aves se transformavam em mulheres ou mulheres se transformavam em aves? Parece-me que isso é completamente impossível.

3 **Sócrates:** Ora, meu caro Querefonte, o que parece é que somos juízes de visão completamente precária do que é possível ou impossível; empenhamos o melhor de nossa capacidade humana em nossa avaliação, porém essa capacidade é insciente, não fidedigna e cega. Há muitas coisas exequíveis que nos parecem inexequíveis, além de muitas coisas atingíveis que nos parecem inatingíveis, do que a causa é frequentemente nossa inexperiência e a ignorância pueril presente em nossas mentes. Realmente todos os seres humanos, inclusive homens idosos, parecem de fato ser tão ignorantes quanto as crianças, já que nossas existências são efetivamente curtas, não mais longas do que a infância se compararmos a duração delas com a eternidade. Meu bom amigo, como poderiam pes-

soas que tudo desconhecem, acerca dos poderes dos deuses e das divindades, ou da natureza no seu todo, decidirem sobre a possibilidade ou impossibilidade de algo como isso?

Notaste, Querefonte, a intensidade da tempestade que se abateu sobre nós anteontem? A considerar esses relâmpagos, raios e a força devastadora dos ventos, alguém poderia decerto tomar-se de medo; seria de se pensar que todo o mundo habitado estava realmente a caminho de desmoronar. Entretanto, pouco tempo depois, ocorreu um espantoso retorno do bom tempo que subsiste até este instante... Ora, acharias, nesse caso, que representa uma tarefa maior e mais trabalhosa fazer surgir esse bom tempo, a partir dessa tormenta e desse distúrbio avassaladores, para instaurar o mundo inteiro em um estado de tranquilidade do que mudar a forma de uma mulher e substituí-la pela de uma ave? Até criancinhas, que sabem como modelar essas coisas empregando barro ou cera, são capazes de facilmente conferir-lhes todos os tipos de formas, todas a partir do mesmo material. Considerando-se que a divindade possui grande poder, poder incomparavelmente superior ao nosso, talvez a execução de todas essas coisas seja para ela facílima. Afinal, quão maior do que tu próprio dirias que é o universo?

5 **Querefonte:** Sócrates, quem entre os homens seria capaz de conceber ou encontrar palavras para exprimir qualquer coisa desse tipo? Até dizê-lo ultrapassa o alcance humano.

**Sócrates:** Ao compararmos pessoas, não detectamos a presença de uma ampla gama de diferenças no que se refere às suas capacidades e incapacidades? Indivíduos adultos, comparados a meros bebês de cinco ou dez dias de idade, apresentam extraordinária superioridade, referente à sua capacidade, no tocante a realmente todos os assuntos práticos da vida, quer aqueles realizados mediante nossas artes sofisticadas, quer aqueles realizados por intermédio do corpo e da alma; coisas assim, como eu disse, não podem sequer atravessar a mente de criancinhas. E, em comparação a elas, quão incomensuravelmente superior é a força física de um indivíduo cujo desenvolvimento físico se completou – em um combate um único homem seria capaz de vencer facilmente milhares dessas crianças; é certamente natural o fato de, nas etapas iniciais da vida, os seres humanos serem totalmente desamparados e incapazes de executar qualquer coisa. Ora, se uma pessoa aparentemente é tão sumamente superior a uma outra, como imaginarmos que os poderes do universo se mostrariam, comparados aos nossos, às pessoas capazes de apreender esses assuntos? É provável que, efetivamente, muitas pessoas julgarão plausível que, considerando que o tamanho do universo supera a forma de Sócrates ou de Querefonte, o poder, a sabedoria e inteligência do universo superarão na mesma escala nossa condição.

7     Muitas coisas, cuja execução é inteiramente fácil para outras pessoas, são para ti, para mim e muitos outros de execução impossível. De fato, enquanto lhes faltar o conhecimento, será mais impossível para pessoas que não são capazes de tocar flauta a tocar, ou para analfabetos ler ou escrever, do que transformar aves em mulheres ou mulheres em aves. A natureza realmente lança, no interior de um favo, um ser vivo desprovido de pés e de asas para depois conceder-lhe pés e asas, adorná-lo de todos os tipos de cores múltiplas e atraentes, criando, desse modo, uma abelha, sábia produtora do mel celeste. E a partir de ovos silenciosos e inanimados ela molda múltiplas espécies de animais alados, terrestres e

8     aquáticos empregando, segundo a declaração de alguns, as artes sagradas do extenso éter. Somos mortais e completamente insignificantes, incapazes de ver com clareza as coisas, sejam estas grandes ou pequenas; ademais, estamos no escuro com relação à maioria das coisas que nos sobrevêm; consequentemente, não estaríamos habilitados a fazer qualquer afirmação confiável a respeito dos sumos poderes dos imortais, quer isso se refira a hálcions, quer se refira a rouxinóis.

Ó ave dos lamentos musicais, transmitirei aos meus filhos o célebre mito a respeito de teus cantos precisamente como o acolhi de meus ancestrais, cantarei amiúde às minhas esposas Xantipa e Mirto sobre tua piedade e amorosa devoção ao esposo, destacando especialmente a honra que recebeste dos deuses. Farás também algo semelhante, Querefonte?

**Querefonte:** Seria certamente o apropriado, Sócrates, e o que declaras constitui uma dupla exortação ao vínculo que une maridos e esposas.

**Sócrates:** Bem, agora é hora de dizer adeus a Hálcion e prosseguir rumo à cidade a partir de Cabo Faleron.

**Querefonte:** Decerto. Façamo-lo.

# ERIXIAS
## (ou Da Riqueza)

392a    Estávamos, Erixias de Estíria¹ e eu, prestes a dar um passeio pelo pórtico de Zeus, o Libertador, quando para nós se dirigiram Crítias² e Erasístrato,³ o sobrinho de Feax,⁴ filho de Erasístrato. Erasístrato voltara recentemente da Sicília e de regiões vizinhas. Ao nos abordar ele disse "Saudações Sócrates." "Saudações
b    igualmente a ti", respondi. "Alguma boa notícia da Sicília para nos relatar?"

"Certamente, mas vos importaríeis em primeiramente sentar? Vim a pé de Megara e estou exausto."

"Sem qualquer problema, se é o que queres."

"Bem, o que gostaríeis de saber, para começar, da gente de lá? O que fazem ou que postura adotam com relação a nossa cidade? De minha parte, penso que nos seus sentimentos, relativamente a nós, assemelham-se a vespas. Se são provocados e levados à
c    irritação, apenas pouco a pouco, se tornam incontroláveis e não se pode expulsá-los, a menos que se ataque o enxame e este seja

---

1. Personagem provavelmente histórico, porém nada sabemos dele. Não figura e nem sequer é mencionado na obra de Platão. Segundo este diálogo, pertencia à família de Crítias (396d). Quanto a Estíria, demo da tribo pandionida.
2. Crítias de Atenas, inicialmente membro do círculo socrático, posteriormente sofista e, finalmente, um dos mais poderosos políticos entre os Trinta Tiranos que governaram Atenas de 404 a 403 a.C. Ver os diálogos *Timeu* e *Crítias* em *Diálogos V, Clássicos Edipro*.
3. Político que integrará o rol dos Trinta Tiranos.
4. Político populista atuante em Atenas.

totalmente aniquilado, tal como o povo de Siracusa.[5] Se não nos empenharmos em equipar uma frota poderosa e irmos até aquela cidade, não haverá chance de submetê-la jamais; pequenas expedições só conseguirão irritar os siracusanos mais ainda e torná-los sumamente intratáveis. Na verdade, há pouco nos enviaram
d embaixadores, mas estou convencido de que tencionam preparar alguma armadilha para nosso Estado."

Enquanto conversávamos, aconteceu de passarem por nós os tais embaixadores. Erasístrato, apontando-me um deles, disse: "Aquele homem, Sócrates, é o mais rico de todos os sicilianos[6] e itálicos. E como poderia deixar de sê-lo? Possui uma quantidade tão imensa de terras à sua disposição que teria condições de facilmente cultivar uma enorme parte, se quisesse. É impossível, com certeza, encontrar essa extensão de terra mesmo em toda a Grécia. Além disso, ele possui muitos outros bens que concorrem para sua riqueza: escravos, cavalos, ouro, prata...".

Como percebi que ele se dispunha a discorrer extensivamente
393a acerca das posses daquela pessoa, perguntei-lhe: "Bem, Erasístrato, de que tipo de reputação ele goza na Sicília?"

"Daquela", respondeu, "do mais perverso dos sicilianos e itálicos, reputação a que faz jus. É ainda mais perverso do que rico. Assim, se perguntares a qualquer siciliano qual, na sua opinião, é o mais perverso e o mais rico, todos dirão o mesmo: é ele."

Ponderei que ele tocava em um assunto de não pouca importância; pelo contrário, tratava-se de questões consideradas como as de maior peso, ou sejam, a virtude e a riqueza. Assim, perguntei-lhe
b qual, entre duas pessoas, parecia-lhe a mais rica: a possuidora de talentos de prata[7] ou a possuidora de um campo que vale dois talentos. Ele respondeu: "Acho que aquela que possui o campo."

---

5. Principal cidade da Sicília. Ver as *Cartas*, sobretudo as Cartas VII e VIII, em *Cartas e Epigramas, Clássicos Edipro*.
6. ...Σικελιωτῶν... (*Sikeliotôn*), mais precisamente *habitantes gregos* da Sicília.
7. ...τάλαντα ἀργυρίου... (*tálanta argyríoy*). Burnet, admitindo uma emenda no manuscrito, prefere *um* talento de prata.

"Portanto", retomei a palavra, "com base nesse mesmo raciocínio, se alguém possuísse roupas, tapetes ou outros objetos que tivessem ainda mais valor do que tudo que possui esse estrangeiro, seria mais rico do que ele."

Ele concordou.

c "E se alguém te facultasse a escolha entre um ou outro, que preferirias?"

"Eu", respondeu, "ficaria com o mais valioso."

"Com o que te julgarias mais rico?"

"Precisamente."

"Então parece-nos ser o mais rico aquele que possui os objetos do maior valor?"

"Sim", respondeu.

"Consequentemente", prossegui, "as pessoas saudáveis seriam mais ricas do que as doentes, na hipótese da saúde ser uma posse muito mais valiosa dos que os bens do doente. De fato, não há ninguém que não preferisse a saúde acompanhada de pouco dinheiro à doença somada a todas as riquezas do Grande Rei,[8]
d uma vez que, evidentemente, estima-se a saúde como detentora de mais valor. Ora, certamente não a preferiríamos se não a julgássemos superior à riqueza, não é mesmo?"

"Evidentemente não."

"E se pudéssemos descobrir alguma outra coisa mais valiosa do que a saúde, seria o seu possuidor que seria o mais rico."

"Sim."

"Ora, se alguém agora nos abordasse e nos perguntasse: 'Poderíeis informar-me, Sócrates, Erixias, Erasístrato, qual é para o ser humano o bem mais valioso? Seria aquele cuja posse lhe
e facultaria tomar as decisões mais proveitosas quanto a conduzir o melhor possível seus próprios negócios e os de seus amigos?', o que diríamos que é?"

"Parece-me, Sócrates, que a felicidade é o que há de mais valioso para o ser humano."

---

8. O rei da Pérsia.

"Bem, essa não é uma má resposta e não estás propriamente errado", repliquei. "Mas consideraríamos que os mais felizes entre os seres humanos são os que obtêm maior sucesso?"

"Sim, acredito que sim."

"Ora, os que obtêm maior sucesso não são as pessoas que cometem o mínimo de erros na administração de seus próprios negócios e dos alheios, ao passo que acertam no máximo de coisas?"

"Certamente."

394a "Assim, os que conhecem o que é ruim e o que é bom e o que alguém deveria e não deveria fazer obteriam o maior sucesso e cometeriam o mínimo de erros?"

Ele assentiu a isso também.

"Portanto, os mesmos homens[9] são aparentemente os mais sábios, os mais bem sucedidos em seus negócios, os mais felizes e os mais ricos, na hipótese da sabedoria ser tida como o bem mais valioso."

"Sim."

Fomos interrompidos por Erixias: "Mas, Sócrates, do que serviria ao ser humano ser mais sábio do que Nestor[10] se não tivesse
b sequer o necessário para viver, isto é, alimento, bebida, roupas e todas as demais coisas desse tipo? Qual seria para ele a utilidade da sabedoria? Como poderia alguém quase reduzido à mendicância, carente dos objetos de primeira necessidade, ser o mais rico?"

Pareceu-me que, em sua objeção, havia seriedade e sentido. Respondi:

"Aconteceria, porém, isso ao indivíduo que possuísse sabedoria, mas a quem faltasse esses itens básicos e necessários? E,
c ao contrário, aquele que possuísse a casa de Pulition,[11] ainda que repleto de ouro e de prata, não careceria de nada?"

"Quem o impediria", ele retomou a palavra, "de vender seus bens e obter imediatamente em troca tudo de que precisasse para

---

9. ...ἄνδρες... (*ándres*).

10. Na mitologia, conselheiro de Agamenon, o comandante das forças gregas na Guerra de Troia. Ver a *Ilíada* de Homero.

11. Abastado ateniense cuja residência caracterizava-se por um verdadeiro esplendor.

viver, ou o dinheiro que lhe permitiria obtê-lo, e de imediato prover-se de todas as coisas em abundância?"

"Isso é verdadeiro", respondi, "sob a condição de que ele viesse a tratar com pessoas que preferem uma tal casa à sabedoria de Nestor, pois se viesse a tratar com aquelas capazes de conferir mais apreço à sabedoria humana e aos seus efeitos, o sábio contaria com um objeto de troca muito mais rico se, em caso de necessidade, desejasse dispor de sua sabedoria e de suas obras. Será a utilidade de tal casa tão grande e imperiosa? Será de tanta importância à existência do ser humano habitar uma moradia luxuosa de preferência a uma moradia pequena e modesta, enquanto a utilidade da sabedoria seria tão insignificante, a ponto de não fazer muita diferença o fato de alguém ser sábio ou ignorante no tocante aos problemas mais graves? Será a sabedoria algo desprezível aos seres humanos e que não encontra compradores, enquanto o bosque de ciprestes, que orna a casa de Pulition e o mármore proveniente do monte Pentélico, tanta gente necessita e quer comprar? Trate-se de um hábil piloto, de um médico competente ou de qualquer homem capaz de exercer com destreza qualquer arte semelhante a essas, não há um entre eles que não seja mais valorizado do que as mais valiosas posses, e todo aquele capaz de deliberar com sabedoria, a respeito do melhor curso a seguir para o sucesso de seus próprios negócios e dos alheios, não conseguirá encontrar comprador para sua habilidade, se desejar vendê-la?"

Erixias olhou-me com a expressão de uma pessoa contrariada:

"Se tivesses, Sócrates, de dizer a verdade, realmente afirmarias que és mais rico do que Cálias,[12] o filho de Hipônico? Afinal, embora evidentemente não admitas ser inferior a ele no que respeita a qualquer um dos assuntos de maior peso, e te consideres mais sábio, isso não faz de ti um homem mais rico."

"Talvez creias, Erixias", eu disse, "que o nosso presente discurso não passa de um mero jogo e que não encerra verdade

---

12. Riquíssimo ateniense que granjeou notoriedade principalmente por prestigiar, acolher e hospedar famosos sofistas em sua ampla e luxuosa casa.

alguma, mas que agimos como no jogo de gamão, no qual ao movermos uma peça, capacitamo-nos a tal ponto a dominar o adversário que ele fica impossibilitado de reagir. Imaginas, sem dúvida que, no tocante a essa questão das riquezas, uma tese não supera a outra em matéria de verdade e que há certos raciocínios ou argumentos que não são mais verdadeiros do que falsos. Ao empregá-los, alguém poderia levar a melhor sobre seus opositores, sustentando que os mais sábios, em nossa opinião são também os mais ricos, ainda que o que estivesse dizendo fosse falso, ao passo que seus opositores estariam dizendo a verdade. Talvez nada haja de surpreendente nisso. Seria como se duas pessoas discutissem sobre letras, uma afirmando que Sócrates começa com um S, enquanto a outra afirma que começa com um A. Poderia acontecer do argumento daquele que diz que começa com um A ser mais poderoso do que o argumento daquele que diz que começa com um S."

Erixias lançou um olhar aos presentes, entre sorridente e enrubescido, como se houvesse estado ausente até então naquela nossa conversação e disse:

"Da minha parte, Sócrates", disse, "pensei que nossos argumentos não deveriam ser do tipo incapaz de persuadir quaisquer das pessoas aqui e proporcionar-lhes algum benefício. Quem em seu juízo poderia ser convencido de que os mais sábios são também os mais ricos? O que deveríamos estar discutindo, já que estamos nos referindo à riqueza, é em quais condições é nobre ser rico e em quais condições constitui uma vileza, e examinar se o fato em si de ser rico é um bem ou um mal."

"Está bem", assenti. "Terei cuidado doravante. E agiste positivamente fazendo a advertência, mas visto que estás introduzindo essa questão, por que não tentas tu mesmo declarar se enriquecer, em tua opinião, é um bem ou um mal, já que conforme disseste, nossa discussão prévia não tocou nesse ponto?"

"Bem, para mim", respondeu, "creio que é um bem enriquecer-se."

Ele pretendia acrescer mais alguma coisa, mas foi interrompido por Crítias:

"Diz-me, Erixias, pensas [realmente] que ser rico constitui um bem?"

"Por Zeus, certamente. Estaria louco se não pensasse assim e imagino que ninguém em todo o mundo deixaria de concordar comigo nisso."

396a "Contudo", o outro retrucou, "não há tampouco ninguém, suponho, que eu não consiga convencer que, no caso de certas pessoas, ser rico constitui um mal. E se fosse um bem não poderia parecer um mal para alguns entre nós."

Foi então que eu lhes disse: "Se discordásseis quanto a saber qual dos dois apresenta as propostas mais elaboradas sobre equitação, quanto a como se monta melhor a cavalo e se acontecesse ser eu um especialista na matéria, empenhar-me-ia em dar fim ao vosso desacordo. Eu me envergonharia, estando presente, de não dar o máximo de mim para evitar vossa dissensão. O mesmo vale para qualquer outro objeto de desacordo. Forçosamente, se não b chegardes a um entendimento, separar-vos-eis mais como inimigos do que como amigos. Ora, neste momento, pelo fato de estardes divididos relativamente a uma coisa, com a qual tereis de lidar a vida inteira, importa muito saber como devereis lidar com ela, e se é útil ou não. E essa coisa não é tida entre os gregos como algo trivial, mas de grande significação. Os pais, logo que seus c filhos parecem capacitados a raciocinar, providenciam em primeiro lugar para que seus filhos se dediquem a descobrir os meios de fazer fortuna, *pois se tens alguma coisa, serás objeto de estima, caso contrário não o serás*. Ora, se isso é considerado tão seriamente e estais de acordo em outros assuntos, mas tendes opiniões discordantes acerca dessa matéria de tanto peso; se, acima de tudo, vosso desacordo não está relacionado ao fato de saber se a riqueza é negra ou branca, leve ou pesada, mas se ela é um bem ou um mal, que realmente vos torneis os piores inimigos d em torno dessa discussão do que é bom e do que é mau, quando os laços de sangue e de amizade vos unem tão estreitamente – eu, na medida de minhas forças, não ignorarei a vós enquanto estiverdes envolvidos em vossa discussão. Se estivesse ao meu alcance explicar a situação a vós e encerrar vossa disputa, eu o faria.

e    Contudo, realmente, considerando minha incapacidade de realizar tal coisa, e visto que cada um de vós se julga capaz de conquistar a concordância do outro, estou pronto a vos ajudar em tudo que posso para alcançar um consenso a respeito da riqueza. Assim sendo, tenta nos conquistar para tua opinião, Crítias, como te dispunhas a fazê-lo."

"Tal como era minha intenção, gostaria de perguntar a Erixias se ele pensa que há seres humanos justos e injustos."

"Por Zeus, claro que penso que sim", o outro respondeu.

"Portanto, a teu ver, cometer uma injustiça é um mal ou um bem?"

"Evidentemente um mal."

"A ti parece que um homem que mantém, por meio do pagamento de dinheiro, relações adúlteras com as mulheres de seus vizinhos está ou não cometendo uma injustiça, quando tanto o Estado quanto suas leis o proíbem?"

"A mim parece que ele comete uma injustiça."

397a    "Consequentemente, se o homem injusto que desejasse realizar isso fosse rico e em condições de realizá-lo, cometeria o crime. Se, entretanto, não fosse rico e não tivesse recursos para realizá-lo, estaria simplesmente impossibilitado de concretizar o seu desejo, com o que não teria cometido crime algum. A conclusão é que é mais proveitoso para o ser humano não ser rico, porque assim reduz a concretização de seus desejos – quando o que deseja é mau.

Mas eis mais uma pergunta: dirias que a doença é um mal ou um bem?"

"Certamente um mal."

"E achas que há pessoas desregradas?"

"Acho."

b    "Ora, se é melhor para a pessoa desregrada, com relação à sua saúde, manter-se longe de comida, bebida e das demais coisas consideradas prazerosas, mas ela não consegue fazê-lo por conta de seu desregramento, não seria melhor que não dispusesse de recursos para obtê-las, de preferência a contar copiosamente com essas comodidades? Desse modo, estaria impossibilitada de incorrer no erro, mesmo experimentando o mais intenso desejo."

Pareceu-me que Crítias proferira um admirável discurso e que se não fosse pelo fato de Erixias sentir-se embaraçado perante as pessoas presentes, este não conseguiria deter-se e teria se levantado para agredir Crítias; era como se acreditasse que algo importante lhe fora subtraído, na medida em que se tornara aparente para ele que as opiniões que expressara anteriormente acerca da riqueza eram falsas.

Eu, porém, percebendo qual era a predisposição de Erixias e temendo que resultasse em insultos e altercação, tomei a palavra:

"Apenas alguns dias atrás, esse mesmo argumento foi utilizado no Liceu por um sábio chamado Pródico de Ceos.[13] Os presentes, contudo, julgaram tão tolo o seu discurso que se viu impossibilitado sequer de convencer um só deles de que dizia a verdade. Com efeito, um adolescente muito espontâneo adiantou-se e sentou-se ao lado de Pródico; em seguida, começou rir e dirigir-lhe zombarias e provocações. Exigia dele que explicasse seu discurso. Asseguro-vos que ele obteve muito maior sucesso com os ouvintes do que Pródico."

"E poderias nos relatar essa discussão?", perguntou Erasístrato.

"Com toda certeza, desde que consiga dela me lembrar." Ao menos, penso que tenha sido, aproximadamente, o seguinte o que ocorreu.

O jovem perguntara a ele em que aspecto julgava a riqueza ser um mal, e em qual um bem, ao que Pródico respondeu como acabaste de responder:[14] "É um bem para as pessoas boas, para aquelas que sabem qual uso convém fazer das riquezas – para estas ela é, sim, um bem, mas para as más pessoas que não o sabem, ela é um mal. E é assim no que se refere a todas as coisas", acrescentou, "ou seja, a natureza das coisas das quais as pessoas se ocupam

---

13. Famoso sofista. Ver o *Protágoras*.
14. Ou seja, como Crítias respondeu, não Erasístrato.

reflete necessariamente nas próprias pessoas. Creio que o verso de Arquíloco o expressou bem:

*Aos sábios as coisas são o que eles delas fazem.*"[15]

398a "Nesse caso," disse o jovem, "se alguém me tornasse sábio nessa sabedoria das pessoas boas, teria necessariamente tornado boas para mim todas as coisas, sem minimamente se preocupar com elas próprias, porém pelo mero fato de ter transformado minha ignorância em sabedoria. Desse modo, supondo-se que fizessem de mim agora um gramático, tornariam necessariamente para mim todas as coisas gramaticais; se fosse um músico, as coisas se
b tornariam musicais e, analogamente, ao fazerem de mim um homem bom, tornariam igualmente todas as coisas boas para mim."

Pródico não admitiu a última analogia, ainda que tenha concordado com as primeiras.

"Achas", o jovem perguntou, "que é uma obra humana realizar boas ações, tal como construir uma casa? Ou as coisas têm necessariamente que continuar o mesmo que foram no início, boas ou más?"

Acho que Pródico desconfiou para onde rumava a discussão.
c Para não dar a impressão, diante de todos, de que estava confuso devido à ação de um adolescente – pois, se estivessem sós, sofrer tal derrota lhe seria indiferente – respondeu que era uma obra humana.

"E crês", o jovem voltou a falar, "que a virtude pode ser ensinada ou que é inata?"

"Creio que se pode ensiná-la."

"Julgarias tola uma pessoa que imaginasse que orando aos deuses se habilitaria nas letras, na música ou em qualquer outro conhecimento, o qual só poderia obter aprendendo de uma outra pessoa ou
d o descobrindo por si mesma?"

"Ele confirmou que sim."

"Por conseguinte", disse o adolescente, "tu, Pródico, quando solicitas aos deuses sucesso e bens, a eles não estás solicitan-

---

15. Último verso do fragm. 66, 67, Hiller, Teubner. Arquíloco de Paros, poeta iâmbico que viveu na primeira metade do século VII a.C.

do nada mais do que tornarem a ti um homem bom, uma vez que tudo é bom para as pessoas boas, enquanto tudo é mau para os maus. E na hipótese de ser verdade que a virtude pode ser ensinada, transmites-me a impressão de que tudo que solicitas é que te ensinem aquilo que não sabes."

A essa altura, eu disse a Pródico que não seria, a meu ver, algo de pouca gravidade se acontecesse de ele se enganar, quanto a esse ponto, e acreditar que tudo que pedimos aos deuses o obtemos de imediato. "Se sempre que vais à cidade, oras fervorosamente, solicitando aos deuses a concessão de bens, desconheces, entretanto, se podem conceder-te o que a eles solicitaste. É algo semelhante a bateres na porta de um gramático e lhe suplicares que te conceda a ciência da gramática, sem, de tua parte, realizares qualquer esforço, esperando recebê-la imediatamente, podendo então executar o trabalho do gramático."

Durante esse meu discurso, Pródico preparava-se para um contra-ataque ao adolescente, visando defender-se e exibir os mesmos argumentos que exibiste há pouco. Ele parecia aborrecer-se com a possibilidade de suas orações aos deuses serem inúteis.

Mas então o supervisor do ginásio aproximou-se e lhe disse que saísse, pois considerava seus discursos inadequados aos jovens, e se eram inadequados, ficava patente que eram perniciosos.

Contei a ti esse incidente para que percebas quais são os sentimentos das pessoas em relação à filosofia. Quando era Pródico que pronunciava esse discurso, parecia delirar a tal ponto ante os ouvintes que justificava até sua expulsão do ginásio, enquanto tu,[16] ao contrário, há pouco parecias ter conduzido tua argumentação tão bem que não só convenceste todos os aqui presentes como levaste teu opositor a aceitar tua opinião. É claramente como ocorre nos tribunais: se acontece de duas pessoas apresentarem a mesma testemunha, uma das duas passando por honesta e a outra por desonesta, a testemunha da pessoa desonesta – para a qual será praticamente impossível convencer o júri – inclinará os jurados, ao contrário, para a opinião oposta, enquanto a afirmação da pessoa

---

16. Crítias.

boa relativamente às mesmas coisas será acolhida como absolu-
c  tamente verdadeira. Talvez teus ouvintes e os de Pródico tenham manifestado uma atitude análoga. Nele viram um sofista e um impostor,[17] ao passo que viram em ti um homem de grande mérito e envolvido nos negócios do Estado. Ademais, acreditam que não devem se ater ao discurso, mas aos discursadores e verificar que tipo de pessoas são eles.

"Na verdade, Sócrates", disse Erasístrato, "falaste belamente a título de gracejo, mas me parece que Crítias claramente disse alguma coisa de certa importância."

d  "Mas, por Zeus", retruquei, "de modo algum estou gracejando. Mas visto que vós discursastes tão admiravelmente, por que não dar também um remate a esta discussão? A mim parece que tendes ainda um ponto para examinar, após terdes chegado a um acordo quanto ao fato de a riqueza ser um bem para alguns e um mal para outros. O que falta investigar, realmente, é o que é precisamente ser rico, na medida em que se, antes de qualquer
e  outra coisa, desconhecerdes isso, jamais podereis alcançar um consenso entre vós se é um bem ou um mal. De minha parte, estou pronto, dentro de minha capacidade, a participar dessa investigação. Cabe, portanto, a quem afirma que a riqueza é um bem, dizer-nos o que realmente é."

"Mas no que me concerne, Sócrates, nada acrescento ao que os outros homens têm a dizer a respeito do que é a riqueza, ou seja, que ser rico é possuir muitos bens. E imagino que Crítias também não pensa diferentemente no que tange à riqueza."

"Ainda assim", insisti, "é necessário examinar quais são esses bens, a fim de evitar o risco de incorrerdes novamente em uma divergência a respeito desse ponto. Por exemplo, os cartagineses utilizam como moeda um certo objeto aproximativamente do ta-
400a  manho do estáter[18] dentro de um saquinho costurado de couro.

---

17. ...ἀλαζόνα... (*alazóna*): também significa *tagarela* e *fanfarrão*, sentidos que parecem estar aqui igualmente implícitos.

18. ...στατῆρος... (*statêros*), no sistema monetário de Atenas, moeda de prata ou de ouro. O estáter de prata valia 4 dracmas e o de ouro 20 dracmas. O dracma era a unidade monetária da Ática e sempre de prata.

Ninguém, salvo aqueles que o confeccionaram, conhecem a natureza de tal objeto. O próximo passo consiste em aplicar o selo legal e pôr a moeda em circulação. O indivíduo que a possuir em maior quantidade será considerado o maior detentor de bens e o mais rico. Entre nós, entretanto, se alguém possuísse uma enorme quantidade dessa moeda, não seria devido a isso mais rico do que se possuísse uma igual quantidade de seixos que apanhasse na montanha. Na Lacedemônia, emprega-se como moeda pedaços de ferro de pesos variáveis, e inclusive o ferro[19] inútil. O possuidor de uma massa expressiva desse ferro é considerado uma pessoa rica. Alhures isso nada vale. Na Etiópia empregam pedras gravadas que são totalmente inúteis e sem valor para um laconiano. Entre os nômades cítios, se alguém possuir a casa de Pulition, não será em função disso mais rico do que entre nós o possuidor do monte Licabeto.[20]

Com isso fica evidente que esses diversos objetos não podem constituir bens porque algumas pessoas que os possuem não parecem mais ricas pelo fato de possuí-los. Entretanto, cada um deles realmente constitui bem (posse) para algumas pessoas, as quais são ricas por possuí-lo, enquanto para outras pessoas nem constitui um bem (uma posse) nem as torna mais ricas. Analogamente, o belo e o feio não parecerão os mesmos para todas as pessoas, pelo contrário variando segundo uma ou outra. E se for nosso desejo investigar por que entre os cítios as casas não constituem riqueza, enquanto entre nós constituem; por que os saquinhos de couro constituem riqueza entre os cartagineses e não entre nós; por que para os lacedemônios os pedaços de ferro constituem riqueza e não para nós, não seria a seguinte a solução que encontraríamos? Quero dizer, por exemplo, se um ateniense possuísse dessas pedras inúteis da ágora o peso correspondente a mil talentos, o teríamos por conta disso como uma pessoa mais rica?"

"Creio que não."

---

19. ...τοῦ σιδήρου... (*toŷ sidéroy*), Souilhé o registra entre colchetes. Burnet o desconsidera.

20. Monte situado ao norte de Atenas.

"Mas imagina que possuísse um peso idêntico em mármore de Paros!²¹ Dirás que é uma pessoa efetivamente muito rica?"

e "Com certeza."

"E não é", prossegui, "por conta disso que esse objeto nos é útil, ao passo que o outro não o é?"

"Sim."

"É ainda devido a isso que entre os cítios as casas não constituem riqueza, posto que entre eles uma casa não tem utilidade alguma: um cítio não trocaria um couro pela mais bela casa, visto o primeiro lhe ser útil, enquanto a primeira não lhe serve de nada. Do mesmo modo, não avaliamos como riqueza a moeda cartaginesa. Munidos dela estaríamos impossibilitados de obter o necessário, aquilo que obteríamos com a prata, de modo que a moeda cartaginesa não teria para nós nenhuma utilidade."

"É o que parece."

"A conclusão é que todas as coisas que nos são úteis constituem riquezas, enquanto todas que nos são inúteis não constituem riquezas."

A isso Erixias respondeu:

"Como, Sócrates, não será verdade que quando lidamos uns
401a com os outros utilizamos procedimentos e expedientes como discutir e *prejudicar*²² e muitos outros? Seriam, nesse caso, para nós riquezas? Afinal, não há dúvida que são coisas úteis. Mas parece-me não termos encontrado com isso o que é a posse ou propriedade. Que a qualidade de útil deva estar presente na riqueza ninguém nega, porém uma vez que nem tudo que é útil constitui um bem (posse), que tipos de coisas úteis são posses?"

"Que tal se enfrentarmos a questão novamente por meio de
b uma analogia com os remédios, os quais foram concebidos para eliminar as doenças? Teríamos graças a esse procedimento uma melhor chance de descobrir o que investigamos, nomeadamente

---

21. ...λυχνιτοῦ λίθου... (*lykhnitoŷ líthoy*).

22. ...βλάπτειν... (*bláptein*): provável falha do manuscrito. A expressão é altamente dúbia para Souilhé e também inaceitável para Burnet, que não hesita em substituí-la pelo conjetural ...βλέπειν... (*blépein*), ver, perceber com a visão.

por que fazemos uso de riquezas e qual o objetivo que visávamos ao inventar a posse das riquezas. Talvez essa abordagem nos proporcione clareza.

Visto afigurar-se necessário que tudo aquilo que constitui riqueza seja concomitantemente útil, e que haja entre as coisas úteis uma categoria que chamamos de *riquezas*, restaria examinar mediante qual uso a utilização das riquezas é útil. É possivelmente útil tudo aquilo de que nos servimos para produzir, tanto tudo aquilo que é animado e vivo, havendo entre os seres vivos um gênero que chamamos de ser humano. Se, contudo, a nós fosse indagado o que seria necessário ser de nós afastado a fim de prescindirmos da medicina e dos instrumentos médicos, responderíamos que para isso bastaria que as doenças fossem removidas de nossos corpos, ou que estes fossem para elas inacessíveis, ou se, caso fossem contraídas, não tardassem a desaparecer. A necessária conclusão é a de que, entre as ciências, a medicina é a útil ao propósito de eliminar as doenças. E se agora perguntassem a nós do que deveríamos nos livrar para passarmos a prescindir das riquezas, estaríamos capacitados a responder a essa pergunta? Se de fato não estamos, mudemos ainda para este outro método. Vejamos, na suposição de que o ser humano fosse capaz de viver sem alimento e bebida, não experimentando nem fome nem sede, que necessidade teria dessas coisas, ou de dinheiro ou qualquer outra coisa mais no sentido de prover-se delas?"

"Suponho que nenhuma necessidade."

"E quanto ao resto ocorre o mesmo. Se a manutenção do corpo não nos obrigasse às necessidades a que nos obriga presentemente, necessidade tanto de calor quanto de frio e, em geral, daquilo que o corpo, na sua carência, exige, as chamadas riquezas nos seriam inúteis, supondo que não experimentássemos absolutamente nenhuma dessas necessidades que suscitam nosso anelo pelas riquezas, na premência em que nos achamos de satisfazer os persistentes apetites e carências do corpo. Na hipótese, então, de ser para isso que serve a posse de riquezas, isto é, para atender às exigências do corpo, elimina estas exigências e as riquezas deixarão de ser indispensáveis para nós, e talvez deixem simplesmente de existir."

"É o que parece."

"Então as coisas úteis nesse sentido nos parecem, creio eu, constituírem riquezas." Embora a contragosto, ele concordou. Mas parecia ter ficado muito confuso com meu argumento.

402a "E o que achas dessa maneira que encarar o assunto? Dirias que, relativamente a um objetivo específico, de uma operação idêntica, a mesma coisa seja em uma oportunidade útil, noutra inútil?"

"Não, não me atreveria a afirmá-lo. Pelo contrário, se experimentássemos qualquer necessidade da coisa para esse objetivo específico, então realmente eu a avaliaria como útil, mas se não o experimentássemos, ela não se revelaria como tal."

"Se, no caso, fôssemos capazes de fabricar uma estátua de bronze sem o auxílio do fogo, dispensaríamos totalmente o fogo para executar e operação, atingir esse objetivo específico, e não tendo absolutamente nenhuma necessidade dele, ele perderia para nós a utilidade. O mesmo argumento é aplicável a todas as outras coisas."

"É o que parece."

b "Portanto, tudo aquilo que se revela dispensável na consecução de um resultado se afigura inútil relativamente a esse resultado."

"Sim, inútil."

"A conclusão é que se algum dia nos capacitássemos a eliminar as necessidades do corpo, de modo que ele não mais as experimentasse, e fôssemos capazes de realizá-lo sem o auxílio da prata, do ouro e das demais coisas do gênero que realmente não utilizamos em favor do corpo como utilizamos o alimento, a bebida, as roupas, as cobertas e as casas, contaríamos com a possibilidade de aplacar as exigências do corpo, a ponto de não

c experimentar mais essa necessidade. Consequentemente, o ouro, a prata e todos os demais bens desse gênero deixariam de ter qualquer utilidade para atingirmos esse objetivo, já que para atingi-lo poderíamos dispensá-los."

"Isso é evidente."

"E isso não nos pareceria mais ser riqueza, uma vez que seria inútil. Constituiriam riqueza, contudo, os objetos que nos facultariam obter bens úteis."

"Sócrates, jamais alguém me convencerá de que o ouro, a prata e outros bens deste gênero não são riquezas. Admito, está claro, que aquilo que é inútil não é riqueza e que as riquezas estão entre os bens mais úteis.[23] Entretanto, é para mim inadmissível pensar que essas riquezas não apresentam nenhuma utilidade para nossas vidas, já que através delas obtemos o que nos é necessário."

"Bem, o que dizermos diante disso? Há pessoas que ensinam música, gramática ou qualquer outra ciência, recebendo em troca disso o que lhes é necessário e ganhando dinheiro com seu ensino?"

"Sim, há."

"Consequentemente, essas pessoas, por meio da ciência que possuem, poderiam conseguir o que lhes é necessário obtendo-o a título de troca pela ciência que conhecem, tal como se recebem coisas em troca de ouro e prata."

"Sim."

"E se dessa maneira obtêm o que lhes é indispensável para viver, sua ciência também será útil à vida. Eis porque afirmamos que o dinheiro é útil; através dele dispomos da possibilidade de adquirir o que é necessário à manutenção do corpo."

"Realmente foi o que afirmamos."

"Ora, se as próprias ciências pertencem à classe de objetos úteis à consecução desse objetivo, parece que são riquezas pela mesma razão que o são o ouro e a prata. E é evidente que os possuidores dessas ciências são mais ricos. Ora, há pouco, enfrentávamos grande transtorno para aceitar que essas pessoas são as mais ricas. Entretanto, com base no acordo que acabamos de alcançar, seria de se concluir que aqueles que detêm mais ciência são às vezes mais ricos. Por exemplo, se alguém nos perguntasse se pensamos ser um cavalo útil a todas as pessoas, não responderias que ele é útil a quem sabe dele se servir, mas não a quem não sabe?"

"É o que eu diria."

"Assim", continuei, "devido à mesma razão, tampouco um remédio será útil a todas as pessoas, mas somente àquelas que sabem como dele se servirem."

---

23. Entenda-se: *para atender às necessidades do corpo*.

"Admito-o."

"E não será isso aplicável a tudo o mais?"

"É o que parece."

b "Portanto, o ouro, a prata e tudo que geralmente é considerado riqueza somente seriam úteis exclusivamente a quem deles soubesse como se servir."

"Certo."

"Mas antes não tínhamos a impressão de que cabia a uma pessoa de bem saber quando e como fazer uso de cada uma dessas coisas?"

"Tínhamos."

"Portanto, é às pessoas de bem, e a estas exclusivamente, que tais riquezas seriam úteis, uma vez que são elas que conhecem seu uso. E se são úteis exclusivamente a elas, igualmente exclusivamente a elas parecerá que são riquezas. É evidente que para um c ignorante em matéria de equitação, os cavalos de sua propriedade não têm para ele nenhuma utilidade. Se o transformarmos em um cavaleiro, promoveremos ao mesmo tempo o seu enriquecimento, pois tornaremos útil para ele o que antes não era útil, porquanto ao proporcionarmos a um homem o conhecimento, lhe proporcionamos de imediato a riqueza."

"Ao menos é o que parece."

"E, no entanto, eu seria capaz de jurar que Crítias não se deixou convencer por nenhum desses argumentos."

"Por Zeus, decerto que não", ele respondeu, "e seria um insend sato se me deixasse convencer. Mas prossegue e conclui tua argumentação de que aquilo que é geralmente considerado como riqueza, ou seja, o ouro, a prata e outras coisas deste gênero, não são riqueza. Não imaginas a que ponto me sinto arrebatado ao ouvir os argumentos que agora expões."

"Penso, Crítias", retomei meu discurso, "que te sentes arrebatado ao me ouvires do mesmo modo que te sentes assim ao ouvir os rapsodos que cantam os poemas de Homero: não consideras verdadeira uma só palavra de meus discursos. Contudo, o que diríamos a respeito do seguinte? Dirias que certas coisas são úteis e aos construtores quando estão construindo casas?"

"Parece-me que sim."

"E esses objetos de seu uso que consideraríamos úteis não seriam aqueles de que se servem para construir, ou seja, as pedras, os tijolos, a madeira e outros materiais do mesmo gênero? E além desses as ferramentas por meio das quais edificam a casa, e aquelas que lhes permitem a obtenção desses materiais, madeira e pedras, além ainda dos instrumentos necessários para a fabricação dessas ferramentas?"

"Sim", ele respondeu, "parece-me que todas essas coisas envolvidas na operação são úteis."

"E não será o mesmo aplicável às demais atividades? Não são apenas úteis esses materiais empregados por nós em cada uma dessas atividades, como também todos aqueles através dos quais obtemos tais materiais e sem os quais nosso trabalho seria inexequível?"

"Com toda a certeza."

404a "E ainda os instrumentos necessários à fabricação dos instrumentos anteriores, e de outros anteriores a estes, além dos que contribuem para a obtenção desses últimos, e em uma renovação contínua que remonta ao início, de modo que atingindo uma sequência interminável, tudo isso forçosamente nos parece útil à execução dessas atividades."

"Nada se opõe a que seja assim."

"Ora, mas se um ser humano dispusesse de alimento, bebida, roupas, em suma de tudo aquilo que é exigido para o cuidado de seu corpo, teria ainda necessidade de ouro, prata ou de qualquer outra coisa para a obtenção daquilo que já possui?"

"Não o creio."

b "Assim, haveria casos em que o ser humano não pareceria ter necessidade de nenhuma dessas riquezas para a manutenção de seu corpo?"[24]

"De fato, não."

---

24. Esse período na interrogativa gera uma certa ambiguidade em função da resposta negativa imediata, de modo que podemos também entendê-lo na afirmativa.

"E se parecem inúteis nesse sentido, não seria de se concluir que jamais poderiam parecer úteis? Afinal atuou como um fundamento de nossa discussão as coisas não poderem ser às vezes úteis, às vezes inúteis do ponto de vista de um propósito específico."

"E dessa maneira", ele disse, "estaríamos talvez, tu e eu, de acordo, pois se ocorresse de jamais atenderem a esse objetivo, seria impossível que voltassem a ser úteis. Eu chegaria a afirmar, diferentemente, que tanto contribuem para a realização das obras más, quando concorrem para a realização de boas obras."

"Mas seria possível que alguma coisa má fosse útil para a consecução de alguma coisa boa?"

"Não me parece."

"Não chamaríamos de bons atos os praticados virtuosamente?"

"Sim."

"Mas estaria o ser humano capacitado a aprender qualquer dos conhecimentos transmitidos pela palavra se estivesse inteiramente privado da faculdade através da qual entende outro ser humano?"

"Por Zeus, não posso concebê-lo."

"Assim, seria de se esperar que a audição fosse classificada como algo útil para a virtude, já que é graças à audição que a virtude é a nós comunicada pelo ensino e utilizamos essa faculdade para o aprendizado."

"É o que parece."

"E se a medicina é capaz de curar os doentes, deverá igualmente ser classificada entre as coisas úteis, uma vez que por meio dela o sentido da audição pode ser recuperado."

"Nada a opor a isso."

"E se, por outro lado, pudermos ter acesso à medicina graças à riqueza, ficará claro que também a riqueza seria útil do ponto de vista da virtude."

"Sim", ele disse, "...isso é verdade."

"E igualmente os meios pelos quais obtemos a riqueza?"

"Sim, absolutamente."

"Supões que uma pessoa possa obter dinheiro por meios desonestos e vergonhosos, com o que lhe será permitido ter acesso ao conhecimento médico, graças ao qual *ouvirá*, algo que antes lhe era impossível? E não poderia servir-se disso exatamente em vista da virtude ou de algo semelhante?"

"Decerto que posso supô-lo."

"Não é verdadeiro que aquilo que é desonesto não poderia ser útil do ponto de vista da virtude?"

"De fato, não poderia."

"Consequentemente, aquelas coisas mediante as quais conseguimos o que é útil em função de um propósito ou outro não são necessariamente também úteis para aquele mesmo propósito. Se assim fosse, as coisas más pareceriam às vezes serem úteis a um bom propósito.

405a  Talvez o seguinte esclareça isso. Se as coisas são úteis a um propósito ou outro e este propósito só pode ser atingido sob a condição dessas coisas existirem de antemão, o que opinarias diante disso? É possível que a ignorância seja útil a favor do conhecimento, ou que a doença o seja a favor da saúde, ou o vício a favor da virtude?"

"Eu não me arriscaria a afirmá-lo."

"E, contudo, cabe-nos confessar que o conhecimento não pode encontrar-se onde não estava presente antes a ignorância, a saúde onde não se achava anteriormente a doença, a virtude onde não existia antes o vício."

"Sim, suponho que é o que nos cabe."

b  "Então, não parece necessário que tudo que requeira o atingir de um propósito seja, simultaneamente, útil em vista desse propósito. Se assim fosse, a ignorância seria útil em vista do conhecimento, a doença em vista da saúde, o vício em vista da virtude."

Ele[25] não se deixava facilmente ser dissuadido, mesmo à força desses argumentos, de que todos esses objetos fossem riquezas. Percebi que era tão fácil persuadi-lo quanto *cozer uma pedra*, como diz o brocardo.

---

25. Ou seja, Crítias.

c   "Ora", prossegui, "deixemos de lado esses argumentos, uma vez que não chegamos a um acordo quanto a se coisas úteis e riquezas são idênticas ou não. Mas o que diríamos do seguinte? Consideraríamos uma pessoa mais feliz e melhor se suas exigências físicas e necessidades da vida cotidiana fossem sumamente numerosas, ou se [,ao contrário,] fossem o mais escassas e simples possível? Talvez pudéssemos considerar, de preferência, a coisa sob um outro aspecto, comparando a pessoa consigo mesma e nos indagando qual é para ela o melhor estado: o da saúde
d   ou o da doença?"

"Não há necessidade decerto de o considerarmos por muito tempo."

"Não há dúvida", retomei a palavra, "que todos percebem com facilidade que o estado de saúde é melhor do que o estado de enfermidade. A questão é: quando experimentamos a maior quantidade de necessidades e as mais variadas? Quando estamos enfermos ou quando gozamos de boa saúde?"

"Quando estamos enfermos."

e   "Assim, é quando nos encontramos no pior dos estados que os prazeres do corpo estimulam nossos desejos e nossas necessidades da maneira mais intensa e mais frequente?"

"Assim é."

"E pela mesma razão, como alguém parece estar na melhor condição ao se encontrar o menos agitado por tais necessidades, como quando estamos diante de dois indivíduos, um deles torturado por múltiplos desejos e apetites, ao passo que o outro se acha minimamente afetado por eles e tranquilo. Por exemplo, pensemos em todos que são jogadores, beberrões ou glutões, uma vez que as condições em que se encontram não passam de estados de desejo."

"Exatamente."

"E todos os desejos não passam, por sua vez, de necessidades. Consequentemente, aqueles que os experimentam mais encontram-se em uma situação muito mais penosa do que os que não experimentam nenhum deles, ou pouquíssimos."

406a "Sim e compreendo, inclusive, que os primeiros são muito infelizes e que quanto mais permanecem nesse estado, mais infelizes são."

"Não nos parece que uma coisa não pode servir a um propósito se não experimentarmos a necessidade dela para atingir esse propósito?"

"Sim."

"Deveremos concluir que para que os bens revelem-se úteis do ponto de vista do corpo e de suas necessidades, é necessário, ao mesmo tempo, que experimentemos sua necessidade para atingir esse propósito?"

"Assim me parece."

"Por conseguinte, a pessoa possuidora da maior quantidade de coisas úteis para atingir esse propósito pareceria igualmente ter a maior quantidade de necessidades para satisfazer nesse propósito, na medida em que está fadada a necessitar todas as coisas que são úteis."

"Creio que deva ser assim."

"Portanto, por força desse argumento, afigura-se necessário que aqueles que possuem riquezas em abundância também experimentam numerosas necessidades no que diz respeito aos cuidados do corpo: de fato, é o que é útil a esse propósito que se revelou como riqueza.

A conclusão inevitável é que os mais ricos são os que se encontram no estado mais deplorável, visto serem os mais carentes da maior quantidade desses bens."

# Axíoco
(ou Da Morte)

## PERSONAGENS DO DIÁLOGO:
**Sócrates, Clínias e Axíoco**

364a **Sócrates:**[1] Eu saíra para ir ao Cinosarges[2] e me encontrava próximo de Hiliso[3] quando atingiu meus ouvidos uma voz que bradava: "Sócrates, Sócrates!" Voltei-me para saber de onde vinha a voz e avistei Clínias,[4] filho de Axíoco,[5] que corria rumo à fonte Calirroê,[6] acompanhado do músico Damon[7] e de Cármides,[8] filho de Gláucon. O primeiro era o professor de música de Clínias, ao passo que o segundo era um de
b seus companheiros, que ele amava e por quem era amado. Desviando-me de meu caminho, decidi-me a ir ao encontro

---

1. John Burnet não anuncia nominalmente a fala de cada um dos personagens, preferindo o recurso às aspas. Apesar do uso das aspas na introdução narrativa, Souilhé já indica o nome de Sócrates no início, anunciando também os demais em todo o diálogo.
2. Designação de um ginásio situado fora dos muros de Atenas, consagrado a Héracles, e também do lugar em que estava situado.
3. Regato da Ática.
4. Jovem que, tal como Cármides, pertencia ao círculo socrático.
5. Tio de Alcibíades, cidadão ilustre e atuante em Atenas. Ver 369a.
6. Fonte situada no leito do Hiliso.
7. Renomado músico contemporâneo de Péricles.
8. Tio de Platão e um dos futuros Trinta Tiranos. Ver o *Cármides* em *Diálogos VI* (*Clássicos Edipro*).

deles, a fim de superar mais depressa a distância que nos separava. Com lágrimas nos olhos, disse-me Clínias:

"Sócrates, eis uma boa oportunidade de exibir tua sabedoria tão propalada. Meu pai acaba de ser acometido subitamente por uma debilidade geral e está próximo do fim de sua vida. Ora, é com muita tristeza que vislumbra seu desenlace iminente... ele que antes zombava daqueles que temiam a morte e chegava mesmo, ainda que brandamente, a ridicularizá-los. Vem, portanto, e conforta-o de teu modo para que possa partir sem queixas para o seu destino e me possibilite, assim, prestar-lhe esse último dever de piedade filial."

"Jamais ouvirias uma recusa de minha parte, Clínias, quando se trata de pedidos razoáveis, e menos ainda quando me convocas para um dever religioso. Apressemo-nos, portanto, pois se ele se acha nesse estado, a rapidez é essencial."

**Clínias:** O simples fato de ver-te, Sócrates, transmitir-lhe-á forças. Na verdade, já aconteceu antes, com frequência, recuperar-se ele desse estado.

Caminhamos então rapidamente ao longo dos muros até alcançarmos os portões itonianos, pois ele morava muito próximo destes, ao lado da coluna das amazonas. Encontramos Axíoco, que recuperara os sentidos, com um corpo forte, mas a alma debilitada. Necessitava de muito consolo. Soluçava e gemia continuamente, vertia lágrimas copiosas e batia as mãos.

"Axíoco", disse-lhe, "o que está acontecendo? Onde estão tua antiga autoconfiança, teus constantes louvores à virtude e aquela coragem inabalável que manifestavas? Pareces com um atleta frouxo que se destaca nos treinos e fracassa na própria competição! Tu te negas a considerar essa lei da natureza... um homem de tua idade, atento à força dos argumentos, e na ausência desses motivos, um ateniense! Não compreendes que *a vida é um efêmero exílio* (de fato, um lugar comum por todos repetido) que deve ser vivido decentemente para depois seguir-se o destino ao menos resolutamente, senão celebrando com peãs? Mostrar-se tão fraco e resistente a ser arrancado da vida é algo pueril e indigno de um homem razoável."

c **Axíoco:** É verdade, Sócrates. E o que dizes me parece correto, mas não sei como, chegado esse momento fatal, sinto desvanecerem, quase a minha revelia, todos esses argumentos incisivos e sublimes, que não consigo mais levar a sério. Uma espécie de temor os vence dilacerando de mil formas minha mente... um temor de ser privado dessa luz e desses bens, de apodrecer em qualquer lugar, invisível e ignorado, presa de vermes e de insetos.[9]

**Sócrates:** O fato, Axíoco, é que, em teu aturdimento, confundes, incapaz de compreensão, sensibilidade e insensibilidade,
d além de contradizer-te em tuas palavras e em teus atos. Não compreendes, na verdade, que ao mesmo tempo lamentas pela perda das sensações e te atormentas pelo apodrecimento e a privação dos prazeres, como se fosses morrer para ingressar em uma outra vida e não para cair em uma total insensibilidade, tal como aquela anterior ao teu nascimento. Durante o governo de Drácon ou de Clístenes, nenhum mal podia atingir-te, já que não existias naquela época para que pudesse atingir-te... Ora, tampouco poderá qualquer mal te atingir após tua morte, posto que não existirás posteriormente para que possas ser atingido.

Afasta, portanto, todas essas tolices e pensa que, uma vez dissolvido o composto e a alma estabelecida em seu próprio lugar, esse corpo que resta – terroso e irracional – não é mais o ser humano. Com efeito, cada um de nós é uma alma, um ser vivo imortal encerrado em uma prisão mortal.[10] E a natureza confeccionou essa tenda para o sofrimento: seus prazeres são superficiais, fugazes e mesclados a muitas dores, ao passo

---

9. ...κνώδαλα... (*knódala*), genericamente todo animal selvagem. Embora certos helenistas, ao traduzirem, prefiram esta acepção ampla, optamos pela restrita. Axíoco era membro de família nobre e cidadão ilustre. Assim, seu sepultamento, acompanhado dos devidos ritos religiosos, o livraria seguramente de ter seu cadáver exposto ou mesmo lançado às feras, o que estava reservado aos grandes criminosos e àqueles marcados pela suma ignomínia. Certamente racionalizamos, já que Axíoco, no seu desespero, poderia muito bem não atentar para esse fato.

10. Ver o *Fédon* em *Diálogos III* (*Clássicos Edipro*), sobretudo 82e.

que suas dores são intensas, duradouras e sem a mistura de prazeres. E embora a alma seja forçada a compartilhar com os órgãos dos sentidos suas doenças, inflamações e os demais males internos do corpo, uma vez que está distribuída através dos poros do corpo, deseja ardentemente o éter celeste que lhe é natural, ou melhor, tem sede dele, lutando, em sua aspiração, para atingir as danças corais desse éter.

b

A conclusão é que deixar a vida é trocar um mal por um bem.

**Axíoco:** Mas, Sócrates, se consideras a vida um mal, por que permaneces vivo? Especialmente tu, que és um pensador, e que superas em inteligência a maioria de nós!

**Sócrates:** Axíoco, fazes uma ideia errônea de mim. Como a maioria dos atenienses, acreditas que pelo fato de eu tudo investigar, possuo algum saber. Quem me dera conhecer essas coisas ordinárias, tão longe estou de conhecer as extraordinárias! O que vou dizer agora não passa de eco do sábio Pródico.[11] Paguei-lhe uma vez meio dracma, uma outra vez dois dracmas, e em uma outra oportunidade ainda quatro dracmas, visto que esse homem a ninguém instrui gratuitamente e está acostumado a repetir constantemente as palavras de Epicarmo:[12] "Uma mão lava a outra", dá e receberás. De qualquer maneira, recentemente ele fez uma conferência na casa de Cálias,[13] filho de Hipônico, na qual disse tais coisas a respeito da vida que, por pouco, não fui convencido a renunciar a ela. Desde então, minha alma deseja a morte, Axíoco.

c

**Axíoco:** E que coisas eram essas que ele disse?

d **Sócrates:** Repetirei aquilo de que me lembro. Qual é a idade isenta de sofrimento? Não é pela dor que a criança inicia sua existência e não é chorando que ingressa na vida? Não há dúvida de que não é poupado de sofrimento algum: as neces-

---

11. Famoso sofista. Ver o *Protágoras*.
12. Poeta cômico que viveu no século V a.C.
13. Riquíssimo ateniense que granjeou notoriedade principalmente por prestigiar, acolher e hospedar famosos sofistas em sua ampla e luxuosa casa.

sidades do corpo,¹⁴ frio, calor, pancadas constituem para ele causas de dores. E incapaz de exprimir o que experimenta, só conta com o choro para manifestar seu descontentamento. Quando atinge os sete anos, após haver suportado muito sofrimento, eis que surgem em sua vida os pedagogos,¹⁵ os professores de leitura e escrita e os instrutores de educação física para tiranizá-lo; quando cresce, tem que suportar os professores de literatura, os geômetras e os instrutores de treinamento militar, todo um bando de mestres despóticos. E ao ingressar no elenco dos efebos¹⁶ defronta-se com o supervisor dos mesmos e o medo das pancadas; mais tarde o Liceu, a Academia¹⁷ e os instrutores do ginásio com suas varas e castigos inumeráveis. E toda a adolescência transcorre sob a dependência dos supervisores dos jovens e dos preceptores que o Areópago¹⁸ escolhe para a juventude.

Libertado de tudo isso, é acossado imediatamente por inquietações ligadas à escolha e deliberação sobre a carreira a seguir. E os transtornos de outrora lhe parecerão folguedos pueris e verdadeiros espantalhos, por assim dizer, se comparados aos atuais: campanhas militares, ferimentos, combates incessantes.

Na sequência, a velhice se instaura, infiltrando-se de maneira subreptícia, e para ela aflui tudo que na natureza há de

---

14. Burnet: ...*fome e sede...* .
15. ...παιδαγωγοί... (*paidagogoí*), que poderíamos traduzir precariamente por tutores ou guardiões. Mas o pedagogo era, como indica literalmente a palavra, o *condutor da criança*, isto é, a pessoa, geralmente um escravo, que conduzia a criança livre à escola e a outros lugares, sendo responsável por sua conduta e segurança e autorizado a corrigi-la, até mediante punições corpóreas. Desse modo, o *pedagogo* constituía um elemento importantíssimo na educação da criança.
16. ...ἐφήβους... (*ephéboys*), adolescentes que, tendo atingido a idade de 16, 17 ou 18 anos (não sabemos *a rigor* a idade exata) eram submetidos a uma prova, que lhes possibilitava serem inscritos como cidadãos relativamente ao seu demo.
17. O autor se refere respectivamente ao ginásio localizado na região nordeste de Atenas (onde Aristóteles passaria a ensinar) e ao horto junto a Atenas (onde Platão ensinava).
18. ...Ἀρείου πάγου... (*Areíoy págoy*), literalmente colina de Ares; em Atenas o tribunal que tinha sede nessa colina e que se ocupava dos crimes de homicídio.

decrépito, de miserável e praticamente incurável. E se a vida não for quitada rapidamente, como uma dívida, a natureza, atuando como uma agiota, cobrará penhores, ora a visão, ora a audição... amiúde ambas. E se a isso se sobrevive, surgirão a paralisia, a mutilação, a deficiência física.

*Algumas* pessoas vicejam fisicamente em uma velhice duradoura e, então, por meio de suas mentes, ingressam em uma segunda infância. Assim, os deuses, conhecedores da condição humana, apressam-se em livrar da vida aqueles pelos quais têm grande apreço. Agamedes e Trofônio, construtores do templo do deus pítio,[19] suplicaram a ele que lhes proporcionasse o que haveria de melhor para eles. Adormeceram e não acordaram mais... A sacerdotisa de Argos, analogamente, pedira a Hera[20] que recompensasse seus filhos por seu ato de piedade filial – na falta de uma parelha de animais, os jovens haviam colocado a si mesmos sob o cambão e transportado sua mãe até o templo. O resultado da súplica foi morrerem na própria noite que sucedeu ao pedido de sua mãe. Seria recorrer a uma lista excessivamente longa, fazermos a citação de todos os poetas que com suas vozes divinas e inspiradas cantaram as misérias da vida. Limitar-me-ei a um deles, o mais digno de ser lembrado. Ele diz:

*...A sorte tecida pelos deuses para os mortais infelizes*
*É viverem sempre na tristeza...*[21]

e...

*...Tão desafortunado quanto o homem não há, decerto, nenhum ser*
*entre os que respiram sobre a Terra e sobre ela se movem...*[22]

E quanto a Anfiarau, o que diz ele?

---

19. Isto é, Apolo.
20. ..."Ηρας... (*Héras*), Souilhé o registra entre colchetes.
21. Homero, *Ilíada*, Canto XXIV, 525-526.
22. *Idem*, Canto XVII, 446-447.

...Embora favorito de Zeus, aquele que empunha a égide, que o amava de todo o coração e de Apolo, que lhe dedicava extremada ternura, não atingiu o limiar da velhice...[23]

E aquele que nos solicita...

...lastimar o recém-nascido que vem para tantas misérias...[24]

O que pensas disso? Todavia, detenho-me para não faltar à minha promessa e tornar prolixo meu discurso mediante outras reminiscências.

Qual o tipo de vida, qual a profissão que depois de escolhidos não acarretam queixas? E quem não está descontente com sua sorte? Se nos aproximarmos dos comerciantes e dos trabalhadores, que mourejam de uma noite à outra e que com dificuldade obtêm o suficiente para suprir suas necessidades, quantas lamentações! Quão saturadas de gemidos e lágrimas são suas vigílias! E quanto ao mercador que navega em meio a tantos perigos e que não se acha – segundo as palavras de Bias[25] – *nem entre os mortos, nem entre os vivos*, pois o ser humano, feito para a terra, arroja-se ao mar como um anfíbio, pondo-se completamente à mercê da sorte... Mas a agricultura não é uma ocupação agradável? Realmente. Contudo, não é apenas uma praga – como dizem – que sempre constitui um pretexto para a aflição? Ora o agricultor se queixa da seca, ora do excesso de chuva, ora da mangra, ora do excesso de calor ou da geada.

E quanto à prestigiada política? De fato, omito aqui muitos casos. Efetivamente ela apresenta suas vívidas e agitadas alegrias, que são como um acesso de febre, mas também produz desastres dolorosos piores do que mil mortes. Será possível que encontre sua felicidade aquele que vive para a multidão, em meio a lisonjas e aplausos, autêntico joguete do povo, expulso, vaiado, castigado, executado, objeto de piedade? Diz-me

---

23. Homero, *Odisseia*, Canto XV, 245-246.
24. Verso extraído de um fragmento da peça perdida *Cresfontes*, de Eurípides.
25. Bias de Priene, considerado um dos sete sábios da Grécia Antiga.

tu, Axíoco, o político, onde morreu Miltíades? E Temístocles? E Efialtes?[26] E onde, recentemente, morreram os dez generais quando me neguei a pedir ao povo sua opinião? Considerei indigno chefiar uma turba enlouquecida, mas, no dia seguinte, Teramenes e Calixenes subornaram os presidentes e asseguraram a condenação desses homens à morte sem julgamento. Tu somente, entre os três mil homens[27] da Assembleia, assumiste a defesa deles com Euriptolemo.[28]

**Axíoco:** Está certo, Sócrates, e desde então fartei-me da tribuna e nada me parece mais cansativo do que a política. Isso fica claro para todos os envolvidos. Falas, é claro, como um observador que contempla as coisas de longe, mas aqueles entre nós que viveram a experiência, a conhecemos de uma maneira mais exata. O povo, meu caro Sócrates, é algo ingrato, volúvel, cruel, invejoso, sem educação, uma verdadeira corja de indivíduos violentos e estúpidos provenientes de todos os lados. E aquele que a ele se associa é ainda muito mais desprezível.

---

26. Miltíades e Temístocles: famosos e conceituados políticos e generais atenienses; Efialtes: político ateniense atuante na instauração da democracia, colaborador e amigo de Péricles. Miltíades, valoroso general, após haver falhado em uma expedição militar contra Paros, foi condenado a pagar uma pesada multa de 50 talentos; sem recursos para pagá-la, foi condenado à prisão, onde não tardou a perecer. Outro valoroso general, Temístocles, foi condenado ao ostracismo em 470 a.C. e findou seus dias no exílio. Efialtes, ardente democrata, atuou no sentido de reduzir o poder do Areópago: foi assassinado.

27. ...τρισμυρίων... (*trismyríon*), indiscutivelmente *trinta mil* e não *três mil* como traduzimos. Entretanto, esse número (trinta mil) parece excessivo para uma Assembleia Popular em Atenas, mesmo envolvendo uma matéria grave como a em pauta. Como se sabe, dessa Assembleia (ἐκκλησία [*ekklesía*]) só participavam cidadãos, ou seja, *homens* livres, excluindo os milhares de escravos, mulheres, menores e estrangeiros que residiam em Atenas e que representavam claramente a maioria populacional. Outra opção seria entender *trismyríon* não literalmente, mas figurativamente: uma *quantidade imensa, inumerável* de homens.

28. Sobre este episódio, consultar a *Apologia de Sócrates* de Platão, 32b-c e *Ditos e Feitos Memoráveis de Sócrates* de Xenofonte, Livro I, 1, 18. Quanto a Euriptolemo, era primo de Alcibíades. Esse episódio também é tratado com mais pormenores por Xenofonte em sua *Helênica*.

**Sócrates:** Bem, Axíoco, se sustentas que a mais liberal das ciências é a mais abominável, o que pensar dos outros gêneros de vida? Não será conveniente deles fugirmos? Em uma ocasião também ouvi Pródico dizer que a morte não diz respeito nem aos que vivem nem aos que morrem.

**Axíoco:** O que queres dizer com isso, Sócrates?

**Sócrates:** Do ponto de vista dos vivos, a morte não existe; quanto aos mortos, não existem mais. Assim, a morte nada tem a ver contigo agora, pois não estás morto, e se algo acontecer a ti, tampouco terá a ver contigo, pois tu não existirás mais. Constitui, portanto, uma dor sem sentido para Axíoco lamentar-se a respeito do que não existe nem existirá para ele, e uma dor tão tola quanto lamentar-se por causa de Cila ou do Centauro,[29] que no que concerne a ti, nem existem agora nem existirão posteriormente, depois de tua morte. O temível é temível para aqueles que existem. Como poderia sê-lo para aqueles que não existem?

**Axíoco:** Esses belos discursos, com os quais me brindas, soam precisamente como as tagarelices que estão em voga hoje em dia, como todas essas tolices concebidas para os jovens. No que me diz respeito, é a privação dos bens da vida que me angustia e assim continuará sendo, mesmo que me apresentes argumentos ainda mais persuasivos do que esses, Sócrates. Minha mente não os compreende, não é desviada pelo encanto das palavras; entram por um ouvido e saem pelo outro. Favorecem, talvez, a pompa e o brilho do estilo, mas não têm do seu lado a verdade. Sofrimentos não toleram expedientes engenhosos e não são por eles aliviados. Somente o que é capaz de atingir a alma os alivia.

**Sócrates:** Mas isso, Axíoco, acontece porque, irrefletidamente, e sem compreendê-lo, confundes a sensação de males recentes com a privação dos bens, esquecendo o fato de que estarás morto. Está claro que nos afligimos pelos bens perdidos quando,

---

29. Na mitologia, o primeiro monstro marinho nomeado e específico; quanto ao segundo, representa uma raça de criaturas fisicamente duplas cuja parte inferior é equina e a superior (tronco, pescoço e cabeça) humana.

em lugar disso, temos que padecer os males, porém, quando não existimos mais, não percebemos sequer essa privação. Como seria possível mortificar-se com aquilo que não tornará conscientes as aflições vindouras? Se não tivesses principiado, Axíoco, de uma maneira ou outra, por supor, devido à ignorância, que os mortos também experimentam sensação, jamais terias te alarmado com a morte. Mas agora afliges a ti mesmo: receias ser privado da alma e atribuis uma alma a essa privação. Estás apavorado diante de perder a capacidade de sentir e imaginas uma sensação para perceber essa ausência de sensação.

b   Sem aludir aos muitos e bons argumentos a favor da imortalidade da alma: uma natureza mortal nunca empreenderia realizações de vulto como afrontar a força física muito superior dos animais selvagens, atravessar os mares, construir cidades, estabelecer governos, observar o céu e considerar as revoluções dos astros, os cursos do sol e da lua, o seu nascente e o seu poente, seus eclipses e céleres retornos periódicos, os equinócios e os dois solstícios, as plêiades tempestuosas do inverno, os ventos do verão, assim como as chuvas torrenciais e o furor dos tufões... e consignar por escrito em caráter eterno os estados do universo, se não existisse efetivamente na alma algum sopro divino que a capacitasse a compreender e conhecer todas essas coisas de grande magnitude. Assim, tua transição não é para a morte, mas para a imortalidade, Axíoco. Os bens[30] não serão de ti subtraídos, mas poderás sim deles fruir de maneira mais pura; não gozarás desses prazeres mesclados ao corpo mortal, mas dos prazeres não misturados às dores. Com efeito, uma vez libertado dessa prisão, mover-te-ás para um lugar onde não há mais faina, aflição e velhice, e onde se vive uma vida tranquila e livre de quaisquer males; desfrutarás de uma paz imperturbável, contemplarás a natureza e filosofarás, não para a multidão e para proporcionar a ela um espetáculo, mas para a verdade na sua plenitude.

---

30. ...τῶν ἀγαθῶν... (*tôn agathôn*), coisas boas no sentido do que se opõe às coisas más, os males. O autor certamente não se refere a bens de cunho material, posses.

**Axíoco:** Os argumentos de teu discurso me encaminharam ao ponto de vista oposto. Não temo mais a morte... pelo contrário, eu a desejo – se me é permitido imitar a ênfase dos oradores. Parece-me que já percorro as esferas e empreendo a trajetória eterna e divina... despojado de minha fraqueza, recupero-me e me transformo em um novo homem.

**Sócrates:** Talvez, então, aprecies um outro discurso, o qual foi a mim relatado por Gobrias, um mago.[31] Contou-me ele que, na ocasião da travessia de Xerxes, seu avô (que tinha o mesmo nome dele, Gobrias, e que fora enviado a Delos para proteger a ilha onde haviam nascido duas divindades)[32] soube, com base em algumas placas de bronze trazidas por Opis e Ecaergê dos hiperbóreos,[33] que a alma, após a separação do corpo, vai para um lugar obscuro, nas regiões subterrâneas, onde se acha o reino de Plutão, que não é menos vasto do que a morada de Zeus, visto que ocupando a Terra o centro do universo, e sendo a abóbada celeste esférica, os deuses celestes habitam um dos hemisférios, ao passo que os deuses subterrâneos habitam o outro, alguns deles sendo irmãos, enquanto outros são filhos dos irmãos. Os portões da via que conduz à morada de Plutão são protegidos por fechaduras e chaves de ferro. Quando são abertos, o rio Aqueronte, e depois o rio Cocitos, acolhem aqueles que devem fazer a travessia, a fim de serem conduzidos à presença de Minos e Radamanto,[34] no lugar chamado *campina da verdade*.[35] Ali estão sentados os juízes, que interrogam cada um dos que chegaram sobre a espécie de vida que viveram e os tipos de ações que realizaram enquanto tinham por morada um corpo. Mentir, nessas circunstâncias, é impossível.

Aqueles que, durante a vida, ouviram a inspiração de um bom *daímon* são destinados ao lugar dos piedosos, onde cli-

---

31. Personagem de existência duvidosa.
32. As divindades-irmãs Apolo e Ártemis.
33. Povo pertencente ao domínio da fábula e vinculado ao culto de Apolo.
34. Filhos de Zeus.
35. ...πεδίον ἀληθείας... (*pedíon aletheías*).

mas fecundos fazem germinar copiosamente frutos de toda espécie, onde fluem fontes de água pura, onde inúmeros prados exuberantes de flores variadas se revestem do aspecto primaveril, onde há discursos para os filósofos, teatros para os poetas, danças corais, concertos, banquetes bem ordenados, festins oferecidos espontaneamente, ausência total de sofrimentos e uma vida repleta de deleites e encantamentos; nem inverno nem verão rigorosos, mas uma brisa temperada associada aos suaves raios do sol.

Os iniciados gozam aí de um posto de honra, como também nesse lugar executam os ritos sagrados. Diz-me como poderias deixar de estar entre os primeiros merecedores dessa honra, tu, o aliado dos deuses? A tradição registra que antes de descer aos domínios de Hades,[36] Héracles[37] e Dionísio[38] foram iniciados nesses lugares e infundidos de audácia pela deusa de Elêusis.[39]

Quanto aos que desperdiçaram suas vidas na senda dos crimes, são conduzidos pelas Erínias[40] aos *infernos tenebrosos*[41] e ao *abismo sem fundo*[42] através do Tártaro, onde moram os ímpios, e as danaides que tiram uma água inesgotável, e Tântalo a quem a sede atormenta, e Titio, que tem as entranhas perpetuamente devoradas e renascidas, e Sísifo que faz rolar incessantemente sua rocha... Sísifo, cujo esforço só finda para ser recomeçado.[43] É nesse lugar que, lambidos pelas fe-

---

36. O mesmo que Plutão, deus senhor do mundo subterrâneo dos mortos (irmão de Zeus e de Poseidon).
37. Filho de Zeus, o mais forte entre os semi-deuses e os homens
38. O mesmo que Baco, deus ligado ao cultivo da uva e ao preparo do vinho.
39. Ou seja, Deméter, uma das seis deusas olímpicas, entre outras coisas protetora e propiciadora da fertilidade do solo e, portanto, dos produtos da agricultura.
40. Divindades femininas vingadoras que punem aqueles que cometem crimes contra pessoas com as quais têm vínculo de sangue, ou seja, parentesco.
41. ...ἔρεβος... (*érebos*).
42. ...χάος... (*kháos*).
43. Todos personagens míticos condenados a castigos intermináveis. Ver *Górgias*, 525d-e.

ras, constantemente queimados pelas Vingadoras,[44] atingidos por inúmeros suplícios, os maus são consumidos pelo castigo eterno.

Isso foi o que ouvi de Gobrias. Cabe a ti julgar, Axíoco. De minha parte, a razão faz-me hesitar diante disso e só estou convicto de que toda alma é imortal e que, ao abandonar esta morada, liberta-se também dos sofrimentos.[45] Consequentemente, seja acima ou abaixo, tu, Axíoco, que viveste como pessoa piedosa, serás necessariamente feliz.

**Axíoco:** Sinto-me constrangido de dizê-lo, Sócrates, mas estou tão longe de temer a morte que agora a desejo ardentemente. Esse teu último discurso, bem como o anterior sobre o céu, convenceram-me. Só posso agora desprezar a vida, já que devo partir para uma morada melhor.

Nesses momentos, pretendo repassar calmamente para mim mesmo tudo que foi dito. Contudo, após o meio-dia, Sócrates, visita-me.

**Sócrates:** Farei como dizes. E agora retomarei minha caminhada ao Cinosarges, para onde me dirigia quando fui chamado para vir aqui.

---

44. ...Ποινῶν... (*Poinôn*).
45. Ver o *Fédon*.

## Outras Publicações edipro

# Obras completas de
# Platão

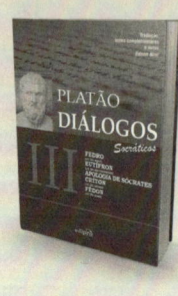

Diálogos III

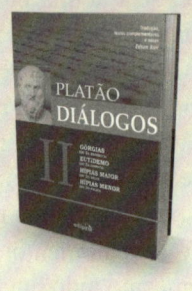

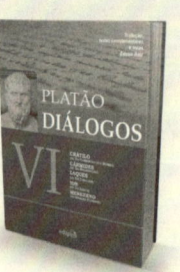

Diálogos II

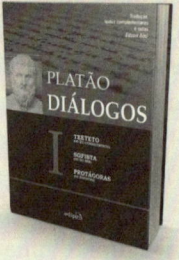

Diálogos I

Cartas e Epigramas

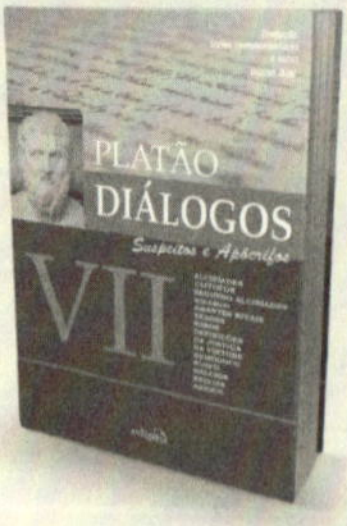

Diálogos VII

Diálogos VI

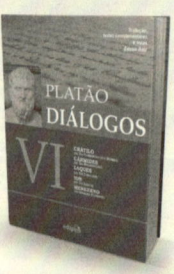

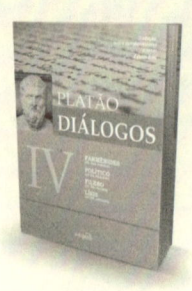

Diálogos V

Diálogos IV

A República

As Leis

Timeu e Crítias ou a Atlântida

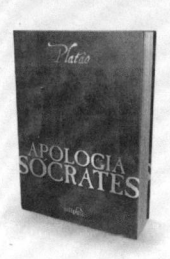

Apologia de Sócrates

O banquete

Fedro

A justiça

O mito da caverna

Outras Publicações **edipro**

# Obras de Aristóteles

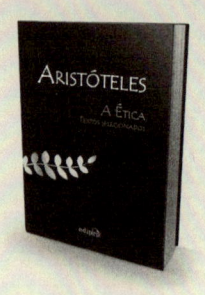

A Ética: textos selecionados

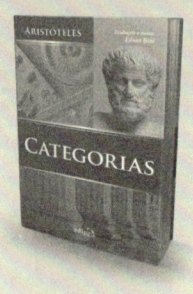

Categorias

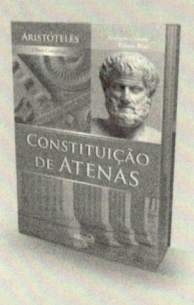

Constituição de Atenas

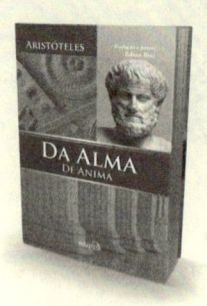

Da Alma

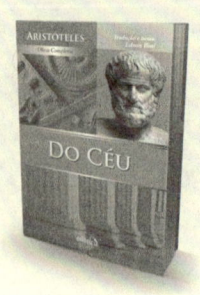

Do Céu

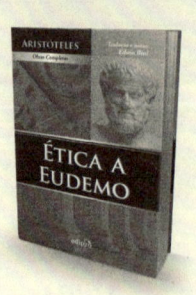

Ética a Eudemo

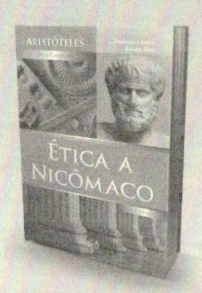

*Ética a Nicômaco*

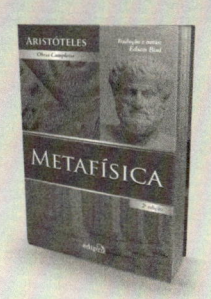

*Metafísica*

*Órganon*

*Parva Naturalia*

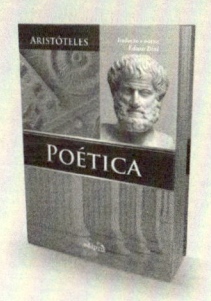

*Poética*

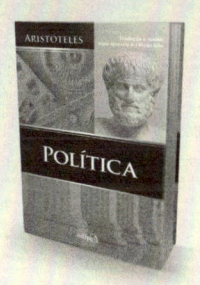

*Política*

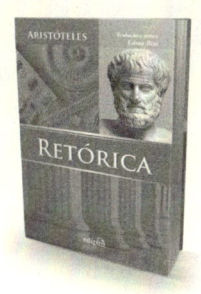

*Retórica*

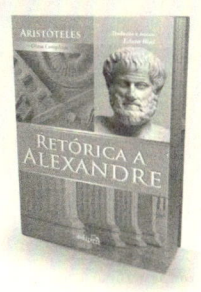

*Retórica a Alexandre*

## Outras Publicações edipro

# OBRAS DE PLUTARCO

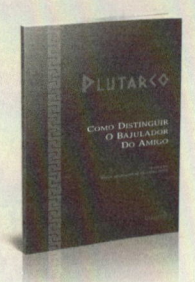

*Como distinguir o bajulador do amigo*

*Como tirar proveito dos seus inimigos*

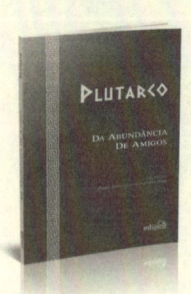

*Da abundância de amigos*

*Da educação das crianças*

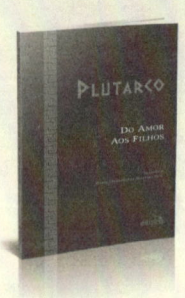

*Do amor aos filhos*

# Obras de Tomás de Aquino

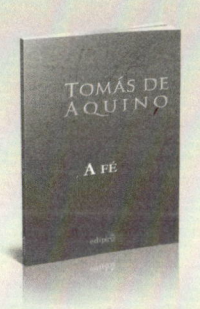

A providência

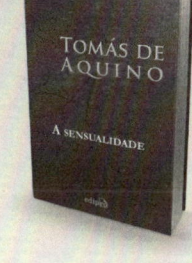

A sensualidade

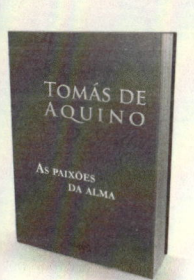

A fé

As paixões
da alma

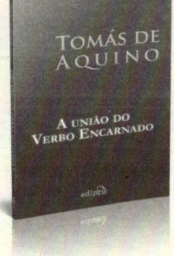

A união do
Verbo Encarnado

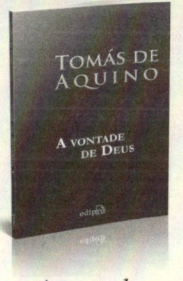

A vontade
de Deus

Do governo dos
judeus à duquesa
de Brabante

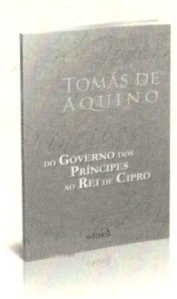

Do governo
dos príncipes
ao rei de Cipro

O apetite do bem
e a vontade

O livre-arbítrio

Este livro foi impresso pela BMF Gráfica e Editora
em fonte Times New Roman sobre papel Pólen Bold 70 g/m$^2$
para a Edipro na primavera de 2021.